U0933750

扬州市文艺创作引导资金项目作品

扬州市职业大学 2023 年度高水平学术专著资助成果

中国现代文论讲『义』十三家

刘恋 著

广陵书社

图书在版编目（CIP）数据

中国现代文论讲“义”十三家 / 刘恋著. -- 扬州 : 广陵书社, 2023.12
ISBN 978-7-5554-2232-7

Ⅰ. ①中… Ⅱ. ①刘… Ⅲ. ①中国文学－现代文学－文学理论－研究 Ⅳ. ①I206.6

中国国家版本馆CIP数据核字(2023)第253567号

书　　名　中国现代文论讲“义”十三家
著　　者　刘　恋
责任编辑　金　晶

出版发行　广陵书社
扬州市四望亭路 2-4 号　邮编　225001
(0514)85228081(总编办)　85228088(发行部)
http://www.yzglpub.com　E-mail:yzglss@163.com

印　　刷　无锡市海得印务有限公司
装　　订　无锡市西新印刷有限公司

开　　本　720 毫米 × 1020 毫米　1/16
印　　张　17
字　　数　250 千字
版　　次　2023 年 12 月第 1 版
印　　次　2023 年 12 月第 1 次印刷
标准书号　ISBN 978-7-5554-2232-7
定　　价　85.00 元

前 言

中国现代文学理论与文学创作的实践同步发展，并在现代教育语境中凝定。文学理论的要义通过在课堂“讲”的方式呈现其“义”，这些“讲义”是对文学的一般概括，是中国现代文学理论的原初形式。这些讲义烙印着时代、社会、文化的痕迹，汇聚、呈现出文学理论学科的原初形态，也反映了讲者个人的思想风貌、知识文化结构，更能呈现中国文学理论现代化的参差面貌：中西文化的冲撞和交融、古今理念的对峙与会通、文学创作与理论宣讲的呼应与背离、知识分子的时代选择和理论思考等。而这些都对我们把握以“文学概论”为主体的中国现代文学理论的建构状况及其理论来源、知识结构、未来走向，具有重要价值。本书循此思路整合与剖析诸家的讲义。

本书的思路是在以“讲义”为标志的中国现代文学理论发展的各个节点上，标识其阶段性特征。这些点的贯穿，又形成中国现代文学理论的发展脉络与历史轨迹。所以，本书方法是以论带史，这一方法与概念的演绎、归纳、系统建构相辅而行。因此，论中含史是本书的特点之一；讲义与大学体制提供的理论接受空间之关系的阐述，是特点之二；此一阶段的理论多元空间（所谓“多元”，是指不受束缚、羁绊的理论自觉自主形态），是特点之三。本书将这三个特点贯穿在下面三章的论述中。

第一章“多元的理论形态”。这十三家讲义的理论多元特质，与讲者的主体认知、知识结构，以及传统文论的延续、西方文论（包括经由日本之中介渠道）的舶来，有多重相关。它们各自的侧重点，自主地形成差异。

为阐述这种多元特征，首先要对十三家讲义进行理论细读，包括字面的阅读、理路的梳理、理论背景的解析、知识点的掌握等，以“述”为主，间有“析”与“论”。有此基础，得以明确中国现代文学理论“三十年”的生态，并进而明晰中国现代文学理论发展的历史脉络。

第二章“个性的理论书写”。这十三家讲义的撰述者，除了作为大、中学的教师或教授的一致身份外，他们的知识背景、学术经历、理论认知和其他身份（如作家、学术研究者）的差异性，使得他们的讲义内容呈现突出的个性。明确各家讲义的理论个性，是本章要旨。这一要旨，与继起的社会主义建设时期的又一“三十年”（20世纪50—80年代）文学理论的统一性与单一性，恰成对照。

第三章“理论通识”。因为是讲义，再艰深的论述都必须从基本常识开始。这十三家讲义在文学定义，思潮、流派、主义、倾向，文学之“情”，真实与模仿、模拟，文学批评，文学与革命等基础认知方面，具有相当程度的通识特征。另外，它们在从个性化生命到普遍人生、到与时代密切相关的中国知识界的“苦闷”主题方面，均有浓墨重彩的理论发挥。

本书以“十三家”院校“讲义”为具体对象，于进入20世纪的“三十年”的时间内，在理论细读的基础上，通过“史”“论”结合的方法，檃栝出“中国现代文学理论”发展的历史脉络，凝练出属于不同知识背景、话语结构的讲义各自的理论个性，并通过学术体系、文学流派间的打通，时代特征、知识分子群体共时性感受与认知的揭示，概括出普遍之“人生”与时代之“苦闷”的理论主题。本书旨在通过对这“十三家”文学理论“讲义”的解读、对这“三十年”文学理论著述情况的述评，重回中国现代文学理论建构之期的历史场域，借前人自觉自主、个性突出、融合古今的理论书写，抉发其中的逻辑联系，从时间的纵轴上去把握其“史”的生成，并在教育、研究与文学创作的多维度空间阐述其“论识”的互文性。本书阐述了“讲义”所形成的中国现代文学理论建构的基本框架，进入理论书写的历史情境、探析“讲义”文本的范畴与形态，并聚焦理论文本背后的著述者，辨析其“文”的知识结构与文化学养的来源，勾勒出一个时代的人文知识分子对于文学理论的结构性书写概况，并进一步寻找中国文学理论在面临民族文论传统和世界文学理论影响时，是如何寻求既继承又创新、既体现世界性视野又保持民族文化特色探索的过程。

目 录

绪 论

一、选题和论述范围

中国现代文学理论在进入现代化进程之初呈现什么样的面貌和状态，为什么会如此呈现，其背后有着怎样的知识体系、理论来源、逻辑思维、研究方法，它对以后的中国现代文学理论及其研究有何启示与价值——这些是本书思考的出发点。

中国现代文论与现代文学创作相伴而行。通行的文学史总是从“文学改良”“文学革命”“人的文学”的提倡叙述现代文论的早期状况，其实中国现代文学理论有点类似于“起了个大早却赶了个晚集”，更早的王国维关于《红楼梦》的研究、鲁迅早期的文言论文等已是自在的明证。实际上，“理论先行”是中国现代之文学与其理论关系的一种表现形式。在先行理论的指导、影响下，中国文学发生根本性的革变。所谓“根本性”，首先体现在革变的对象上：续接着19世纪末的“诗界革命”，20世纪的头几年，在中国传统文论视域中一直处于“小道”地位的“小说”成为革变的主角，《新小说》《绣像小说》《小说林》等期刊不仅刊载小说，也发表理论文章，这些文章就是国人对“文学”（以“小说”为代表）的理论自觉（而且是集体自觉）的表现[①]。

---

① 阿英《晚清小说史》第一章“晚清小说的繁荣”里提到的小说理论文章有：严复、夏穗卿《本馆附印说部缘起》，梁启超《译印政治小说序》《论小说与群治之关系》，楚卿《论文学上小说之位置》，松岑《论写情小说与新社会之关系》，夏穗卿《小说原理》，天僇生《论小说与改良社会之关系》《中国历代小说史论》，觉我《余之小说观》，陆君亮《月月小说发刊词》，梁启超、狄平子等《小说丛话》，黄摩西《小说小语》，共12篇。参见阿英著：《晚清小说史》，人民文学出版社1980年8月第1版，第2—3页。

“根本性”继而表现为革变的范围拓宽、力度加大：“五四”新文化运动、文学革命，对文学的载体——语言、文学的灵魂——思想内容，都作了颠覆性的革变。胡适《文学改良刍议》《建设的文学革命论》、陈独秀《文学革命论》、刘半农《我之文学改良观》、周作人《日本近三十年小说之发达》《人的文学》《平民文学》《思想革命》等理论文章奠定了中国现代文学的基本品格：人的、人生的，内心的、真与美的，平民的、大众的，白话的、平易的，活的、生长的，交流的、世界的。上述理论均以报刊文章形式出现，带有较强的针对性、时效性，其受众也具有相当的偶然性和局限性。换言之，这些理论文章更多是以“文学思潮”的样式出现，不是一种学理的表述，就自觉自主、系统规整的理论建构而言是有所欠缺的。

这份欠缺在另一个公共空间以另一种样式实施补位。1910—1940年代，约三十年的时间内，有一群知识分子利用大、中学校的课堂、讲坛进行“文学概论”“文学理论”课程的讲授，并将其讲稿书写的内容以“讲义”形式流通、出版发行。这些学者及其著述的文学理论讲义，正是本书题目之“十三家”的内涵所指。

这“十三家”（以其文学理论讲义著述时间为序）分别是：姚永朴《文学研究法》（1914—1917年、授课于北京大学）、刘永济《文学论》（1917—1922年、授课于长沙明德中学）、梅光迪《文学概论讲义》（1920年、授课于南京高等师范学校第一届暑期学校）、马宗霍《文学概论》（1920年至1925年前、授课于南京某高校）、郁达夫《文学概说》（1925年、授课于武昌师范大学）、潘梓年《文学概论》（1925年、演讲于保定育德中学）、姜亮夫《文学概论讲述》（1928—1929年、授课于无锡中学）、孙俍工《文学概论》（1929—1931年、授课于复旦大学）、赵景深《文学概论》（1930年、授课于复旦大学）、舒舍予《文学概论讲义》（1930—1934年、授课于齐鲁大学）、许钦文《文学概论》（1932—1933年、授课于成都某学校）、吴宓

《文学与人生》(1936年、授课于清华大学等北京院校以及抗战期间及抗战后西南联大、燕京大学、武汉大学)和程千帆《文论十笺》(1942年、授课于金陵大学)。

有必要明确笔者确定这“十三家”的学术理由。在20世纪上半叶，中国人自己编、著的“文学理论”“文学概论”书籍不下百种。本书之所以选用这“十三家”而不选其他，首先是因为本书非作资料汇编工作，只能以某些为代表。二是因为这“十三家”无论是在文化学术的传承方面，还是在对外理论的吸收借鉴方面，抑或是关于文学及其理论的融通架构方面，均走在时代的前列，并对以后的中国文学理论的建构起到深远的、富有启发的影响。这“十三家”的著述者具有如下的共同点：他们并非如现在高校教师那样有明确的学科定位，而是来自不同知识体系、不同文学流派，并且几乎没有在以后的生涯里从事与“文学理论”直接相关的活动，因而这“十三家”讲义便分别成为这十三位著述者人生中的“唯一”——唯一的有关“文学理论”的专门书写与讲授。因为是“唯一”，所以被关注的程度远远低于这些著述者致力于的其他事业及其成果，也正因为是“唯一”，所以更值得去研究、探讨、追问：这些讲义著述者人生过程中的“偶然”之举，在中国现代文学理论发展史上(具体而言，是“建构”环节)具有怎样“必然”的来龙去脉、个性特征、时代内涵、学科与学术价值。

之所以用“讲义”而不用现在通行的“教材”这一称呼，是因为“讲义”体现了中国文人“述学”“讲学”的传统，以及文人在其中表达自己对文学及其理论的“义”解。而“教材”之说，在很大程度上与市场、学术体制内的考核等实际用处相关，往往距“义”甚远。兼之，“讲义”也是当时的通用称谓，故用之。

还必须明确本书题目所隐含的“三十年”这一时间概念提出的考虑和依据。1914年，姚永朴在北京大学讲授《文学研究法》，以此为中国文学理论开始现代转型的起点，这在学界基本达成共识①。而之所以确定以程千帆在金陵大学开讲的1942年为结束，是因为《文论十笺》以强烈的民族特征（选文、笺注的传统文论形式）给自《文学研究法》以来的中国现代文学理论之著述与教学，画了一个大大的叹号。两者之间，相隔近三十年。这三十年，就是中国文学理论迈进现代化进程、进行自觉自主建构、展现丰富多元面貌的历史时期。此后，中国的文学理论（当然，还有中国的文学）逐渐进入一个由马克思主义、进而至共产主义、再具体到中国共产党领导下的知识、思想乃至政治的集权体制。建树之有无、大小暂且不论，但体制中的“文学理论”确实不在本书的学术考究范围②。这三十年，又是中国文学理论与中国文学参差互现的三十年。它以几乎巧合的方式说明：中国的文学理论，即便在严格、规整的高校领域，也未曾缺席。

这“三十年”中出现的这“十三家”讲义，之所以能够担当起“中国现代文学理论建构”的重任，是因为它们是讲义又超越讲义：“是”讲义，因为它们产生于学校、学府，符合、应和着当时的学科建制、课程设置等具体要求；说它们“超越”讲义，主要是就其影响而言，尤其是结合著述

---

① 毛庆耆、董学文、杨福生虽认为《文学研究法》“并无实质的创新”，但也承认它是“转型教材的肇始”，参见毛庆耆、董学文、杨福生著：《中国文艺理论百年教程》，广东高等教育出版社2004年4月第1版，第63页；程正名、程凯则将其列入“传统文论资源的近代转化”之首个代表，参见程正名、程凯著：《中国现代文学理论知识体系的建构：文学理论教材与教学的历史沿革》，北京大学出版社2005年11月第1版，第11页；傅莹直接在“教材编纂与学科范型建立”章节中称《文学研究法》“是中国传统文论向现代文论转向的纽结点”，参见傅莹著：《中国现代文学理论发生史》，上海文艺出版社2008年6月第1版，第43页。

② 概括而言，“左翼”文学理论在20世纪30—40年代的中国，以社会流行的方式（报纸杂志）传播，但因当时的政治意识形态而未能正式进入学校课堂；后来，又因政治意识形态而进入学校课堂并形成强大的体制话语。但无论怎样，过多政治意识形态的干扰，冲淡了文学理论应有的丰富、自由与纯正。所以，本书中不专门论述。也正因此，虽然1945年林焕平在贵州赤水大夏大学讲授《文学论教程》（1948年由中国文化事业公司出版），但本书不择其入论。

者们的多重身份（作家、教师或教授）、多元文化背景（中国传统式、西方现代式）、多样选择（面临时代的保守或革新、面对学术的古代或现代、面向政治的向“左”或向“右”）等人生际遇来看，其远远超出一本“讲义”的价值，而真正在学科建立、学术传承的意义上对“中国现代文学理论”意义非凡。将这“三十年”置于时间的纵贯线上来看，它独具魅力和价值：与五六十年代单一、被动的体制式理论话语形成“对比”，凸显出多样多元、自觉自主的特质；又与八十年代及其后的丰富多元的文学理论话语形成“对话”，彰显出对世界性、民族性的双重追求。

总之，本书着力探寻的是：在最初的“现代”历史时间段内，中国的文学理论如何从古代文论向西方通行的文学理论之模式、理念、思维、表述等进行靠拢、转化、融合；在此过程中，中国本土的文论资源、再扩大至思想文化学术传统，以及西方文学理论思想、观念、方法，分别起着何等作用；中国各类型的知识分子如何调适自身，在中西文化的撞击、新旧理念的对抗中，进行有关文学的理论建构。

在“三十年”里，这“十三家”面对传统文论的持久影响、多元理论的纷杂传入，以各自的心态、立场、方法、目标进行不同程度的理解、消化和“讲”，其最终反映在理论文本里的“义”，包含着中西文化的冲撞和交融、古今理念的对峙与会通、文学创作与理论宣讲的呼应与背离，以及知识分子的时代选择、理论思考、共性认知、个性感受等内容。

二、文献综述

对本书所涉对象相关时间范围内的文学理论和文学概论进行专门性研究的重要专著有四部，分别是：毛庆耆、董学文、杨福生著《中国文艺理论百年教程》，程正名、程凯著《中国现代文学理论知识体系的建构：文学理论教材与教学的历史沿革》，杜书瀛、钱竞主编《中国 20 世纪文艺学学术史》，傅莹著《中国现代文学理论发生史》。

毛庆耆、董学文、杨福生著《中国文艺理论百年教程》：以时间为序，分别讲述“戊戌”到“五四”，20世纪20年代、30年代、40年代、50年代、60年代至70年代、80年代、90年代中国文艺理论的发展过程。与本书所说“三十年”直接相关的是前四章：第一章“‘戊戌’到‘五四’：中国文艺理论教材产生的文化背景”、第二章“20世纪20年代：中国文艺理论教材的萌发期”、第三章“20世纪30年代：中国文艺理论教材发展期”和第四章“20世纪40年代：文艺理论教材的演化和转变”。在这四章里，该书著者对中国近代文艺思想及其教学予以论析：一方面反思中国自身文艺理论思想的局限，即所谓“中国古代并无专门文艺理论教材”[①]，以及“中国古代一方面将文艺思想抬得很高，附丽于经学，一方面将文艺思想贬得很低，斥之为小道旁门。因此，中国古代不能将文艺思想进行独立研究，文艺理论教育还是处于朦胧的不清醒的状态”[②]；另一方面承认西方文艺理论的深刻影响，“首先是文艺观念的改变。……其次是文艺研究方法的改变”[③]，并特别指出“新学堂和新式教育是文艺理论教材萌发的土壤”[④]。该书著者将此时间段的中国文艺理论教材分为两类：一是“转型教材”，包括姚永朴《文学研究法》、刘永济《文学论》、马宗霍《文学概论》和姜亮夫《文学概论讲述》；二是“新型教材”，包括潘梓年《文学概论》、余鸣銮《文学原理》、郁达夫和田汉各自撰著的《文学概论》、傅东华《文学常识》、夏丏尊《文艺论》、沈天葆《文学概论》等。指出“转型教材”的特点在于“首先，多数作者都在用心编撰。……求新求变，只不过其间效果有深浅大小

① 毛庆耆、董学文、杨福生著：《中国文艺理论百年教程》，第15页。
② 毛庆耆、董学文、杨福生著：《中国文艺理论百年教程》，第20页。
③ 毛庆耆、董学文、杨福生著：《中国文艺理论百年教程》，第37页。
④ 毛庆耆、董学文、杨福生著：《中国文艺理论百年教程》，第56页。

虚实之不同而已。其次，转型教材作者对中国传统文化都执着和热爱。……最重要的特点，乃是作者立足于传统文化、永远不离民族传统来撰述文学概论”[①]。“新型教材”的三个特点则是“追赶外国先进”“立足本国传统”和“建立科学体系”[②]。该书著者着重探索当时中国文艺理论教程产生、发展的社会文化背景以及外国理论的影响，中国理论界的接收、呼应等，旨在建构起一个具有整体视度的教材、教程、教学发展的科学体系。

程正民、程凯著《中国现代文学理论知识体系的建构：文学理论教材与教学的历史沿革》：分为三编，上编“中国现代文学理论知识体系的转化（1910—1949）”、中编“政治文化语境中的文学理论教学（1949—1966）”、下编“新时期的文学理论教学（1978—2002）”。通过梳理20世纪中国现代文学概论和文学理论教材与教学之产生、发展的过程，揭示三次重大转型。该书的理论建树在于，提炼出三个重要发展阶段的整体理论特点，并对一些个人专著进行较为详细的评述。与本书“三十年”相关的是上编，在这一部分，该书著者以“转化”为视角，阐论四种文学概论和文学理论教材：体现“传统文论资源的近代转化”性质的教材、接受“现代文学观念的移植”的教材、认真思索“外来资源的选择与‘自己的问题’”的教材，以及反映“科学的文艺论”的教材[③]。这种分类，更多着眼于“文学”及其理论本身的性质。

杜书瀛、钱竞主编的《中国20世纪文艺学学术史》：体大而周深，共四部五册。该书一个很重要的理论特色是将理论触角一直上延到清“乾嘉时期”，由此带来的就是整个理论体系的“中国性”很强；另一个特点是突

---

① 毛庆耆、董学文、杨福生著：《中国文艺理论百年教程》，第65—66页。

② 毛庆耆、董学文、杨福生著：《中国文艺理论百年教程》，第73页。

③ 程正名、程凯著：《中国现代文学理论知识体系的建构：文学理论教材与教学的历史沿革》，第11—77页。

破“教材”“教程”“教学”的框架，在“学术史”的视域中，结合学校教材与个人专著，动态地展示文艺学作为一个学科的历史长河行进过程。直接涉及本书“三十年”内容的是第二部（上、下卷），共十六章。杜书瀛在绪论第五节“鸟瞰‘中国20世纪文艺学学术史’的运行轨迹”中，将19世纪末、20世纪初以至于20年代、30年代、40年代称为“蜕变”期，并“细分为三个阶段两个高潮”：第一阶段以“梁启超及其同志们和追随者，王国维，以及所有那些倾向变革而又观点不尽相同的学者们”所作的关于文学理论的不同形式的探索、不同程度的改革为考量内容，肯定他们在“探讨文学的本质、特征、作用，以及与社会的关系，探讨诗、文、小说的‘革命’以及它们的美学特征”方面的奠基性贡献；第二阶段、也是本时期的第一个高潮是“五四”的前后十年，产生了一批具备“新”的性质的文学理论著述，初步形成“现代文艺学、美学的学术范型”；第三阶段、亦即第二个高潮是指20世纪“20年代后期以至于三四十年代”，不同流派甚至不同阶级的著者们，从文学、美学的角度书写理论，凸显“现代”性质[①]。

傅莹著《中国现代文学理论发生史》：在20世纪上半期的中国“文学概论”课程和教材的范围内，聚焦“发生史”，探寻中西文化的猛烈碰撞与细微交错、古今文化的尖锐对峙与隐形融合。该书共十章：第一章“乱世中的秩序”、第二章“新式高等教育与文学理论的发轫”、第三章“教材编纂与学科范型建立”、第四章“外来文学概论入传中国的路径及影响”、第五章“本土文学概论的生成与演化”、第六章“百年惊梦：‘纯文学’观念的隐现沉浮”、第七章“核心元素：文学‘四要素’及其本质主义”、第八章“邂逅范畴：‘典型性格’的移植与误读”、第九章“中国现当代文学理论范式的演变”、第十章“反思与总结”。仅从时间范畴看，是与本书选

---

① 杜书瀛、钱竞主编：《中国20世纪文艺学学术史》，中国社会科学出版社2007年4月第2版，第23—41页。

题最切近的一本专著。真实、全面的历史语境，是该书的理论源泉。大到社会政治意义上的“乱世”、小到具体而微的“学科”，无论是实践操作层面的“高等教育”、还是本体研究的“文学”，既有由外转内的“路径及影响”，又有自内而外的“生成与演化”，该书著者的眼光始终是“回归”式的，即情境回归、思维回归、理路回归，从而扎实有力地揭示出中国现代文学理论的源头、脉络、图景。独具个性的是，该书著者提炼出影响中国现代文学理论的几个关键性问题，即“纯文学”的观念、“四要素”说和“典型性格”论，在阐述其影响时，檃栝出中国文学理论自身的生长空间①。

除了这四部专著外，与本书选题相关的论文（包括学术论文和学位论文），主要有以下几类：一是从学科整体发展、建设的角度进行评述，二是就某一时间段、范畴或问题具体研讨，三是选择一家或几家理论著述进行细解。

第一类的重要论文有：

毛庆耆、谭志图《论我国文艺理论教材的历史发展》，首先肯定“西学东渐”的客观事实导致了中国文艺理论教材与传统文论的本质性不同，然后对20世纪20—80年代的文学理论教材进行了分类（“两大历史阶段”和“六个历史时期”）。涉及本书所说“三十年”的有：20年代的“萌芽时期”，其特点是基本奠定以后的三种类型（根据理解译介型、原原本本翻译型、立足本国文论型）；30年代的“蓬勃发展的时期”，其特点是数量剧增、受西方影响甚巨；以及40年代的“转变时期”，其特点是“开始将马克思主义作为文艺理论教材的指导思想”②。

索松华《20世纪我国文学理论教材发展的四个时期》，其题中所说

① 傅莹著：《中国现代文学理论发生史》，第93—134页。

② 毛庆耆、谭志图：《论我国文艺理论教材的历史发展》，《文艺理论研究》1982年第3期，第18—19页。

“四个时期”分别是草创期（1918—1949）、移植期（1950—1961）、形成期（1961—1981）、革新期（1981—1998）。由时期之命名即可看出，论文作者立论带有较明显的理论“进化论”色彩。与本书最切近的是长达三十一年的“草创期”，有四种类型的文学理论：借鉴西方文论结合自身理解的文学理论、主要从中国古代文论汲取养分的文学理论、引进马克思主义和苏联模式的文学理论、反映毛泽东文艺思想的文学理论①。

董学文的系列论文（包括与他人合作的），如《中国现代文学理论进程思考》，作者“思考”出20世纪中国文学理论“三大系统”，即“古代文论系统、西方文论系统和马克思主义文论系统”，并指出“现代转换”是当代文学理论的一个“生长点”②；《我国新文艺学说演变的历史经验》归纳出中国文艺理论实现“现代转型”的三个合围因素：“时代要求使然”“西方学说的输入”以及“我国文学自我觉醒、文论意识自我解放的结果”③；与杨福生合作的《论我国文学理论现代进程中形成的传统》，在此前论文的基础上，更明确总结出20世纪中国现代文学理论建构中形成的六个“传统”：一是“以现代文学运动和现代文学创作实践为其存在依据”，二是对于外国尤其是西方文论既“不断吸收、不断改造”又“自主选择、自主创造”，三是将“马克思主义的唯物史观、辩证法及其文艺学说”作为其建设和发展的基石，四是中国传统文论始终是重要组成部分，五是形成了“综合创造，求新求变”的基本研究方法，六是“中国共产党对文艺理论建设的巨大投

① 索松华：《20世纪我国文学理论教材发展的四个时期》，《中国大学教学》2002年第6期，第41页。

② 董学文：《中国现代文学理论进程思考》，《北京大学学报（哲学社会科学版）》1998年第2期，第215—217页。

③ 董学文：《我国新文艺学说演变的历史经验》，《文艺理论与批评》1998年第5期，第103页。

入和高度关注”[①]。

第二类论文主要包括：

张清民《20世纪40年代中国文学理论话语构成机制分析》，基于20世纪40年代复杂的政治、文化、社会情形，认为“仅仅从学科构成或社会学的角度加以分析是难以给出令人满意的答案的”[②]，从而突破单纯的“学科”视角，创造性地从“话语”层面分析当时文学理论的生成与构成机制。

傅莹《论中国现当代文学理论范式的演变》，概括出中国现当代文学理论的三种范式：一是以温彻斯特“四要素”说为代表的“形上文学理论范式”，二是“与社会革命相伴而生”的苏联模式的“主导意识形态理论范式”，三是20世纪80年代后出现的本质主义、人文主义、文本主义等“多元化的文学理论范式”。论文作者意在以“范式”为突破口，解决文学理论存在的诸多问题，所以强调兼顾“保存”与“发展”（“知识需要保存，理论更需要发展”）对于学科建设至关重要[③]。

戴晓华《文学概论、文论选读和文学批评史——20世纪初期中国文论的三个变化》，第一种“变化”是“传统学者的‘文学概论’”，虽然未能跟上时代的大势而终渐式微，但传统学者在“断”中“接续传统文论与现代文论之间理路上的努力”，足以体现一代学人的理论自觉与担当；第二种“变化”是“‘文论选读’的文学理论建构”，以姚永朴《国文学》、许文雨《文论讲疏》、程千帆《文论十笺》为例，充分肯定他们在利用传统文学（理论）资源、“重构中国文学理论”方面所作出的“筚路蓝缕”的贡献；

① 董学文、杨福生：《论我国文学理论现代进程中形成的传统》，《学术界》2005年第5期，第77页。

② 张清民：《20世纪40年代中国文学理论话语构成机制分析》，《文学评论》2005年第4期，第70页。

③ 傅莹：《论中国现当代文学理论范式的演变》，《广东社会科学》2005年第5期，第143—148页。

第三种“变化”是“‘文学批评史’的学科独立”，赞赏学者们以“中国文学批评史”为标志建构起独立自足的“古代文论学科”，从而实现了文学理论的某一层面的中国化[①]。

庄锡华《文论传统与现代中国文学理论》旨在“寻根”，从“中国文化政治化的基调”“思想启蒙与对国民性的批判”“以儒家思想为主导、儒释道多种文化元素共生的基本格局”[②]三个角度，阐述中国古代文论的深远影响。

邢建昌《理论是如何讲述的——以不同时期文学理论教材的编写为例来说明》的“关于文学理论知识讲述的几点思考”值得我们注意：首先，在辩证分析“本质主义”与“反本质主义”的基础上，鼓励对文学“本质”问题进行演说、讨论、建构甚或解构，而不能无动于衷；再者，从学科建设的角度，强调文学理论知识讲述的“规范性与创新性问题”；最后，提出“文学理论知识讲述的本土问题意识与国际化视野的关系问题”[③]。

另外，福建师范大学蔡恒剑2002年硕士论文《从形式观的变迁看文学概论教学及教科书的发展》、华东师范大学王琳2006年硕士论文《制度化的文学性——中国文学理论教材中的文学性问题研究》、华东师范大学赵燕燕2011年硕士论文《文学的定义：民国时期文学概论教材研究》等学位论文，均选择从某一点（“形式观”“文学性”“文学的定义”）切入，进行挖掘，旨在揭示中国现代文学概论和文学理论在共时性的发生场域和历时性的流变过程中的普遍规律和理论认知。

---

① 戴晓华：《文学概论、文论选读和文学批评史——20世纪初期中国文论的三个变化》，《曲靖师范学院学报》2007年第1期，第44—48页。

② 庄锡华：《文论传统与现代中国文学理论》，《社会科学战线》2009年第2期，第161—164页。

③ 邢建昌：《理论是如何讲述的——以不同时期文学理论教材的编写为例来说明》，《燕赵学术》2010年春之卷，第159—162页。

第三类论文更多，这里只列出对本书所涉各家的文学概论和文学理论著述进行专门评析的论文。

论姚永朴《文学研究法》的主要有：刘可《博采众长　汇释各家——〈文学研究法〉述评》概括出两个特色："桐城派理论的集释"和"古代文章学理论的汇录"[①]；杨福生《姚永朴〈文学研究法〉述论》看出姚永朴虽有"自觉不自觉地将桐城文论与时代接上轨"的努力倾向，但其著述只能是"文章学概论"而非现代意义的文学理论[②]；许结《姚永朴与〈文学研究法〉》认为在"学统"与"文统"的层面上，该书有三点值得关注："一是对桐城派文学创作理论的继承、总结与发扬。……二是对古代文章辨体理论的梳理与阐发。……三是对以语言学原理探究文学之法则的接受与运用"[③]；王鸿莉《体系的假面——姚永朴从〈国文学〉到〈文学研究法〉的转变及其接受》从接受传播角度，批评《文学研究法》无力架构完整理论体系、只能进行理论调和的工作，"表面上纲举目张、整饬清晰，内里却有孱弱无力的硬伤，并非一气呵成、有思想和组织力的著作"[④]，是所有评论文章中少见的批评类文章。

论梅光迪《文学概论讲义》的主要有：眉睫《〈文学概论讲义〉整理附记》，回忆了梅光迪在南京高师讲课的情形以及该部讲义的原始面貌、产生的过程等，带有史料钩沉的性质[⑤]；胡佳《梅光迪〈文学概论讲义〉的发

---

① 刘可：《博采众长　汇释各家——〈文学研究法〉述评》，《北京师院学报（社会科学版）》1988 年第 4 期，第 36—39 页。

② 杨福生：《姚永朴〈文学研究法〉述论》，《北京大学学报（哲学社会科学版）》1998 年第 5 期，第 85 页。

③ 许结：《姚永朴与〈文学研究法〉》，《古典文学知识》2010 年第 1 期，第 16—21 页。

④ 王鸿莉：《体系的假面——姚永朴从〈国文学〉到〈文学研究法〉的转变及其接受》，《石河子大学学报（哲学社会科学版）》2010 年第 3 期，第 70 页。

⑤ 眉睫：《〈文学概论讲义〉整理附记》，《现代中文学刊》2010 年第 4 期，第 101—102 页。

现及其意义》更多围绕讲义本身展开，如评价“讲义的地位”（“中国第一本文学概论著作”），提炼“讲义的特点”（“很明确的现代学科意识”“对中西文学的态度十分端正”“批判新文化运动”）[①]。

论刘永济《文学论》：因为刘永济后来以古典文学研究著称，所以没有对《文学论》专门论述的论文，即便是顺带介绍的论文也很少。程千帆曾说：“先生早年即从事文学理论之研究，在《学衡》上发表的《文鉴篇》，对文艺鉴赏有极精微的剖析，传诵一时。《文学论》是在明德中学讲文学概论的讲义，贯通中西，要言不烦。此书后由商务印书馆出版，重印多次。”[②]此番评价客观、中肯、精到，几乎成为提及《文学论》必引之语。

论马宗霍《文学概论》的主要有：甘清波《我国现代最早的一部文学理论教科书——读马宗霍先生的早期著作〈文学概论〉》，指出马著的三个特点：第一是建立起一个以“古文论”为基础的“与众不同的理论体系”，第二是以古代文论中的某些“文学观念和原则”来阐释中国文学的独特现象，第三是在学科建设上具有“开创性和民族特点”[③]。

论潘梓年《文学概论》：没有专门论述的文章。谭元亨《哲人、报人、完人：潘梓年》简介了潘梓年及其《文学概论》在当时的出版盛况和现实遭遇：“出版了我国新文学最早一部《文学概论》——是由北新书局根据他八次演讲编纂而成，后来再版六次，印刷超过了五万。这在当时的中国，已近天文数字了。然而，他的演讲却不见容于当局，一次又一次被解雇，于是决定南下——投身南方发起的北伐。”[④]这已是难得一见的相关评述。

---

① 胡佳：《梅光迪〈文学概论讲义〉的发现及其意义》，《中国图书评论》2011年第6期，第30—34页。

② 程千帆：《刘永济传略》，《晋阳学刊》1982年第2期，第36页。

③ 甘清波：《我国现代最早的一部文学理论教科书——读马宗霍先生的早期著作〈文学概论〉》，《湖南师范大学社会科学学报》1989年第2期，第119—122页。

④ 谭元亨：《哲人、报人、完人：潘梓年》，《书城》1995年第5期，第12页。

论姜亮夫《文学概论讲述》：没有专门论述的文章。殷光熹《姜亮夫先生的文化贡献及其他》转引梅敬忠对该书的评价："体大思精，结构严密，基础扎实"，能"打通中西古今"，并"找准了撰写《文学概论》的出发点和归宿"，"颇具创见和文体特色"，"都给人一种大家气派"，"直至今天仍然不失其学术价值"[①]等。

论舒舍予[②]《文学概论讲义》的主要有：张瑞麟《一个有意义的发现——老舍〈文学概论讲义〉辨析》，从四个方面（"生活经历""语言习惯""创作风格""文学理论观"）确证这部署名"舒舍予"的讲义系老舍所作，并对老舍的"文学理论观"作了较为深入的阐论，如老舍对普罗文学的"观望"态度、对"短篇小说"的定义以及文学对"人生"的重要作用等[③]；李犁耘《老舍早期对文学特性的思考——从老舍的〈文学概论讲义〉谈起》是一篇在现在看来具有时代印记的论文，着重论析老舍作为"一位严肃的现实主义作家"，对"文学的特性"这一具有文学理论基本性质的问题的认识（最核心的是"感情"），这里面有他的创作经验，也有他对当时主流理论话语——左翼文学的规避和抵制，对老舍忽视"思想的作用"提出了批评[④]；何懿《珍贵的资料　独到的见解——评老舍先生的〈文学概论讲义〉》从批评方法、文学特质论和风格论三个方面，指出老舍讲义的独特认识，总体而言，述多评少。其实，真正对老舍这部讲义进行贴己式评述的是老舍夫人胡絜青："与其说是一部教授的《文学概论》，不如说是一

---

① 殷光熹：《姜亮夫先生的文化贡献及其他》，《中国文化研究》2012年冬之卷，第31页。

② 下文提及"舒舍予"，笔者将统称为"老舍"，是为尊重其作为一名伟大作家的杰出成就，也是一种习惯称呼。但注释中仍用"舒舍予"。

③ 张瑞麟：《一个有意义的发现——老舍〈文学概论讲义〉辨析》，《中国现代文学研究丛刊》1983年第4期，第316—322页。

④ 李犁耘：《老舍早期对文学特性的思考——从老舍的〈文学概论讲义〉谈起》，《中国现代文学研究丛刊》1986年第1期，第138—147页。

部作家的《文学概论》”；“我敢肯定的只是：第一，它是严肃的；第二，它并不乏味”[①]。

论吴宓《文学与人生》的主要有：周国平《理想主义的绝唱——读吴宓〈文学与人生〉》，其实是以《文学与人生》这门课程、这部讲义为切入点，分析吴宓作为一个“理想主义者”在哲学、人生、文学间的游走，指出就文学（理论）而言吴宓并无突出建树，他更多的是“把文学当作‘人生的表现’和‘精髓’”，并“通过文学来研究人生”[②]；张耀宗《论吴宓〈文学与人生〉及其他》从“新人文主义”的角度来看待吴宓文学观的得失：所“得”的是他的人生批评、对人生经验的书写、对文学的人生关怀构成了极富个性的理论特色，所“失”的是这样的理论著述“预示了他无法在学术上获得更进一步的发展”[③]；朱寿桐《现代人文主义的人生礼教读本——论吴宓的〈文学与人生〉》论析白璧德人文主义在吴宓文学理论中产生的双面性作用，一方面它使得吴宓在“文学与人生”的论题上达到了相当的高度（“是中国现代文人迄今最具系统性同时也最见深度的‘文学与人生’专论”[④]），另一方面它也因其自身保守的性质让吴宓深陷人文“礼教”而产生“歧误”，从而导致文学讲义变为哲学概念的阐释和伦理道德的演绎。

论程千帆《文论十笺》的主要有：王文生《〈文论十笺〉前言》，作者以学生、门人的身份，对讲义和老师深情回忆，既说明这部著述产生的背

---

① 胡絜青：《文学概论讲义 · 代序》，《文学概论讲义》，北京出版社 1984 年 6 月第 1 版，第 2—3 页。

② 周国平：《理想主义的绝唱——读吴宓〈文学与人生〉》，《红岩》1998 年第 1 期，第 150 页。

③ 张耀宗：《论吴宓〈文学与人生〉及其他》，《徐州师范大学学报（哲学社会科学版）》2005 年第 2 期，第 43—44 页。

④ 朱寿桐：《现代人文主义的人生礼教读本——论吴宓的〈文学与人生〉》，《广东社会科学》2005 年第 2 期，第 139 页。

景（对当时文学理论书籍出版“数典忘祖”情况的不满），又表明著者的现实教学指向（“想把中国人关于文学的传统观念以及对于文学规律的认识教给学生”），更指出该书“振末俗”“起衰劝”的社会功用与价值[①]；童岭《最后的双子座：书〈文论十笺〉〈文论讲疏〉后》在将程千帆、许文雨两部讲义进行比较的基础上，大赞他们在西学东渐的强劲势头下保持传统文学的价值与尊严，在传承旧学的同时建构自己的文学理论体系，就程千帆而言，他是“以体式为纲”，旨在“体现文学的特质及其与学术之内在关系”[②]；贺根民《程千帆〈文论十笺〉的体系意识》非常明晰地从两个角度评价该书：一是“本土视角：体系建构的基础”，二是“现代意识：体系建构的文化向度”，充分肯定《文论十笺》在“打造立足民族文化本位的文论体系”方面作出的“理论文本的经典意义”的价值[③]。

从上面的研究综述可见：对这“三十年”文学理论教材的研究，专著类基本以宏观论述的面貌呈现，旨在描绘、揭示“文艺学”学科或“文学理论”教程的整体生成、发展的状况；而论文类则既有从宏观视角研究的，也有进行微观研究的。这里存在几个空白点：一是有的讲义几乎没有进入理论视域，如郁达夫《文学概说》、孙俍工《文学概论》、赵景深《文学概论讲话》和许钦文《文学概论》；二是微观研究基本局限在某人某部教材上，尚未形成对同一时段理论教材的比较研究，而比较是理论研究所需要的，因为通过比较可知差异、亦可知共性，可把握历史的纵深脉络、又可窥见当时理论界的整体面貌；三是未联系著述者的知识结构、精神风貌、人生境遇等去研究，而这些恰是其讲义乃至中国现代文学理论的生命之源

---

① 王文生：《〈文论十笺〉前言》，《云南社会科学》1981 年第 1 期，第 74 页。

② 童岭：《最后的双子座：书〈文论十笺〉〈文论讲疏〉后》，《古典文学知识》2012 年第 6 期，第 145 页。

③ 贺根民：《程千帆〈文论十笺〉的体系意识》，《唐都学刊》2013 年第 2 期，第 105—107 页。

和最具民族特色的根基所在；四是通识基础上的整体理论建构未及揭示。

本书想做的就是填补这些空白。

三、思路、方法和目标

如何走近那生机勃勃、无限可能的“三十年”，勾勒出中国现代文学理论建构的框架？

（一）思路

本书总体思路是纵横交错。将看似没有联系的十三家文学理论讲义联系起来，既从时间的纵轴上去把握其“史”的生成脉搏（它们各自的书写背景、文化语境、内涵外延等），又从空间的横轴上去提炼其“识”的共同认知（它们对某些文学理论知识点的共同关注，以及所形成的对“文学”及其“理论”的某些共识公论），时空纵横的交接，就是中国现代文学理论建构的框架。

（二）方法

理论细读，立“史”为本。细读，是英美新批评基于语义学对文本进行解读的重要方法和显著特征，他们强调文本本身存在的自足独立性，同时重视语境对理解文本所发挥的重要作用，其聚焦点是文本内部的组织结构。本书将这种方法移用到文学理论上。因为从某种意义上来说，理论也是一种“文本”，而所选的十三家讲义，又是比较难读、难解的理论文本。首先，这些理论文本距今已有数十年乃至上百年的历史，尽管绝大部分是用白话写就，但即使单从字面而言，与现在的阅读者之间依然有相当的隔阂，更不用说像姚永朴《文学研究法》纯文言的表述、刘永济《文学论》文白夹杂的语言、姜亮夫《文学概论讲述》竖排繁体的行文方式、程千帆《文论十笺》选文加评点和谨案的独特面貌，都会给习惯了平面式、流畅式阅读的当代阅读者以极大障碍。那么，只有在“细读”的基础上，才能真正掌握理论文本所涉及的知识点、廓清著述者的论述理路，从而回归“史”的语境。既有大的“史”之语境，即时代、文化背景等，也有小的“史”之语境，即著述者的人生际遇、理论选择等。笔者希望完成这样一种理论“细读”：具有历史感和尊重著述者之个性。

以“论”带“人”，扩大学术视野。这十三位著述者学习经历、生活阅历各异，除了著述这些讲义外，他们大多从事与“文学理论”没有直接关系的专业：刘永济、姜亮夫、程千帆、吴宓研究古典文学，赵景深研究戏曲，马宗霍研究文字训诂学和书法，潘梓年从事新闻事业和哲学逻辑学研究，老舍、郁达夫、许钦文进行文学创作。但恰恰是这种“人”的庞杂性，带来“理论”上通融的若干可能。由理论文本拓展开去，尽可能全面了解、把握著述者的学术文化背景和专业研究，不仅有助于深入地、个性化地理解教材，更能帮助建立一个较大的学术视野。这十三个“人”既是单独的个人，也形成了一个时代的知识分子群体，更足以代表中国知识分子在文学理论书写方面的大致路径。他们的理论来源、思维理路、研究方法不尽相同，却都给后人以丰富的启示。

“论”“文”结合，形成理论与文学的互动。进入笔者理论视域的这十三位著述者，老舍、郁达夫、孙俍工、许钦文本以“作家”身份行走并闻名，他们的文学理论书写在相当程度上反映、验证了其创作实践的核心理念；即便是日后不专门从事创作的著述者们，也大多秉承着中国传统文人以诗文言志抒情的习惯，以各种方式进行文学实践活动，如姚永朴的桐城体散文，吴宓的日记、古体诗，刘永济、程千帆的古典诗词等。在这些著述者（尤其是作家型著述者）身上，我们可以、也应该寻求继而开辟一条从“理论践行”出发而后建构“践行理论”的通途：理论指导创作实践是需要的，但更需注意实践过程中创作主体的吸收、融化、转变，然后结合创作实践再反观理论的可行性，更主要的是突出本民族的践行特色。

（三）目标

回归书写理论的历史情境，走进理论书写的文本深处，细读理论的书写，是本书的第一个目标。在此基础上，挖掘出理论文本背后的著述者，辨析其知识结构与文化学术来源，勾勒出一个时代的知识分子对于文学理论书写的总体画面，这是本书的第二个目标。本书的第三个目标是寻找中国文学理论在面临民族文论传统和世界文学理论影响时，该如何既继承又创新、既体现世界性又保持民族性这样一种路径之可能性。

四、中国现代文学理论建构的基础性结构

中国现代文学理论建构绝非平地而起，无论是用中国“天时、地利、人和”的惯用说法来形容，还是理性科学地分析其产生的语境，它都基于以下的三个基础性结构：大学体制、人才构成、知识结构。

（一）大学体制

文学理论作为文艺学的一个分支，其生成语境必然地与这个学科、进而与这个学科寄存的场域——学堂，有极其紧密的关联。

有个事实应该予以明确：中国文艺学的学科进程是与中国大学体制的现代进程一致的。

自 1895 年起，康梁变法提出须从兴办新式学校入手；1896 年，刑部左侍郎李端棻在奏折中第一次正式提出在京设立大学堂；不久，光绪皇帝颁布《明定国是诏》，宣布变法，决定开办京师大学堂；梁启超参考日本学规并以本国情形为准，草拟京师大学堂章程，规定“中学为体，西学为用，中西并用，观其会通”的办学方针；变法失败后，京师大学堂作为唯一成果得以保留，于 1898 年 12 月正式开学。自此，中国近代第一所国立综合性大学成立了，它不仅是全国的最高学府，也是全国最高教育行政机关，标志着中国近现代高等教育的全面兴起。

1900年，八国联军侵占北京，京师大学堂停办。1902年，重新开办，时任管学大臣的张百熙拟定《钦定京师大学堂章程》，设立“文学科”，分为七目，即经学、史学、理学、诸子学、掌故学、词章学、外国语言文字学[①]。1903年，在全国施行重新拟定的《奏定大学堂章程》，将“文学科”分为九门，即中国史学门、万国史学门、中外地理学门、中国文学门、英国文学门、法国文学门、俄国文学门、德国文学门、日本国文学门，更在“中国文学门”中开设“文学研究法”和“古人论文要言”两门科目。其中，“文学研究法”内容尤为庞杂，几乎穷尽了国学要义，包含音韵、训诂、词章、修辞等，与现代意义的“文学概论”存在相当差异，但因其涉及文体、文法、风格，以及文学与人生世道、文学与地理时代、文学与道德情感之种种关系，亦可看作为现代“文学概论”课程的萌芽[②]。1909年，筹办分科大学，初设七科，后经科并入文科。

民国时期，京师大学堂改为北京大学；1912年教育部公布《大学令》，将大学分为文科、理科、法科、商科、医科、农科、工科；1913年公布《大学规程》，对各学科及其门类作进一步的规定，其中“文科”分为哲学、文学、历史学、地理学四门，而在“文学门”中的梵文学类、英文学类、法文学类、德文学类、俄文学类、意大利文学类、言语学类，皆设“文学概论”课程[③]；同年，《教育部公布高等师范学校课程标准》中指出：“国文部及英语部之豫科，每周宜减他科目二时，教授文学概论。”[④]

1917年，蔡元培出任北大校长，开始革新课程，将“文学门”分为通

---

① 舒新城编：《中国近代教育史资料》中册，人民教育出版社1981年3月第2版，第546页。

② 舒新城编：《中国近代教育史资料》中册，第582、587—590页。

③ 舒新城编：《中国近代教育史资料》中册，第646页。

④ 舒新城编：《中国近代教育史资料》中册，第729页。

科和专科，“文学概论”位列通科课程之首，但也只有大概设想，实际因缺乏师资，未能开课。至此，“文学概论”尚未成为包括北大在内的中国高等学府的必修课。

综上可见，对于现代学科、学制、学堂的建立，以及“文学理论”“文学概论”课在其中的位置，国家政府层面都有明晰、统一的认识，这对后来出现的大批“文学理论”“文学概论”课教材书形成了以下几个影响：一是庞杂性。虽然是借鉴西方的学科分类法，但实质内容还是与中国传统的经学、小学、文学有千丝万缕的联系，所以在后来的教材里，出现了中西交融、流通甚至混杂的现象。二是借鉴性。无论是总的学科分类、定位，还是具体的研究方法，都是以西方大学教育相关内容为来源，所以西方文学理论就成为此后中国文学理论教材学习、借鉴的榜样。三是个人性。尽管高校早就立下此门科目，但一直未有专门的师资队伍，所以导致后来教师的来源复杂，伴随而来的就是其教材讲述具有相当的个人性。

（二）人才构成

十三位著述者来自天南地北，其文学理论教材产生和讲述的地点（即学校）除极个别（孙俍工和赵景深同在复旦大学讲学）外，也几乎没有重叠。在这些纷异的现象背后，本书力图寻找其相似、相近的元素，以勾勒出那一代知识分子的人生历程、理论认知与公共表述等种种的时代画面。

首先，他们大多出生在19世纪最后十年的前后，恰逢中国社会时代风云变幻之际；又大多在而立之年左右（28—32岁的就有七位）写此论著，可谓是人生青壮时期的书写。除姚永朴、程千帆之外，其他著述者可以被视为同辈人，相近的年龄带来的是相似的社会境遇和时代感受。

其次，无论当时或日后从事什么专业，他们都选择在同一历史时间段（本书所说的那“三十年”），在同样的公共领域（学府讲台，以大学为主）做同一件事（讲授“文学理论”课），并以同一种方式（公开出版发行）进行更为广泛的传播。面对这些“巧合”，我们要问一个“为什么”，回答应涉及当时的时代背景、文化语境以及知识分子的人生选择。

当是时，传统的“文学”理念面临挑战。其实，自梁启超表示“欲新一国之民，不可不先新一国之小说”，从而把小说的社会功用价值作了划时代的定位后，外来思想对本土文学观的冲击就令国人为之一振。

对当时中国影响较大的有以下几部文学理论著作：〔日本〕本间久雄《新文学概论》（1919年章锡琛用文言初译、分章刊登在1920年的《新中国》杂志上，1924年用白话重译《后编》刊登在《文学》上，1925年用白话重译《前编》并结集，由上海商务印书馆出版，至1928年9月该译本先后共出了四版）、〔俄国〕托尔斯泰《艺术论》（第一个中译本是由耿济之翻译的商务印书馆1921年版）、〔英国〕温彻斯特《文学评论之原理》（景昌极、钱堃新合译，1923年被译为文言文出版）、〔日本〕厨川白村《苦闷的象征》（1924年由鲁迅翻译，先是刊载于《晨报副镌》，后作为“未名丛刊”之一，由北京大学新潮社出版，1925年3月由北新书局出版；而丰子恺译本也于1925年由商务印书馆出版）、〔日本〕夏目漱石《文学论》（张我军译，1931年由神州国光社出版）、〔美国〕韩德《文学概论》（傅东华译，商务印书馆1935年初版）。

另外，法国泰纳的著述虽翻译成中文较晚，但其“三要素”（种族、环境、时代）说却译介甚早：1908年12月，周作人长篇论文《哀弦篇》发表于日本东京出版的《河南》杂志第9期，这是国人第一次系统介绍泰纳及其学说；1921年6月，署名“蠢才”的作者（即胡愈之）在《文学旬刊》第6号发表《研究民间传说歌谣的必要》，引用泰纳的理论，揭示文学与民族的关系；同年7月，张友仁在《文学旬刊》第7号发表《中国创作界的四件病》，根据泰纳的理论强调文学要突出国民的崇高精神；同年10月，茅盾在《小说月报》第12卷第10号发表《被损害民族的文学背景的缩图》

以及《“被损害民族的文学号”引言》，均用泰纳的理论来论析被损害民族的文学；1923 年 5 月，郑振铎在《小说月报》连载《俄国文学史略》，主要借鉴泰纳之“种族”与“环境”两个要素；1923 年暑假，茅盾在松江景贤女中作题为“文学与人生”的讲演，总体沿用泰纳理论；1929 年，徐蔚南简译泰纳《艺术哲学》，作为“ABC 丛书”之一，由世界书局出版。这些理论的输入，都给当时的中国知识分子以极大冲击。他们或在创作实践上演绎，或在理论表达上呼应，大多显示出一种开放包容、积极进取的姿态。

当是时，中国现代学制开始施行。1904 年清政府颁布《奏定学堂章程》，1912 年民国政府教育部颁布《学校系统令》，1922 年修订颁布《学校系统改革令》等，都是借鉴西方经验，规定新的学科分类与学校教学模式。在现代学府体系内授课，规定的学科划分、系科设置、教学纲领等，都要求授课者与时代接轨、与世界接轨。与传统私塾授徒之口口相传不同，现代教育（教学）要求科学、规范的讲授，那么“讲义”就应运而生。

当是时，中国的文学本身需要更多的理论说明。“五四”新文化运动以文学为突破口，唤醒群众、培养青年，但口号式（“德先生”“赛先生”）的宣传过后，却引发理论的思考。恰如潘梓年所说：“‘新文学’的声浪传入我们的耳鼓中，已有数年了！但‘文学是什么’‘文学的对象是什么’？尚在中学的我们，一点也不明白。”[①] 可以说，这些讲义和教材是呼应着受众的需求而来的。这也能很好地解释，为什么这些讲义能跨出课堂、校园而涌向社会，并取得广泛的影响。

综上可知：这十三位著述者看似“巧合”的作为，其实是 20 世纪初那一代知识分子的时代选择。当这个选择集中地折射在同一领域（学府课堂）、以同一种方式（讲义）表达时，中国现代文学理论的建构就被赋予了

① 潘梓年：《文学概论》，北新书局 1931 年 8 月第 7 版，第 1 页。

时代的必然性。

（三）知识结构

如果说上面的求“同”是为了寻求时代感，那么著述者个体之“异”不仅客观存在，而且成为他们各自文学理论著述的学术文化来源，更是整个中国现代文学理论建构中最自觉自主、生机勃勃的生命之源。

表绪论　十三位著述者之知识结构

著述者	一般评价	当时身份	教育经历	之前或同时期的著作
姚永朴	教育家、桐城派作家	1914年(时年53岁)为北京大学文科教授	幼秉庭训,治诗、古文辞,后专读经	《史学研究法》《史事举要》《旧闻随笔》
梅光迪	中国首位留美文学博士、学衡派代表	1920年(时年30岁)为南开大学英文系主任	师从哈佛大学白璧德,专攻文学	—
刘永济	古典文学专家	1917年(时年30岁)为长沙明德中学教师	毕业于清华大学语文系,从事《文心雕龙》研究	《文鉴篇》(刊于《学衡》)
马宗霍	文字训诂学家、史学家、文学批评家、书法家	1925年(时年28岁)为金陵大学附中教员、国立暨南大学教授	毕业于湖南南路师范学堂,研究小学、经学、书法	—
郁达夫	作家	1925年(时年29岁)为武昌师范大学教师	留学日本,先后学习和研究医学、法学、经济学、文学	之前作《沉沦》《茑萝》,同时期作《小说论》《戏剧论》《诗论》
潘梓年	哲学家、逻辑学家、报刊活动家	1925年(时年32岁)为保定育德中学教师	毕业于北京大学哲学系	—
孙俍工	教育家、语言学家、文学家、翻译家	1929年(时年35岁)为复旦大学中文系教授	毕业于北京高等师范学校	《海的渴慕者》(1924)、《论说文作法讲义》(1924)、《世界文学家列传》(1926),译铃木虎雄《中国古代文艺论史》(1928)

（续表）

著述者	一般评价	当时身份	教育经历	之前或同时期的著作
姜亮夫	楚辞学家、敦煌学家、语言音韵学家、历史文献学家、教育家	1928年（时年26岁）为无锡中学教师	先后就读于成都高等师范学校、北京师范大学、清华大学研究院	—
赵景深	戏曲研究者、文学史研究者、教育家、作家	1930年（时年28岁）为复旦大学中文系教授	研究戏曲、俗文学	《近代文学丛谈》（1925）、《文学讲话》（1928）、《现代文学杂论》（1930）
老舍	作家	1930年（时年31岁）为齐鲁大学文学院教授	毕业于北京师范学校	之前作《老张的哲学》《赵子曰》《二马》，同时期作《大明湖》《猫城记》《牛天赐传》《离婚》
许钦文	作家	1933年（时年36岁）游历四川，客座讲课	毕业于浙江省立第五师范学校	之前出版若干小说集，同时期作《创作三步法》
吴宓	西洋文学专家、国学大师、诗人	1936年（时年42岁）为清华大学教授	师从哈佛大学白璧德，从事文学批评	编《学衡》
程千帆	国学大师、教育家	1942年（时年29岁）为金陵大学、武汉大学教师	研究校雠学、历史学、古代文学、古代文学批评	著《目录学丛考》（1939）

由上表可见：十三位著述者，在其整个生命历程和职业生涯中，几乎没有以“文学理论”为专业的。相反，他们来自不同的文化学术体系，从事不同的职业志业：有的当时即有另外事业，如老舍、郁达夫、许钦文均以作家闻名；有的日后另有精深学问，但大抵还与中国文学、文化有关，如刘永济、姜亮夫、程千帆、吴宓研究古典文学，赵景深研究戏曲；有的直接就离开“文学”轨道，如马宗霍致力于文字训诂学和书法研究，潘梓年投身于新闻界和哲学界；有的终生坚守一种文化学术传统，如姚永朴；也有的或沐欧风美雨或借东洋桥梁，学习并传播西方思想文化，如梅光迪、

吴宓、老舍、郁达夫。

十三位著述者可被划归为几类知识分子。一是传统学术类型的知识分子：姚永朴、刘永济、马宗霍、赵景深、姜亮夫、程千帆；二是以作家身份兼任文学教育的知识分子：郁达夫、孙俍工、老舍、许钦文；三是具有西方文化背景类型的知识分子：梅光迪、吴宓；四是社会实践型知识分子：潘梓年。

对这些著述者进行类型划分，目的是彰显其知识结构的丰富以及由此而带来的文学理论来源的多元。传统学术类型的知识分子对本土文化、思想、学术、文学等的熟悉掌握，以及他们在学术史维度上对文学及其理论的思考、渗透文献考据的研究方法、知行合一的理论践行等，都势必在其文学理论书写中留下深刻的、也是宝贵的民族痕迹；以作家身份兼任文学教育的知识分子以其丰富的创作实践，使得其理论天然地与文学接近，从而更有说服力地提供“文学”与“理论”之间的双向贯通的桥梁；具有西方文化背景类型的知识分子主动地接受世界思想文化的影响，一方面将之与自己本身固有的民族文化成分相融合，另一方面又不自觉地进行着批判接受或改造，从而给文学理论的建构带来中西交融的性质；而社会实践型知识分子则以其敏锐的社会感知力，在理论书写的过程中渗透对时代、社会、文学等的理解，在一定程度上代表并引领一种认知风尚。

知识分子的这种丰富性、多元性，恰是这“三十年”文学理论建构之坚实基础和个性特征的生命来源。

第一章 多元的理论形态

在这一章里，笔者对十三部讲义进行“细读”，包括字面的阅读、理路的梳理、理论背景的解析、知识点的掌握等，以“述”为主，间有“析”与“评”。其目的是回归文学理论文本书写的历史语境，深入字里行间直至著述者的内心精神处，立“史”为基，呈现中国现代文学理论最初那“三十年”的原生模样。

第一节 亦旧亦新：姚永朴与程千帆

本书所研究的十三家讲义中，姚永朴与程千帆的著述恰恰出现在所有论著时间之流（1914—1942）的一头一尾，巧合的是，他们的出生时间也是处于十三位著述者出生时间跨度（1861—1913）的两端。这两个看似相距甚远的人，却写出了中国20世纪（不仅仅是上半叶，而是整个20世纪）最具民族特色的文学理论讲义：一是谨遵桐城家法的《文学研究法》，一是承续中国传统文选特色的《文论十笺》。姚永朴是桐城派后期的著名人物，而程千帆此后以校雠学、历史学、古代文学及古代文学批评立身闻名。所以，不论是从著者身份，还是从论著本身来说，“他们”（著者）以及“它们”（讲义）都是“旧”的，也就是最能体现中国文学（理论）传统的。但这个“旧”终究是出现在一个“新”的历史时代（20世纪）、理论语境中。无论是被动应对，还是有意识地对抗，对于西方文学理论、现代教学制度，“他们”以及“它们”都会有所反映和体现，所以又必然是“新”的。姚永朴和程千帆及其文学理论讲义，就这样在“亦旧亦新”中存在并体现价值。

一、姚永朴《文学研究法》

姚永朴（1861—1939），字仲实，晚号蜕私老人，安徽桐城人，后期桐城派代表人物。《文学研究法》是姚永朴1914年（时年53岁）在北京大学任文科教授时的讲义，曾与《史学研究法》合辑为《姚永朴文史讲义》。笔者所读为凤凰出版社2009年12月第1版的《文学研究法》。

图1-1　姚永朴《文学研究法》(凤凰出版社2009年版)封面

《文学研究法》共四卷、二十四讲（每卷均为六讲），另有“结论”。卷一讲起原、根本、范围、纲领、门类、功效，卷二讲运会、派别、著述、告语、记载、诗歌，卷三讲性情、状态、神理、气味、格律、声色，卷四讲刚柔、奇正、雅俗、繁简、疵瑕、工夫。此四卷分别相当于“文学本质论和文学特征论”“文学发展论和文学体裁论”“文学作品论与文学批评论”以及“文学风格论”[①]。

（一）卷一

第一《起原》篇，是讲文学的起源问题。姚永朴理出一条演进轨迹，即人声—点画—字—句—篇，得出结论：文学起源于“人声”。以此要求人们，欲了解文学的起源与发展，必须先从“训诂”的角度学习“识字”。

① 许结：《姚永朴与〈文学研究法〉》，《文学研究法》，凤凰出版社2009年12月第1版，第4—5页。

之所以持这样的文学起源观，是因为姚永朴认为“人声”(语言)属于“天籁”(自然)。姚永朴的文学起源观，含有朴素的唯物主义认识。

第二《根本》篇，是讲文学的价值问题。首先表明所论基础在于孔子的“文质相须之旨”[①]，然后引发出两大价值，即“明道”与“经世”，最后讲如何实现这样的价值，姚永朴认为作者需要“涵养”，以达到不落俗套的“胸趣”，才能“心静”，才能“识明”，才能生发“气”，才能商量“修、齐、治、平”的学问，并将之记于“文字”，最终实现文学的大“事业”。

第三《范围》篇，这在文学中是个极难定论的问题。姚永朴另辟蹊径，在比较经学家、朴学家等的基础上，从“文学家”的特殊性讲“文学”的特殊性。姚永朴指出，“文学家”之“别出于诸家”，有四点：相较于“性理家”的“以德行为主，而不甚措意于词章”，“文学家”则是“胸襟高旷，而文章又足以润色”；相较于“考据家”专门进行“训诂名物”，“文学家”只是以“考据”为手段，着眼却在“读书议礼”；相较于“政治家”目的性很强的“事功”，“文学家”虽然也有此类思想与内容，但关键是他们能够呈现出“雅人深致”；相较于“小说家”叙述“琐事”以助文澜，“文学家”虽然也写“琐事”但能做到“其意存言外”，笔法也有“灵妙”之处但却能做到“义归正大”[②]。应该特别指出的是，姚永朴这里所举“文学家”的代表，是“班、马”两位“史家宗祖”。文史同源、史为文宗，其理念一目了然。然后，姚永朴又讲“古今著作”从事实存在上分有“经、史、子、集”四大类，从“体裁”上分仅有“子”与“史”两类，但源头统归到“经”，因为只有“经”兼备了“理、情、事”三要素。这体现的依然是“宗经”的文学观。文学具有很大的“范围”，姚永朴从

① 姚永朴著，许结讲评：《文学研究法》，第12页。

② 姚永朴：《文学研究法》，第21—26页。

几个方向合围缩小，先是以“文学家”的特异性来侧面烘托文学的特异性，然后用“理、情、事”三要素、“子”与“史”两种体裁暗示了文学“范围”。

第四《纲领》篇，是讲文学的准则。开篇即言：“文学之纲领，以义法为首。”[①]这是姚永朴“师承”与“家法”的体现。方苞在《史记评语》里说：“义即《易》之所谓言有物也，法即《易》之所谓言有序也。义以为经，而法纬之，然后为成体之文。”[②]是为桐城“义法”说的奠基。姚永朴认为“义”（即“言有物”之“物”）虽“有隐显之不同”，但只要“精当”都能被“倡言”，这是普遍规律，不必多讲；而“法”（即“言有序”之“序”）却因“极变化难测”，甚至会有人因为“或逞其才气，或诩为性灵”而想不去遵守，因此姚永朴特别强调“法”之不可或缺，即“文之有法，犹室之有户也。谁能出不由户，而文顾可无法哉”。他引姚鼐之“一定之法”“无定之法”说，来说明“法”不是“死”的规矩，而应该是“活”的；而“法”与“变”之间并非矛盾冲突的关系，恰恰相反，真正高明的古文“愈奇变不可测，愈有法以经纬其间”，再次说明“法”之不必废、不可废。但姚永朴又进一步指出“义法虽文学家所最重，而实不足以尽文章之妙”[③]，因而引姚鼐“神理气味格律声色”说、方东数“气脉”说与“义法”说，合而为自己的“文学纲领”。

第五《门类》篇，是讲文学的体裁分类问题，可与《范围》篇比较。《范围》篇讲“哪些是文学”，《门类》篇则是讲“文学有哪些体裁类别”；前者是大处着眼，后者是具体研析。姚永朴先列出“门类”分法的四种角

① 姚永朴：《文学研究法》，第27页。

②〔清〕方苞著，刘季高校点：《方苞集》，上海古籍出版社2008年3月第2版，第851页。

③ 姚永朴：《文学研究法》，第33页。

度，即时代、家数、作用、文法，然后以姚鼐《古文辞类纂》为标尺，赞其“辨别体裁，视前人乃更精审”[①]，对其所分十三类进行一一说明。谨承“家法”的同时，也明显缺乏自己的现代观点。

第六《功效》篇，是讲文学的作用问题。姚永朴列出文学的六大“功效”，分别是“论学”“匡时”“纪事”“达情”“观人”“博物”。对于这六种作用，姚永朴认为其将随着社会的发展而愈加得以发挥，是所谓“自今以往，世局日新，人事日多，而所以助文章而生其波澜意态者日广，则其功效必日著，是在有志兹学者扩而充之、神而明之耳”[②]。

（二）卷二

第一《运会》篇，是讲文学的变迁发展问题。姚永朴持文学退化论的思想，在历述各时代之文学后，将中国文学的变迁史概括为代代相“逊”的大趋势，即“元、明、清文学逊于宋，宋逊于唐，唐逊于周、秦、两汉”[③]。且不论这种判断是否合适，不可否认的是，这里含有一个默认的前提，也是客观的规律：承认“文学”与“时代”之间存在紧密的联系。

第二《派别》篇，是讲文学的流派发展、门派斗争问题。先谈文学史上的“门户之争”，赞古人“宅心仁厚”、能互相欣赏，责今人“党同伐异”、堕为“末流”而导致“派之别”。再由文学流派、派别引申到“诗文”之争，认为就产生的顺序而言，“有韵之文”（即“诗”）在前、“无韵之文”（即“文”）在后，但二者并无高下优劣之分，“韵”之有无皆应“顺乎自然”，批评人为制造“诗文之争”的现象与做法，指出“诗”与“文”的相通处即“法”（“章法笔法”“古文法”）。接着对“奇偶”之争

---

① 姚永朴：《文学研究法》，第 36 页。
② 姚永朴：《文学研究法》，第 55 页。
③ 姚永朴：《文学研究法》，第 63 页。

同样持批判态度。最后总结，“宗派之说，起于乡曲竞名者之私，播于流俗之口，而浅学者据以自便，有所作弗协于轨，乃谓吾文派别焉耳”[①]。需要特别注意的有两点：第一，姚永朴这里强调的“诗文”与“奇偶”的“源”及其所合乎的“自然”，是指天地、阴阳、人与自然等的“合一”，烙有鲜明的中国古代哲学与文化的印记，而“宗派之说”则与“源”和“自然”相违背，是人为的割裂，故批判之。第二，姚永朴作为“桐城”后人，谨承“家法”的同时，能提出破除“门户之见”、打消“派别之争”，具有相当的学术胸襟和眼光。

第三至第六篇（《著述》《告语》《记载》《诗歌》），是讲文学体裁大分类（门类）中的小分类。姚永朴集取姚鼐、曾国藩的文类分法，又有所取舍，最终分类如下：

表 1–1　姚永朴文类分法与姚鼐、曾国藩之比较

姓名 \ 文类分法及说明	文类分法	说明
姚　鼐	论辨、序跋、奏议、书说、赠序、诏令、传状、碑志、杂记、箴铭、颂赞、辞赋、哀祭[②]	姚永朴去其“传状”
曾国藩	论著、词赋、序跋、诏令、奏议、书牍、哀祭、传志、杂记、叙记、典志[③]	姚永朴用其“书牍”“典志”“叙记”

① 姚永朴：《文学研究法》，第 74 页。

② 姚鼐：《古文辞类纂序目》，《古文辞类纂》，上海古籍出版社 1998 年 7 月第 1 版，第 1 页。

③ 曾国藩：《经史百家杂钞・序例》，《经史百家杂钞》，岳麓书社 2009 年 1 月第 1 版，第 1 页。

（续表）

姓名＼文类分法及说明	文类分法	说明
姚永朴	著述(论辩、箴铭、序跋、词赋)	论辩（曾国藩称之为“论著”）、序跋、词赋（姚鼐写作“辞赋”）为三人共有；箴铭为姚鼐独列,曾国藩将其归为“词赋”之下编
	告语(诏令、奏议、书牍、赠序、哀祭)	除“赠序”（曾国藩无）外,其余为姚、曾共有
	记载(典志、叙记、杂记、纪传、碑志、颂赞)	除“杂记”“颂赞”外,其余姚、曾均有出入
	诗歌	—

姚永朴的文学分类，虽是在姚鼐、曾国藩分类的基础上进行的，但重要区别、也是他的理论自觉意识在于，他提炼出一个分类标准——“理、情、事”三要素。这四篇，姚永朴除了详述各文体的起源、发展状况外，最核心的是他着重强调各文体之间的相通之处：一是对“理、情、事”三要素的表达，尽管侧重不同，但均围绕这三要素进行。二是对文之“法”的体现，如《著述》篇讲论辩、箴铭、序跋和词赋“大抵诸类之体虽殊，然必命意、布局、行气、遣词则一”[①]，《告语》篇说告语类和论著类“所同者，则开合、呼应、操纵、顿挫之法也”[②]。三是对“义法”的强调，《记载》篇申明“记载之文，全以义法为主”，并总结“所谓义者，有归宿之谓；所谓法者，有起、有结、有呼、有应、有提掇、有过脉、有顿挫、有勾勒之谓”[③]。

（三）卷三

第一《性情》篇，是讲作家的性情对文学的影响。首先强调文学家

① 姚永朴：《文学研究法》，第 81 页。
② 姚永朴：《文学研究法》，第 88 页。
③ 姚永朴：《文学研究法》，第 96 页。

的“独”(独一无二)，即所谓“必独有资禀，独有遭际，独有时世”[①]。这些“独”合在一起就形成作家之“性情”，姚永朴亮出根本的观点：“文章必根乎性情。”[②]以此为基础，辨析文学创作与“摹仿（摹拟）”的关系，认为应以“摹仿（摹拟）”起步，但不能止于此，而应达到“脱化”的境界，即“见一己之性情”[③]。“脱化”是中国文学、戏剧及绘画等文艺形式中经常出现的一种手法，是指借鉴并发展前人艺术成果，巧妙地移花接木并赋予新意，往往达到青出于蓝、别开生面的效果。姚永朴的借用也是为了凸显“个性”在文学创作“摹仿（摹拟）”中的作用。

第二《状态》篇，是讲文学的风格问题。姚永朴认为文学“既生之后，变态百出”[④]，风格的多变，引发出文人的一种传统——“品藻”。中国的“品藻”与西方的“批评”不一样。“批评”侧重于对文学本身或围绕文学进行，而“品藻”则是以人为着眼点，进行由表及里、由外及内，从现象到本质、从具体到抽象的观察与评价。换言之，“品藻”是对人进行从形骨到神明的审美批评和道德判断。“品藻”作为一种文化现象，与当时的历史背景、社会思潮以及审美观念等，均有千丝万缕的联系。姚永朴列举多家“品藻”事例，表示其“皆精审坚确”，是“老于文学者”所作的品评，是能够体现其个人文学乃至人生的审美趣味的。

第三至第六篇(《神理》《气味》《格律》《声色》)，是讲文学的要素。姚鼐将“所以为文者”定为八项，即“神、理、气、味、格、律、声、色”，并将之分为两类，“神、理、气、味”为“精”类，“格、律、声、色”为“粗”类。他认为文人、学者学习古人有这样的一个过程，即“始

① 姚永朴:《文学研究法》，第108页。
② 姚永朴:《文学研究法》，第110—111页。
③ 姚永朴:《文学研究法》，第113页。
④ 姚永朴:《文学研究法》，第115页。

而遇其粗，中而遇其精，终则御其精者而遗其粗者”[①]。姚永朴认同这种观点，并加以详细阐述。

《神理》篇，先讲“神”，强调“必神足，辞乃无不达”[②]；次讲“理”，强调“无论见于事，寓于物，皆赖文以明之”[③]。两相对比，可见“神”和“文”（“辞”）、“理”在姚永朴心中的位置：“神”是根本，是最高境界；“文”（“辞”）是表达的手段、载体；“理”与作用相联，可以经世致用，也可以修辞立诚。

《气味》篇，首先论“气”，强调“无气无以行之”[④]，所谓“行”即涵养文气，使文章运行不滞；然后论“味”，强调“无味无以永之”[⑤]，所谓“永”即因“积理”和“阅事”而使得文章隽永，值得寻味、玩味。由此可见，在姚永朴的理论视域里，“气”属本体层面，是作者的生命、精神；“味”属于美学层面，是诉诸读者的欣赏感受。

《格律》篇，关于“格”，姚永朴提出“一类有一类之格”[⑥]和“一篇有一篇之格”[⑦]，前面的“格”是指某类文体的规律性或规范性的要求与表现，后面的“格”是指谋篇文章呈现出的风格。“律”是指“戒律”，姚永朴历述众家论文的“戒律”，最后认为“文之当作与否”[⑧]归根到底与“人品攸关”[⑨]，这就把文之“律”、文之“作”与人之“品”联系起来。

《声色》篇，姚永朴首先辨析“声色”与“道”的关系：“道”居

---

① 姚鼐：《古文辞类纂序目》，《古文辞类纂》，第 19 页。
② 姚永朴：《文学研究法》，第 124 页。
③ 姚永朴：《文学研究法》，第 129 页。
④ 姚永朴：《文学研究法》，第 132 页。
⑤ 姚永朴：《文学研究法》，第 132 页。
⑥ 姚永朴：《文学研究法》，第 140 页。
⑦ 姚永朴：《文学研究法》，第 144 页。
⑧ 姚永朴：《文学研究法》，第 147 页。
⑨ 姚永朴：《文学研究法》，第 148 页。

“本”位、“声色”居“末”位，但“道舍声色亦无由昭著”[①]。然后谈“声”，从正面论述声调与文章以及声调文气的关系（桐城派“因声求气”说），从反面分析八种“声病”。最后讲“色”，举出“炼字”“造句”和“隶事”三种手段，直至推广为“《易》之象，《诗》之比、兴，《孟》《庄》之譬喻，扬、马之铺张”以及“诗家于篇中往往插入描写之语，文家抑或凌空布景”[②]，这里的“色”其实是一种宽泛的说法，可以理解为“艺术表达”。

（四）卷四

卷四共六篇，前四篇属文学风格论。

第一《刚柔》篇，姚永朴在姚鼐、曾国藩论“刚柔”的基础上，指出“刚”与“柔”的“胜境”（理想境界）：“光明俊伟，乃阳刚之胜境。……忧危谦谨，乃阴柔之胜境。”[③]这是对“刚”与“柔”两种较为抽象的美学风格给出了一个理想状态的人格化描摹。接着，姚永朴又指出世人在两种美学风格之间的偏向（重阳刚而轻阴柔），他对此持批判态度，认为学文之人应该先研究“阴柔之文”。

第二《奇正》篇，姚永朴首先承认文人有尚奇的传统，并探寻其原因是出于“标新领异”的心理，然后指出不能一味好“奇”，因为“奇”的文章“虽极可喜，然非根本深，魄力厚，而以鸷悍之气，喷薄之势，诙诡之趣，崛强之笔，浓郁之辞，铿锵之调行之，必不能窥其奥窔”[④]。接下来，在探讨到底以“奇”还是“正”作为文章之“宗”时，姚永朴辩证地进行分析，认为“奇而不法，险僻而已，非奇也；正而不葩，肤庸而已，非正也”[⑤]，也就是否认片面极端的做法。最后特别指出“奇怪乃文章胜境，而未

① 姚永朴：《文学研究法》，第 150 页。
② 姚永朴：《文学研究法》，第 163 页。
③ 姚永朴：《文学研究法》，第 167—168 页。
④ 姚永朴：《文学研究法》，第 172 页。
⑤ 姚永朴：《文学研究法》，第 176—177 页。

可一蹴几也”[1]，再次提醒后人不要一味求“奇”。整篇多谈“奇”而几乎没有正面论“正”的，但姚永朴品评众家时称赞归有光与桐城方苞、姚鼐的文章，可见姚永朴所谓的“正”应是“气清体洁”四字。

第三《雅俗》篇，首先定义何为“俗”：“过于熟者，为滑易，为轻靡，为纤弱，皆淫也，即皆俗也。”[2]值得特别关注的是，姚永朴对“刚柔”“奇正”只是进行理论阐述或辨析，并没有作出明确的价值判断，而将“雅俗”视为对立的两种美学风格，所以他明言“雅俗”二者“不相容”，并指出为文之人“不欲文章之工则已；如欲其工，就雅去俗，实为首务”[3]，对“俗”的厌恶溢于言表。最后，姚永朴探究文章“雅”的原因有“绩学”“洗心”和“修词”，直至归为“人品”“心源”[4]上。

第四《繁简》篇，开篇即言“古人之为文章，无分于繁简也，惟得其宜而已”[5]，关键是个“宜”字，就是适中、合适。接着论不“简”而导致的两个弊病，即“义失之赘”和“辞失之芜”[6]，以及过“简”而引起的问题，即“文反不畅”[7]。然后提出文章的“归宿”即主旨问题，从这个角度出发，再次强调要“简”，容不得“支离之义，冗赘之辞”[8]。最后补充文章因“事体”与“篇幅”等因素，不能一味求“简”。

第五《疵瑕》篇，是讲文病。引据各家论说，揭示文病，以供后人更正。

第六《工夫》篇，是讲文学的学习宗旨与方法。

---

① 姚永朴：《文学研究法》，第 178 页。
② 姚永朴：《文学研究法》，第 178 页。
③ 姚永朴：《文学研究法》，第 178 页。
④ 姚永朴：《文学研究法》，第 180 页。
⑤ 姚永朴：《文学研究法》，第 186 页。
⑥ 姚永朴：《文学研究法》，第 187 页。
⑦ 姚永朴：《文学研究法》，第 188 页。
⑧ 姚永朴：《文学研究法》，第 190 页。

从上可见，姚永朴的文论基本不离桐城传统。在现代大学里如此这般原汁原味、坚定执着地讲传统（而且是已被攻击、否定的“传统”），在当年是独一无二的作为，其间的艰辛与无奈，本书下文会专门论述。但必须指出的是，这种看似不合时宜的坚持，恰是姚永朴鲜明地区别于后来有西方文学理论知识背景的文论家的地方，这一点，因难能而愈显可贵。

二、程千帆《文论十笺》

程千帆（1913—2000），原名逢会，又名会昌，字伯昊，别号闲堂，湖南人（祖籍宁乡，生于长沙，后迁居武昌），在校雠学、历史学、古代文学、古代文学批评领域均有杰出成就。《文论十笺》是程千帆1942年在武汉大学以及金陵大学教授“文艺学”课时的讲义，1943年刊印时原名《文学发凡》，1948年由开明书店出版时，叶圣陶先生改题为《文论要诠》，1983年更名为《文论十笺》、由黑龙江人民出版社重印。笔者所读版本为莫砺锋编、辽宁古籍出版社1996年6月第1版的《程千帆选集》之《文论十笺》。

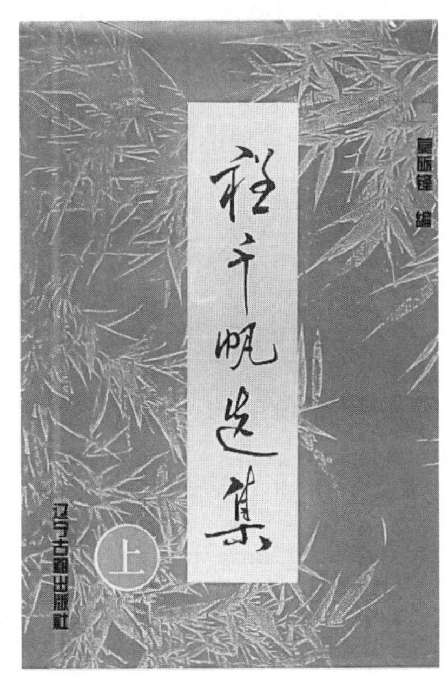

图1-2　莫砺锋编《程千帆选集》（辽宁古籍出版社1996年版）封面

《文论十笺》体例特别。分上、下两辑，各含五篇。每篇抬头除标示作者、篇名外，还用括号标注出此讲主旨，如“论文学之界义”等。由此可见，程千帆是先有论述要点，再进行选文。虽是选取十篇古人之文论集成此著，但绝非随意凑合，而是有整体考虑的。上辑含“论文学之界义”“论文学与时代”“论文学与地域”“论文学与道德”“论文学与性情”，下辑含“论制作与体式”“论内容与外形”“论模拟与创造”“修辞示例”“文病示例”。可见，上辑属于文学的概论部分，下辑属于文学的创作部分，有理论有实践，形成一个完整的文学理论体系。再者，选文的每段之后都有注释，大部引经据典，用以讲解选文中出现的字词、典故等，最后一个注释往往以“本节（此节）论……”为表示，概括这一节的大概内容，会稍有点露自己的一些观点。每篇之后更有“谨案”，首先介绍选文作者和选文的大体情况，然后较为详细地阐述自己对选文及其所论及问题的看法。这种体例的编排，既有选篇，又有点评，还有综述，结合了中国古代文论选文传统、诗话词话小说点评方式以及西方文学理论的研究与批评术语。“原文—注释—谨案”构成一个全新的、更加完整的文学理论体系。“原文”汲取菁华，历陈史论；“注释”点评长短，有和有驳；“谨案”综述概论，提纲挈领。三者互动共建，成就了一部特殊的文学理论专著。

《文论十笺》选文特别。无论是从课程设置（“文艺学”），还是从先后的三个书名（“文学发凡”“文论要诠”“文论十笺”）看，这都是一部围绕文学和文学理论的书。但奇特的是，程千帆所选十篇当中，非“文学家”的作品近乎一半（详见下表）。这从根本上说，体现了程千帆“广义”的文学观，也是中国学术“文史不分家”的传统的继承。

表 1–2 《文论十笺》选文一览表

选文名称	选文作者	选文作者简介	选文出处	程千帆所加之副标题
《文学总略》	章太炎	清代民主革命家、思想家、朴学大师	《国故论衡》	论文学之界义
《诗教上》	章学诚	清代史学家、文学家	《文史通义·内篇一》	论文学与时代
《文德》			《文史通义·内篇三》	论文学与道德
《质性》			《文史通义·内篇四》	论文学与性情
《诗教下》			《文史通义·内篇一》	论内容与外形
《古文十弊》			《文史通义·内篇五》	文病示例

（续表）

选文名称	选文作者	选文作者简介	选文出处	程千帆所加之副标题
《南北文学不同论》	刘师培	清末民初经学大师	《南北文学不同论》	论文学与地域
《文赋》	陆　机	西晋文学家	《昭明文选》	论制作与体式
《模拟》	刘知几	唐代史学家	《史通·内篇·模拟二十八》	论模拟与创造
《叙事》			《史通·内篇·叙事二十二》	修辞示例

第一篇《文学总略》。出于《国故论衡》，是章太炎在东京开设国学讲习会时（1906年始），以《论文学》为题所作的演讲，后经过增删，以《文学论略》为题发表于《国粹学报》。章太炎持“广义”的文学观，把“有文字著于竹帛”的统称为“文学”[①]。程千帆虽引用此篇，但有自己的见解。程千帆根据章太炎所述文学界义的发展演变过程，列出一图表，总结说明“文学一名，由混而析”[②]。这个从“混”到“析”的判断，其实已内含了程千帆的文学定义取向。程千帆认为“彣彰（今人所谓纯文学）”必须具备“内容”和“外形”的特质，而内容可分为“叙事、抒情、说理”，外形则包括“字、句、篇章”。程千帆在文中的“注释”部分，也表示出自己“纯文学”的观点。比如，在论“学说文辞”异同之处时，程千帆认为章太炎的观点“虽得其大齐，终不免一往之见”[③]，这里的“大齐”是认同章太炎对前人有关学说和文辞的区分太过机械化的批评，但章太炎一味坚持极广意义上的“文学”观，又在一定程度上模糊了文学与非文学的实质性差异，程千帆认为这也是“一往之见”。对此，他提出一个关键词用以判别是否具有文学性，那就是“情”。“学说”以“史志”为例，认为包含“常”（客观）与“变”（主观）两方面，“名物制度”是“常”所以“无由感人”，

① 程千帆：《文论十笺》，《程千帆选集》，辽宁古籍出版社1996年6月第1版，第343页。

② 程千帆：《文论十笺》，《程千帆选集》，第401页。

③ 程千帆：《文论十笺》，《程千帆选集》，第382页。

“兴亡成败”是“变”因此“足以感人”；“文辞”以《诗经》为例，认为虽内容意旨跟“美刺”相关，但关键是“不离性情”。最后还很少见地明确发表看法：“文学之事，于己所以自抒所怀，于人所以引起同感。”[①]无论是“自抒所怀”还是“引起同感”，沟通授受双方的桥梁就是“情”。

程千帆共选章学诚《文史通义》五篇入内，分别是第二篇《诗教上》（“论文学与时代”）、第四篇《文德》（“论文学与道德”）、第五篇《质性》（“论文学与性情”）、第七篇《诗教下》（“论内容与外形”）和第十篇《古文十弊》（“文病示例”）。

那么，必须对章学诚及其《文史通义》有大致了解。首先是章学诚的史学基本立场。《文史通义》名虽有“文”，也确实讲到“文学”的相关内容，但大体却是“史学理论著作”。在“史”里讲“文”，或者说寓“文”于“史”，是中国文化和学术的特点。章学诚时逢不遇（在太学志局被人排挤）、壮年（35岁）著述，一股不平之气转为一腔学术志气，故自谓“拙撰《文史通义》，中间议论开辟，实有不得已而发挥，为千古史学辟其蓁芜”[②]，在史学领域开辟天地的志向明白可见。再者是章学诚作为文人的当下责任意识，即纠正学术偏弊，所以有言：“所述《通义》，虽以文史标题，而于世教民彝，人心风俗，未尝不三致意，往往推演古今，窃附诗人义焉。”[③]复次，是章学诚广义的文学观。基于“六经皆史”的理论前提，章学诚整合经、史、子、集为文、史两大类，就“文”类而言，他所提及的“文”“文辞”，又有广义与狭义之别。广义的“文”“文辞”，是指一切著述中的语言艺术，包括学者之文、著述之文、史传之文和文人之文；狭

① 程千帆：《文论十笺》，《程千帆选集》，第380页。

②〔清〕章学诚：《与汪龙庄书》，《章学诚遗书》卷九，文物出版社1985年8月第1版，第82页。

③〔清〕章学诚：《上尹楚珍阁学书》，《章学诚遗书》卷二十九，文物出版社1985年8月第1版，第330页。

义的“文”“文辞”，可置换为另一个术语——“诗”，即今人所谓之“纯文学”。最后是章学诚实用的文学态度。文以明道、道在人伦，是章学诚对传统“载道”文学观的进一步阐明。

应该肯定的是，程千帆必然十分认可章学诚的学术研究，否则不会选取五篇（讲义选文一半的篇幅）入内。《诗教上》“谨案”部分即赞其“倡言立论，多发前人之所未发”[①]，并看出他在研究方法上的与众不同：“诸师精于核，而实斋善于推；诸师审于析，而实斋密于综。”[②]这里的“推”和“综”，是就治学方法而言。“推”是指意在“辨章学术、考镜源流”[③]的校雠学方法，“综”是指以“六经皆史”结论为代表的统合史学派别的研究方法。这种既“推”且“综”的方法，一方面追源溯流、照顾传统学术习惯，另一方面消除学派（考据和义理、汉学和宋学、实证与诠释）隔阂、实现交相为用。纵横两方面的打通，应是中国学术、文化（包括文学）研究的一个大方向。

第二篇《诗教上》。出于章学诚《文史通义·内篇一》，程千帆定此篇主旨为“论文学与时代”。章学诚所谓“诗教”，一言以蔽之，是“文质彬彬”；章学诚所涉“时代”，是指战国为中国文学发展变迁的枢纽时机；“诗教”与“时代”的关系在于：“后世之文，其体皆备于战国”，而战国之文，既源于六艺，又谓“多出于《诗》教”[④]，说到底，中国文学的源头是在《诗》。程千帆对此很是认可，所以他在“注释”说：“其温柔敦厚之教，郁伊怆快之怀，为后来所景慕者，非偶然矣。”[⑤]在“谨案”里，程千帆更进一

① 程千帆：《文论十笺》，《程千帆选集》，第 431 页。

② 程千帆：《文论十笺》，《程千帆选集》，第 431 页。

③ 章学诚：《校雠通义·叙》，《校雠通义》，古籍出版社 1956 年 12 月第 1 版，第 1 页。

④ 程千帆：《文论十笺》，《程千帆选集》，第 402 页。

⑤ 程千帆：《文论十笺》，《程千帆选集》，第 424 页。

步地分析了文学发展的诸种情况。他首先反对两个极端，即“寻源而弃流”的“文学退化”说和“崇今而蔑古”的“文学进化”论[①]。其次，他以《易》语“穷则变，通则久”为普遍规律，肯定文学必须也必然变迁与发展，其表现为内外两方面，即所谓“文章之通变者，内则系乎情志，外则系乎体裁”，并指出影响文学变迁发展的是“与时进化”的“社会结构”[②]。最后程千帆认为文学因着“时代”的因素，变化是客观存在的，承认存在异同，但无所谓优劣，其实是再次否认“文学退化”说和“文学进化”论。

第四篇《文德》。出于《文史通义·内篇三》，程千帆认为此篇主旨为“论文学与道德”。在比较前人（王充、扬雄等）讲“文德”的基础上，程千帆认为章学诚的立足点是文学创作的态度——“敬恕”。章学诚所讲“临文必敬”[③]是指作者写作、著述时应持有严肃态度，通过集义养气而达心平最终使文章合于法度；章学诚所谓“论古必恕”[④]是指后人进行文学评论时亦应持严肃态度，也就是应根据作品产生的时代和作者个人的处境、写作背景等来分析评价，既不可苛求古人，也不能无原则地“宽容”，即通常所谓的“知人论世”。程千帆认为章学诚“敬恕”之“文德”的根本在于“修辞立其诚”[⑤]。也就是说，只有“立诚为本”，才能在临文时表现出“敬恕”之“文德”。

第五篇《质性》。出于《文史通义·内篇四》，程千帆认为此篇主旨为“论文学与性情”。按照《论语》的说法，章学诚将健全人格分为中行、狂、狷，分别呈现三种不同的德性倾向（即“三德”）：正直、刚克、柔克。中行是儒家的圣贤人格，却遥不可及；狂、狷人格虽未臻理想，但皆行性如

---

① 程千帆：《文论十笺》，《程千帆选集》，第 432 页。
② 程千帆：《文论十笺》，《程千帆选集》，第 434 页。
③ 程千帆：《文论十笺》，《程千帆选集》，第 489 页。
④ 程千帆：《文论十笺》，《程千帆选集》，第 489 页。
⑤ 程千帆：《文论十笺》，《程千帆选集》，第 500 页。

一。程千帆认为中行、狂、狷三者的一致处，就在于“立诚为本”。程千帆将此篇与《文德》篇进行比较，认为《文德》篇“已甚精微”而《质性》篇“尤为揣本之谈”[①]。所谓“本”，是相对于“表”而言的。《文德》里所讲的“临文必敬”和“论古必恕”，是从“文”之创作与评论两个角度提出的要求，是所谓“表”——表现、表征；而《质性》里所讲的“三德”及其根“立诚”才是“本”。

第三篇《南北文学不同论》。是刘师培发表于《国粹学报》(1905)上的“《南北学派不同论》之一篇”，程千帆定此讲为“论文学与地域”。程千帆对刘师培所论基本认可，但又在两方面实现自己的推进：一是强调文学地域差异性不仅体现为“南北二种”，而应有更细致的区分；二是细推文学地域差异性产生的原因，认为有“先天后天之异”。“先天”的差异是自然地理的因素，即“风”；“后天”的差异是人文地理的因素，即“俗”。程千帆对刘师培“南北文学不同论”也有持保留意见的地方。首先他认为刘师培没有看见地域差异“终则渐同”的大趋势，其次他认为地域性因素对文学而言并非决定条件，所以程千帆依然将此论认为是“一往之见”，并提醒人们要注意。

此五篇，合成“上辑”部分，涉及古人对文学本质、外部要素及其与相关学科的关系等问题的论述。以现今通行“文学理论”体系观之，既有本体论的探讨(篇一)，又有文学外部因素的研究(篇二、三、四、五)。总体而言，是本体视角与外部视角的结合之研究。

第六篇《文赋》，即陆机《文赋》。程千帆定此讲为“论制作与体式”。陆机《文赋》一般被认为是讨论文学创作的理论之作，程千帆从以下几个方面去讲解。首先总论“作文之道，必首及用心”[②]。程千帆在此特别提

---

① 程千帆:《文论十笺》,《程千帆选集》，第519页。

② 程千帆:《文论十笺》,《程千帆选集》，第521页。

出几个概念，即“能”“知”与“神思”，分别指代艺术表达、知识与创造性。他认为“文学之事，能重于知”以及“文章之事，神思为贵”[①]，可见在他看来，对于文学而言，个人的独创性最重要，然后是艺术表达，最后才是知识积累。其次，从“文术”（具体的行文技巧）层面对陆机论点进行评述，包括：一、“定去留”，即精心熔裁，平衡好辞（言）与理（义）之间的关系，避免“两伤”、力图“双美”；二、“立警策”，即设立警句，突出主题，“立片言而居要，乃一篇之警策”；三、“戒雷同”，避免雷同，力求创新；四、“济庸音”，即创设佳句，挽救文章平庸的趋势。复次，从“文病”（具体的创作弊病）层面对陆机论点进行评述，分别是：一、“文小事寡，则前后失应”[②]，是指篇幅短小、不足成文；二、“言靡无骨，则辞义不谐”[③]，是指美丑相混、文不调谐；三、“文偏浮诡，则无挚至之情”[④]，是指忽视内容、追求辞藻、缺乏感情；四、“文伤淫侈，则无雅正之德”[⑤]，是指迎合时好、格调不高；五、“文过质实，则无富当艳之美”[⑥]，是指过分追求清疏雅淡，导致美感不足。最后，程千帆再次强调“文辞”之设置（“丰约之裁”）、布局（“俯仰之形”），都属于艺术创造的范畴，“皆属随手之变，运用存乎一心，故曲折而有微妙之情也”[⑦]，不能以规律衡定。程千帆在此看重的是艺术创造的独立性与独特性。“谨案”部分，程千帆对《文赋》总体评价甚高，认为它涵盖了“命意、遣辞、体式、声律、文术、文病、文德、文用”等方面，十分全面，“单篇持论，综核文术，简要精确，伊古以

① 程千帆：《文论十笺》，《程千帆选集》，第 522—523 页。
② 程千帆：《文论十笺》，《程千帆选集》，第 545 页。
③ 程千帆：《文论十笺》，《程千帆选集》，第 546 页。
④ 程千帆：《文论十笺》，《程千帆选集》，第 547 页。
⑤ 程千帆：《文论十笺》，《程千帆选集》，第 548 页。
⑥ 程千帆：《文论十笺》，《程千帆选集》，第 549 页。
⑦ 程千帆：《文论十笺》，《程千帆选集》，第 549 页。

来，未有及此篇者也”[①]。也对“制作与体式”的关系作了论析，认为“文章虽无定体，而以有体为常，则制作之顷，虽神明变化，终合规矩准绳”[②]：一方面承认文学“体式”及其区别的客观存在，另一方面又主张文学“制作”（即创作）不应被固定“体式”的标准束缚禁锢；一方面强调个人“制作”的独立性与独特性（“神明变化”），另一方面又强调要基本遵循普遍规律（“规矩准绳”）。应该说，这是一种辩证的观点。

第七篇《诗教下》。引自章学诚《文史通义·内篇一》，程千帆定此篇主旨为“论内容与外形”。所谓“内容”，章学诚概以“《诗》教”，程千帆认同他“《诗》教……极广”[③]的论断，并对各类文章“皆本于《诗》教”作出进一步的诠释：“文学之事，因物喻志，随类赋形，辞意参伍，变化至繁。”[④]所谓“形式”，章学诚谓之“形貌”，即文学的体裁、样式。章学诚站在文学批评与文学理论的角度（“善论文者”）看“内容”与“形式”之间的关系，一言以蔽之，“贵求作者之意指，而不可拘于形貌也”[⑤]。“谨案”部分，程千帆明确表示：“文学之事，作者授之，读者受之，而所资以授受者，则作品也。”[⑥]由此，将“作者、作品、读者”的文学三要素正式提炼出来。程千帆将文学“外形”分为三种——散文、骈文、韵文，将文学“内容”亦分为三种——抒情、叙事、说理。他认为文学之“能事”（职责）就在于使“外形”与“内容”完美结合，但这种结合能否达成，取决于若干未定因素，其中最关键的是两个，一是“作者之才性，时有偏长”，二是“意辞之繁变，难拘成格”[⑦]。

① 程千帆：《文论十笺》，《程千帆选集》，第 557 页。
② 程千帆：《文论十笺》，《程千帆选集》，第 560 页。
③ 程千帆：《文论十笺》，《程千帆选集》，第 562 页。
④ 程千帆：《文论十笺》，《程千帆选集》，第 565 页。
⑤ 程千帆：《文论十笺》，《程千帆选集》，第 566 页。
⑥ 程千帆：《文论十笺》，《程千帆选集》，第 582 页。
⑦ 程千帆：《文论十笺》，《程千帆选集》，第 582 页。

第八篇《模拟》、第九篇《叙事》。分别引自刘知几《史通》之“模拟二十八”(卷八)、“叙事二十二”(卷六)，程千帆分别冠“论模拟与创造”和“修辞示例”之名以概括该讲内容。文史相通，是我国文化和学术传统之一,《史通·载文》篇就说“文之将史，其流一焉”[①]。推究源头，为何而“一”? 笔者认为，文与史皆不离“人”和“事”。《史通》中涉及之“文”，大多是指史传文学。刘知几从论史的立场出发，皆具现实批判的指向（六朝以来华靡诗风），因此特别强调两点：从内容、精神角度讲，极力提倡切实用、助教化的文学；从艺术表达、具体写作的角度，极力主张实录、直书。

《模拟》篇，讲“述者”如何“相效”，也就是讲史传文学写作者如何师法古人。刘知几认为这种“模拟”是必须、必然的，是所谓“自古而然”者，但他将之分为两种：“貌同而心异”和“貌异而心同”[②]。这里“貌”是指文学所呈现的形式，“心”是指文学所表达的内容、秉持的精神。程千帆在“注释”中，总结说“学古当取心遗貌”[③]。这篇后面的“谨案”，是程千帆在书里直接阐述自己观点较为集中且较多的。首先，他表明自己选取《史通》两篇，出发点是认可文史同源的观点，即所谓“文之将史，源合流分”，目的是“令学者通文史之邮，破拘虚之见”[④]。这种打破学术门类的做法，程千帆十分擅长，他对章学诚、刘知几篇章的选择即为佐证。其次，程千帆就“模拟与创造之关系”着重阐述三个问题：一是“学习之程度”[⑤]，他指出就此而言，“模拟”适合“初学”阶段，用来打基础，而“创造”则适合“成学”阶段，以达到为学顶峰。二是“事理之异同”，他指出“事理

① 刘知几:《载文》,《史通笺注》，贵州人民出版社 1985 年 12 月第 1 版，第 153 页。
② 程千帆:《文论十笺》,《程千帆选集》，第 584 页。
③ 程千帆:《文论十笺》,《程千帆选集》，第 609 页。
④ 程千帆:《文论十笺》,《程千帆选集》，第 610 页。
⑤ 程千帆:《文论十笺》,《程千帆选集》，第 610 页。

之异同”是客观存在的，但具体情况又十分复杂，“或古具而今同，或古无而今有；或古之所异，而今则为常；或古别有义，而今失其旨”①，因此提示人们在是否模拟古人和如何模拟古人这个问题上，切忌“昧然泥古”与“犷然谋新”两个极端，而应做到“圆融”。三是“模拟与创造之界说”，他否定一味、绝对的“模拟”或“创造”，而是以“心貌之离合”为评定标准，认为“合多离少，则曰模拟；合少离多，则曰创造”②。最后，程千帆总结本篇：“为文之道，不外心貌二端。”③对刘知几提炼出的“心貌”说深表认同。同时进一步阐发，将“貌”（“形貌”）分为“字句”和“篇章”，将“心”（“心神”）分为“情志”“神思”和“风格”。

《叙事》篇，程千帆用“修辞示例”提示本讲内容。刘知几开篇即表明自己对“史”之叙事艺术的高度评价：“夫史之称美者，以叙事为先。”④这是一个较大的批评视野，并不仅仅局限于“史（学）”角度，而是从审美角度出发。所以，程千帆在“谨案”部分也说“虽以叙事题篇，而所举三条，实修辞之要道，即说理、抒情之作，亦当以是为衡”⑤，即立足于“修辞”学，从“史”文扩大至整个文学。关于“尚简”，程千帆首先认可的是刘知几的“砭俗之义”（刘知几反对六朝以来华丽绮靡的形式主义文风，极力鼓吹切实用、助教化的文学主张，认为史传文学只有发扬不虚美、不隐恶、直书实录的优良传统，才能根除史书写作过程中出现的种种流弊），依然不离“知人论世”的传统做法；然后阐明影响“繁简”的因素有“时世”“题材”“性分”，这是分别从社会历史文化、具体文学创作、作者气质性情三个方面来剖析；接着指出如果“一意求简”也会导致“欠生动”“遗

① 程千帆：《文论十笺》，《程千帆选集》，第611页。
② 程千帆：《文论十笺》，《程千帆选集》，第613页。
③ 程千帆：《文论十笺》，《程千帆选集》，第613页。
④ 程千帆：《文论十笺》，《程千帆选集》，第614页。
⑤ 程千帆：《文论十笺》，《程千帆选集》，第666—667页。

事实”“难清晰”“不通顺”等失误；最后总结“繁简”的辩证关系：“文伤烦芜，固属一病；刻意求简，亦非必佳。”希望能在两者间达成平衡，做到“左右逢源，丰约适度”[①]，这是“中和”的美学要求。关于“用晦”，刘知几将之看作是承接“尚简”的写作原则而来，程千帆则对此表示异议。他认为“用晦”有其独立的修辞价值，即“就文辞之全而论，则用晦之道，犹有胜义，非特有裨于简要已也”。这种修辞价值，程千帆从作者与读者的“职责”角度考量，具体而言，“作者之职责，在求表见之充分与完整，其方术时直时曲，或显或隐，固非读者所能干预。读者之职责，在求赏会之正确与精密，其程度有深有浅，见智见仁，亦非作者所能指点”[②]。作者的“职责”在于“表见”，读者的“职责”在于“赏会”，这既是对作者、读者双方“职责”的肯定，也是对这两者间桥梁——“作品”的充分尊重（这一点没有明示，但联系程千帆对文学要素的提炼，我们可以得出这样的结论）。这已是程千帆在《文论十笺》中第二次明确提出“作者”“读者”的概念，在第七篇《诗教下》（“论内容与外形”）里，程千帆曾将“作者”“作品”“读者”的文学三要素正式提炼出来，而艾布拉姆斯《镜与灯——浪漫主义文论及批评传统》作于1953年，比程千帆这里的说法晚了十年，这正可以说明程千帆的学术眼光。关于“贵真”，刘知几创造性地诠释“文质”关系，指出想要了解“史之为务，必借于文”[③]，意即“史”是内容和实质、“文”是手段和方法，他着眼于批判当时文作的“失真”现象所导致的文史皆非的状态。程千帆对于“真”，拓展性地、创造性地提出“情理”概念。他所谓“情理之真”是指“由心生想，由想生象，故实感有所不至，则缘幻梦出之；常情有所不然，则以假设表之。此虽于事或阂，而

① 程千帆：《文论十笺》，《程千帆选集》，第669页。
② 程千帆：《文论十笺》，《程千帆选集》，第670页。
③ 程千帆：《文论十笺》，《程千帆选集》，第665页。

于情则通”，可以实现“达不达之心，传不传之意”[①]的文学效果。与“情理之真”相对应的是“事理之真”，其特点是“以人事比拟，必于其伦，词语引申，必衷其义”[②]，有悖于此者，程千帆将其定义为“妄饰”。其实，“情理之真”与“事理之真”可以对应的文学理论概念，应该是“真实”与“事实”，再引申为“文学”与“生活”(客观反映与主观表达)，等等，这些都是文学理论的基本问题。

第十篇《古文十弊》。出自《文史通义·内篇五》，是程千帆所选章学诚五篇之最后一篇，也是本书的压轴之篇。程千帆用“文病示例”为题。此篇是章学诚“砭俗”力度最大的一篇，开首明旨：“兹见近日作者所有言论与其撰著，颇有不安于心。因取最浅近者，条为十通。思与同志诸君相为讲明。……此不足以尽文之隐，然一隅三反，亦庶几其近之矣。”[③]章学诚就“近世”文章的毛病，列出“剜肉为疮”“八面求圆”“削趾适屦”“私署头衔”“不达时势”“同里铭旌”“画蛇添足”“优伶演剧”“井底天文”“误学邯郸”十条，概括而言就是摹古的形式主义和唯美主义，并阐述了自己对于事理与文辞、文章与真实、文章与现实、文章与法度、文章与气势等关系的观点，其核心是崇尚实用。这种文章观，在考据之学、性灵之学和桐城派古文盛行的乾嘉时代，极富时代精神。程千帆在“谨案”处，将“文病”分为两种，一是“修辞”层面的，二是“意义”范围的，他认为章学诚所论“文病”属于后者。他又将这种“意义”的舛误，细分为才、学、识、德四类的缺失，明确此“四者于文，乃属至要”[④]，并进一步辨析四者之间的关系：“学者才之主，德为识所归。”[⑤]也就是说，在四者之中，程千帆

① 程千帆：《文论十笺》，《程千帆选集》，第671页。
② 程千帆：《文论十笺》，《程千帆选集》，第671页。
③ 程千帆：《文论十笺》，《程千帆选集》，第674页。
④ 程千帆：《文论十笺》，《程千帆选集》，第716页。
⑤ 程千帆：《文论十笺》，《程千帆选集》，第716页。

更加看重“学”与“德”的作用。

程千帆用最“中国”、最传统的形式（选文 + 注释 + 谨案）来表述自己的文学理论，虽然以古代文论为资源，却能够从中抽出于当时乃至当代“文学”必需的理论结构，在这一点上，他比同样以“旧”面貌示人的姚永朴“新”，亦即具有真正现代的特质。

第二节 新旧交融：刘永济、马宗霍、姜亮夫、赵景深

刘永济、马宗霍、姜亮夫、赵景深，此四位日后均以古典文学、传统学术研究作为自己的兴趣和职业，而且他们本身都接受过中国传统教育，从这个意义上来说，“他们”是“旧”的。但他们的文学理论教材和著述却具备现代的先进学科体系的规范、模式，甚至是具体的理念、观点，因此“它们”又是“新”的。“旧”的“他们”如何生产出“新”的“它们”，这值得成为本书的一个关注点。

一、刘永济《文学论》

刘永济（1887—1966），字弘度、宏度，号诵帚、知秋翁，湖南新宁人。毕生致力于《文心雕龙》研究、屈赋研究，涉及中国古典文学之诗、词、曲及文论诸多领域，并有诗词创作《诵帚词》《云巢诗存》。《文学论》是刘永济年轻时（1917 年起）在长沙明德中学任教时的讲义，1922 年由长沙湘鄂印刷公司出版，1924 年太平洋印刷公司再版，1934 年作为“百科小丛书”之一种由上海商务印书馆出版。笔者所读版本为中华书局 2010 年 7 月第 1 版的《刘永济集 · 文学论　默识录》。

《文学论》凡六章、四十五节，行文洋洋洒洒、纵横捭阖，初习时较

难理解，而准确把握论者的讲授思路，则是能事半功倍地接近理论实质的关键处。《文学论》采用以下两种思路进行论述：一是圆形内缩，二是正反开合。其目标都是渐进核心，也就是说，所有的论点都是从对比论述中得出的。

第一章“何为文学”。第一节讲“文化发展之概观”，概述文化发展的脉络，立下的总体构架是历史唯物主义的进化观体系，在此基础上，明确文学起源于宗教、宗教则起于人性需求。第二节在“文化”的论述大圈里内缩一层，讲“文学成立及发达之原因”，即“感乐与慰苦”及“离宗教之羁绊”[①]。第三节申明“了悟与判断之力”是“感乐与慰苦”的产生基础，并以此为两端，确认文学之两大作用是教人“学识”与使人“感化”。第四节讲“属于感化之文之性质”。通观全书，不难见出，论者虽将文学分为“学识之文”与“感化之文”两类，但后者处于论述的重点位置，是论者未言明但心属之的“纯文学”，由此可见，从文化到文学、从文学的两大作用到感化之文的性质，很明显，作者的讲述至此进入到核心部分（此节中出现了全书的两大关键词“人情物态”与“表现”），而第一章的圆形内缩思路也在此告一段落，紧接着是正反开合的讲述。先用排除方法“反”讲，如第五节“文学与他种学术之异同”，在与

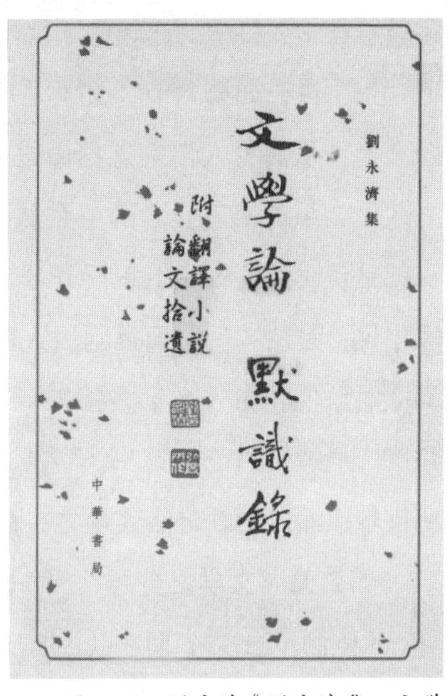

图 1-3　刘永济《刘永济集·文学论　默识录》（中华书局 2010 年版）封面

① 刘永济：《文学论》，《刘永济集·文学论　默识录》，中华书局 2010 年 7 月第 1 版，第 8 页。

宗教、哲学、科学的比较中，得出“文学者，极自由之学也”[①] 的结论；继而“正”讲，如第六节“文学之功能”，即在具备学识的基础上产生了悟判断之力，从而见人情物态精微之处并综合而表曝之，以达到收感乐与慰苦之效。如果说第五、六两节是从事物的横比上正反开合，那么接下来的两讲就是从时间的纵向上正反开合。第七讲“我国历来文学之观念”，列举诸家之说，是从“反”面批判后人曲解孔门诗学；第八讲“近世文学之定义”则立意鲜明，由“文学之精神”出发，从作者、创作实践、目标、宗旨等角度，最后聚焦定义：“文学者，乃作者具先觉之才，慨然于人类之幸福有所供献，而以精妙之法表现之，使人类自入于温柔敦厚之域之事也。”[②]

第二章“文学之分类”。第一节“文学的体制因其原质而异”，表明由外（“体制”分类）而内（“原质”构成）的认知视角；第二节就具体讲“文学的原质”，借用芝加哥大学教授莫尔顿“描写、表演、反射”[③] 的学说，落实到自己上文所论的“学识”“感化”上，分化成六类原质。这两节是从“内”（即“原质”）视角看文学分类，以下四节是从“外”（即“体制”）视角看文学分类，一“内”一“外”即正反开合。第三至第六节，都是讲文学体制的，回复到圆形内缩的思路。先是概论“文学的体制分类之历史观”（第三节），再讲“我国文学体制构成之源”（第四节），继而讲“我国文学体制变迁之迹”（第五节）。“源”“迹”之间是一个小的正反开合，但又都统圈于“历史观”的大框架内。及至最后讲“文学体制变迁与其外形之关系”（第六节）。

第三章“文学的工具”。第一节将论述置于一个广大的视域——“自然”，绘画、音乐、文学是表现自然的三种方式，这三者又分别有三种表现

① 刘永济：《文学论》，《刘永济集·文学论　默识录》，第 12 页。
② 刘永济：《文学论》，《刘永济集·文学论　默识录》，第 20 页。
③ 刘永济：《文学论》，《刘永济集·文学论　默识录》，第 22 页。

工具——采色、声律、文字。以下几节就专门讲文字（文学的表现工具），是典型的圆形内缩思路。

第四章“文学与艺术”。第一节依然是宏大叙述，论“艺术之根本何在”，答案是艺术应精神要求而成立，即“求美”；第二节聚焦于“美”讨论“文学之美”，认为文学之美初在能自感（观察）、继在能感人（表现）；第三节就“感”（情感）字再聚一层，论“文学与情感”，指明情感转化为文学的两大要素，即道德智慧和真挚；第四节谈“表现之法”，其实是就如何“感”作进一步的论述，并明示其主观判断，即文学的表现贵在“含蓄”“适当”[①]；以含蓄、适当为标准，第五节讲“精神”，认为“作品之精神，往往视表现之法工拙而分强弱”[②]，并结合“品藻”的传统，将读者精神与作者精神并举；第六节“创造与摹仿”，深度切入，指出创造之文、摹仿之文的关键是在文学中显示“精神”（实质）。可见，这六节是渐渐收缩、聚焦的逻辑理路。

第五章“文学与人生”。此九节，又分为四个部分。第一部分是第一、二节，写文学与人生的相互作用；第二部分是第三、四节，写文学的表现方式与内容；第三部分是第五、六、七节，写文学的两大流派及其长短处；第四部分是第八、九节，写文学家、文学的价值。第一节“文学之真用在增进人生”，强调文学源于感乐并旨在求乐，这是从较为宽泛的意义上论述文学的性质；第二节聚拢一层，从泛义的“乐”而谈“真善美”，因此将视点转移至“文学与道德智慧”，申明文学及文学家“不可无道德与智慧”，但又不可“质言道德与智慧”[③]。第三节与第四节分别讲文学表现的内容（“必为具体的”）与方法（“为拣择的”），是一对开合的论述关系。第

① 刘永济：《文学论》，《刘永济集·文学论　默识录》，第68页。
② 刘永济：《文学论》，《刘永济集·文学论　默识录》，第69页。
③ 刘永济：《文学论》，《刘永济集·文学论　默识录》，第80页。

五节“近世文学上之两大派”，着眼点是“学识与情感”的偏向；接下来的第六、七两节，分述浪漫派与写实派之“长短”，其中，“长短”是各自内部的正反开合，两派之“比较”则是两者之间的正反开合。第八、九节讲“文学家异于常人者何在”，答案是熟于“人情物态”[①]，由此推论，这样的文学家创作的文学，其“价值”在于“理较全、情较正，而表现复精巧”[②]，是由作家而深入到作品的核心价值领域。

第六章“研究我国文学应注意者何在”。第一节与前几节的理路相同，着眼较大，从“文化”角度谈必须加强研究文学，因为文学是“民族精神之所表现，文化之总相”[③]；第二节谈“我国哲学以善为本”，因为“一国之文化……哲学思想实其要素”[④]；第三节谈“我国文学亦以善为本”，因为文学是哲学的反映。以上三节，从文化到哲学再到文学，是层层聚拢的圆形内缩。第四节则与“以善为本”文学对举，进行正反开合，讲“孔门以外之文学”；第五、六节，又返回到“文学”的圈内，继续聚焦，即论述“主善的文学”之长短，其本身即形成一个正反开合的结构；第七节“今后之希望”，目标再次内缩，聚焦在“今日”，将今日之中国文化形势类比南北朝时期，言其“荒落”，但秉承文化进化观，寄希望于“今后”。

《文学论》用现代西方“文学理论”体系总构框架，却以半文半白语言写就，既借鉴外国理论，也体现传统思想。刘永济在古今中外文论与知识资源中的折中努力，显示出他与姚永朴一辈知识结构的差别，其文学理论的现代特征则更明显。

---

① 刘永济：《文学论》，《刘永济集·文学论　默识录》，第92页。

② 刘永济：《文学论》，《刘永济集·文学论　默识录》，第95页。

③ 刘永济：《文学论》，《刘永济集·文学论　默识录》，第97页。

④ 刘永济：《文学论》，《刘永济集·文学论　默识录》，第99页。

二、马宗霍《文学概论》

马宗霍（1897—1976），湖南衡阳人，字承堃，晚号霎岳老人。毕生以文字学为其主攻方向，潜心《说文解字》，此外著有《音韵学通论》《文字学发凡》《中国经学史》等，并善书法，自成一体。《文学概论》是马宗霍于20世纪20年代初赴南京任教（1920年在南京金陵大学附中、1921年始在南京国立暨南大学）时所作，由商务印书馆于1925年10月出版、1926年4月再版。笔者所读为商务印书馆1926年版。

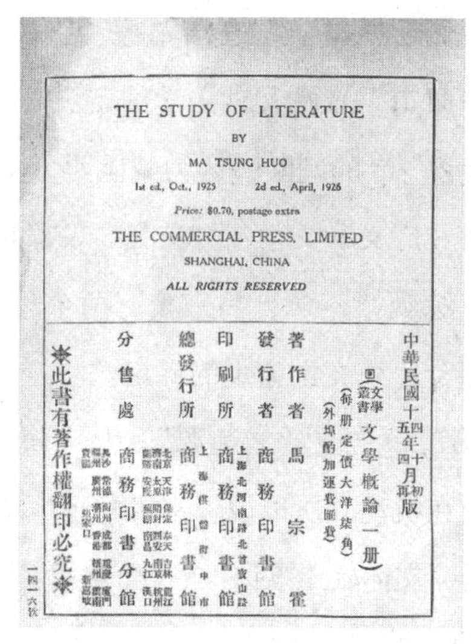
THE STUDY OF LITERATURE

BY

MA TSUNG HUO

1st ed., Oct., 1925　　2d ed., April, 1926

Price: $0.70, postage extra

THE COMMERCIAL PRESS, LIMITED

SHANGHAI, CHINA

ALL RIGHTS RESERVED

中華民國十四年十月初版
中華民國十五年四月再版

（文學叢書）文學概論一册
（每册定價大洋柒角）
（外埠酌加運費匯費）

著作者　馬宗霍
發行者　商務印書館
印刷所　商務印書館
總發行所　商務印書館
分售處　商務印書分館

※此書有著作權翻印必究※

图1-4、图1-5　马宗霍《文学概论》（商务印书馆1926年版）封面及版权页

马宗霍《文学概论》共四篇、二十章。

第一篇“绪论”含四章。

第一章“文学之界说”。先讲文之三“义”，即从三个方面圈定文学的边界。一是“文之广义”，从最大限度说，“凡宇宙之间，万物有条理而弗紊者”[①]皆为文学，其实是从文字学角度来定义；二是“文之狭义”，历数两

① 马宗霍：《文学概论》，商务印书馆1926年4月再版，第1页。

种传统认知，即“命其形质而为言者”与“状其华美而为言者”[①]，马氏本人更侧重于“华美之说”，也就是纯文学概念；三是“文之本义”，引《易》与《说文解字》，还是从文字学立场出发，引申为“凡构思结想，累字结句者，皆可称文”[②]，但侧重对“文”之形成要素与过程的强调。论及“文学之范围”时，举出王充、章太炎、刘师培对文学范围的圈定，最后说“吾人观于王氏之四等、章氏之诸体、刘氏之三类，当不难明定文学之区域矣”[③]。虽未明言，其实是在“广义”与“狭义”间折中而取，既有实用型的，更有华美型的，总体而言偏重于纯文学观念。在介绍“西人论文”方面，列举柏拉图、黑格尔、安诺尔德、赫德森、纽曼、白鲁克、孙伯虎（今通译为“圣佩甫”）等人对文学的定义，以证明其“西方学者，亦未能明定文学之界说”[④]的判断，认为戴昆西分文学为“知、情”二端比较合理，但庞科士对“广义”文学与“狭义”文学的区分更符合“literature”一词的本来含义。综观第一章，马宗霍有两个理论支撑：一是文字学的立足点，二是广狭相合、纯文学为重的界定。

第二章“文学之起源”。从“机”“体”“用”三个角度探讨。“机”指的是内在机动，所以说“文机发于情感”[⑤]；“体”指的是体式、体裁，马宗霍认为“文体始于歌谣”[⑥]；而“用”则是指功用，表示“文用起于需求”[⑦]。

第三章“文学之特质”。概括出三点：“慰人”“观人”和“感人”。“慰人”的特质，更偏向于“就失意者而言”；“观人”的特质，则从人性、遭遇、行为等方面看出；“感人”的特质，则从“文”“情”“感”三者的循

① 马宗霍：《文学概论》，第1—2页。
② 马宗霍：《文学概论》，第2—3页。
③ 马宗霍：《文学概论》，第5页。
④ 马宗霍：《文学概论》，第5页。
⑤ 马宗霍：《文学概论》，第6页。
⑥ 马宗霍：《文学概论》，第8页。
⑦ 马宗霍：《文学概论》，第10页。

环互生的角度阐发。

第四章“文学之功能”。列出五大功能：载道、明理、昭实、匡时与垂久。于“载道”功能，马宗霍特别明确“文”与“道”的关系：既有“内外虚实”的区别，更主要的是“相资相辅”[①]。在“明理”的功能上，马宗霍认为从自然学角度（“宇宙”）来说，能够做到穷形尽相程度以阐明物理与事理的，唯有文学。相较于以上三者（即“载道”“明理”“昭实”）作为文学的内在功用，马宗霍认为“匡时”是文学功用的外在体现，是能够扩而影响社会的一个用处。最后的“垂久”是继上述四个功用后的总结，“必有一焉，始可以言传”[②]。

第二篇“外论”含八章。

第一章“文学与语言”。在谈了“语言之起源”“语言之种类”后，明确“言与文之关系”：文学代表语言，语言是文学的根据。最后，简述“吾国言文分合之沿革”。[③]

第二章“文学与文字”。首先说“文字之成立”，看法新颖，从内外两个层面说文字的形成，“通意志之微，济语言之穷”[④]。继而谈“吾国文字之构造”，批评了汉字“专主象形”的说法，认为汉字兼具“形、声、义”，并且三者可有多种变化。再说“吾国文字之组织”，转引刘师培《论文杂记》。接着明确本章主旨——“文字为文学之根本”[⑤]。

第三章“文学与思意”。这里的“思意”，由两个方面构成：“构思”与“命意”。二者的关系如下：先形成构思，然后得命意，将构思与命意进行到底、贯彻始终，就能卓然成家。关键在于马宗霍进一步阐释“思意之

---

① 马宗霍：《文学概论》，第 19 页。
② 马宗霍：《文学概论》，第 28 页。
③ 马宗霍：《文学概论》，第 35 页。
④ 马宗霍：《文学概论》，第 38 页。
⑤ 马宗霍：《文学概论》，第 44 页。

标准”，从涵养德性、培植品行、影响人心、形成社会风气等方面，沿用、认同孔子的“无邪”说。然后说明“思意之表现”，概括出两个方法，即“直写”与“假托”，并明晰其长短处：“直写”长处在“明显”，短处是局限于材料因而不自由；“假托”长处在含蓄，短处是过于虚渺或深晦因而使人不明确。

第四章“文学与性情”。首先明确“性情与文学之关系”，一言以蔽之，即“一切文学，无非发自性情”[①]，并进一步阐述文学中的性情，即“有作者之性情，有文中之性情，有读者之性情”，三者中“以作者之性情为本”[②]。然后从禀赋、遭遇两方面讲“性情之差别”。接着讲“性情之本质”，是从文学角度阐述，认为“普遍”和“超卓”的性情，应该、也更易于被文学所表达。最后讲“性情之表现”，其实是讲文学中性情的表现要求，一是“深厚”，二是“节制”，都与孔子诗教有关。

第五章“文学与志识”。所谓“志识”，是指道德品质和意识知识。先讲“立志”，引述孔子“质文”之说，并从“立言”（著书）的角度确认“古今来欲立言以垂不朽者，鲜不志于道德”[③]。再讲“炼识”，依据《大学》“格物致知”说，从论史、评诗、述理、辨事等方面，明确“炼识”的必要性。最后讲“志识与文学之关系”，引述章学诚论点。

第六章“文学与观念”。这里的“观念”与一般的“观念”不同，联系上下文，应该讲的是“经历”之积累。首先从心理学角度讲“观念之联络”，指出观念的四个要素：具体、回忆、选择和组合。接着讲“观念之解释”，特别强调“文学家之解释，乃美术之真也”，关键在于要表达出“深

① 马宗霍：《文学概论》，第 56 页。
② 马宗霍：《文学概论》，第 56—57 页。
③ 马宗霍：《文学概论》，第 69 页。

合于人性中最高一部分之需求”[1]。

第七章“文学与人生”。其实讲两层意思：文学该表达什么样的人生、文学家应持什么样的人生观。第一层表述为“文学为选择之人生”以及“文学为论理之人生”。第二层认为文学既可以表现“个人之人生观”，其实是从消极厌世者的角度出发，认为文学有助其抒发的功能；文学又可以表现“社会之人生观”，主要从文学思潮与社会的关系角度阐发。

第八章“文学与时代”。首先辩证地论析“时代影响于文学”（文学是时代的反映）、“文学影响于时代”（文学具有鼓动人心的力量）。然后分述“吾国历代文学之概观”和“西洋文学之时代观”。

第三篇“本论”含八章。

第一章“文学之门类”。分两个方面讲，先讲“吾国文学之分类”，提出“就四部之成法，而探七略之要旨，其于辨章学术，当必大有所补也”[2]。再讲“西洋文学之分类”，在陈述了散文、诗、小说、戏曲四大门类之后，特别提出小说戏曲在“匡救社会、改良风俗”[3]方面具有别种文学无法企及的效果，并认为中国文学界已经开始注意到这些。

第二章“文学之体裁”。先说中国的传统体裁分类法，有“论文者之分体”和“选文者之分体”，但归总看来，“各体之起源”都来自六经诸子（以章学诚观点为例），而“各体之作法”却各有所称。最后讲“西洋文学之分体”，分为四类——论说、辩论、描写、记述，认为其粗疏，不如中国的分法详密。

第三章“文学之流派”。先讲中国文学的流派划分，以文体为单位，分为“文之派别”“诗之派别”“词曲之派别”和“小说之派别”。马宗霍对

① 马宗霍：《文学概论》，第75页。
② 马宗霍：《文学概论》，第90页。
③ 马宗霍：《文学概论》，第91页。

于“文之派别”的概括是：“六经之文，以道体为主者，道理之家也。诸子之文，以思想为主者，义理之家也。史志之文，以事实为主者，事理之家也。经子史外之文，以发抒情志为主者，皆情理之家也。”[①]另外，能将词曲和小说与诗、文这样的正统文学体裁相并举，也是马宗霍的学识创见。然后讲“西洋文学之派别”，引用厨川白村的“两思潮”论，详细分析浪漫派与自然派的不同之处，虽未明言偏向，但从字里行间的评述，可见马宗霍的理论倾向是“浪漫派”文学一方，主要在于“浪漫派”是以“自我”为基础、以“理想”为动力、以“美”为追求目标的文学派别。最后，马宗霍认为探究“文学派别之变迁”，不能生硬地以进化论为依据和方法。

如果说前面三章探讨的还是文学理论界的寻常问题，所用术语也是现代意义上的通用术语，那么，接下来的三章就带有鲜明的“中国特色”。

第四章“文学之法度”。马宗霍并没有讲明何为“法度”以及何为“文学之法度”，而是辩证地论析文学“不可无法”“不可泥法”和“不可以法示人”[②]，这三方面的论析，所举例子均为中国古人。然后讲“西洋文学之法度”，从亚里士多德讲起。

第五章“文学之内相”。“内相”这个带有佛学色彩的字样，用在此处，中国特色及东方特色甚为鲜明。马宗霍认为文学有四大“内相”，分别是“神”“趣”“气”和“势”。本章所用论析方法，是以前人之话为主，间有个人见解。

第六章“文学之外象”。亦有四个：“声”“色”“格”和“律”。其中，“声”与“色”方面，马宗霍强调天然、自然，提出“文章之有声，出于天

① 马宗霍：《文学概论》，第 106 页。
② 马宗霍：《文学概论》，第 119—123 页。

籁”[①]以及“能得自然之美，斯为善于设色”[②]的观点。“格”与“律”方面，马宗霍认为人工之力不可忽视，如“格”分“炼而后成者”和“不假炼而成者”，前者属于“人力结构之巧”，后者则是“化工浑成之妙”[③]；而对于“律”，马宗霍认为既“不必坚守”也“不宜轻犯”[④]。

第七章“文学之材料”。分为两处，一是“得自典籍”，二是“得自见闻”，马宗霍更趋向于后者，认为“天地间之事物，皆文学之材料。……取之不尽，用之不竭，惟在吾人之善取善用耳”[⑤]。

第八章“文学之精神”。马宗霍提出两点：“贵能创造”和“贵能变化”[⑥]。

第四篇“附论读书之门径”。

举出五大门径：宗经、治史、读子、诵集、通论读书。

西方文学理论的通用格式与文言表述，形成马宗霍此部《文学概论》的鲜明特色。其背后则是传统的文论范畴与西学融合的实践，这几乎是那一代学者的共同选择。马宗霍集中体现了这种时代选择。

三、姜亮夫《文学概论讲述》

姜亮夫（1902—1995），原名寅清，字亮夫，云南昭通人。著名的楚辞学、敦煌学、语言音韵学、历史文献学家，教育家。《文学概论讲述》是姜亮夫于1928年至1929年在无锡中学的授课讲义，后根据学生的笔记整理成书，1930年由北新书局出版。笔者所读为云南人民出版社2002年10

① 马宗霍：《文学概论》，第135页。
② 马宗霍：《文学概论》，第139页。
③ 马宗霍：《文学概论》，第140页。
④ 马宗霍：《文学概论》，第144页。
⑤ 马宗霍：《文学概论》，第147—148页。
⑥ 马宗霍：《文学概论》，第149—151页。

月第1版《姜亮夫全集》二十一（内含《文学概论讲述》《词选笺注》《北郇老人文辑》）中的《文学概论讲述》。

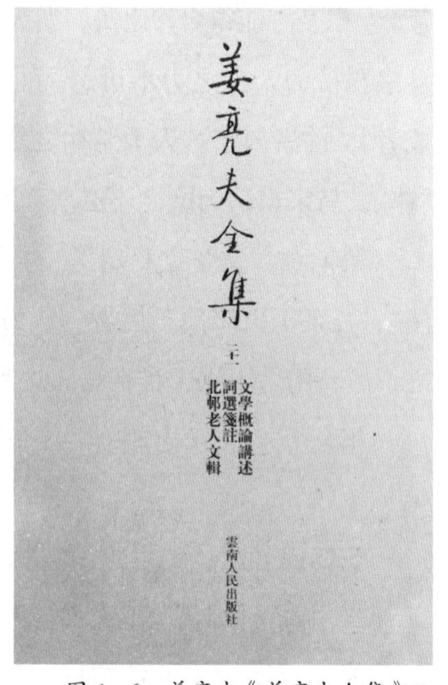

图1-6 姜亮夫《姜亮夫全集》二十一（云南人民出版社2002年版）内封

全书本有四部分，前两部分就是现在所见之第一编“通论之部”和第二编“中国文学各论之部”，后两部分却只有拟目而未续写。

现存这两编共六章、二十八节。

（一）第一编“通论之部”

第一章“文学的定义”，内含五节。

书中在这一章并未出现“节”的字样，而是以英文小写字母标序，笔者为方便行文，统称为“节”。

前四节从比较差异的角度，来确定文学之特质。如“文学与科学（这单指自然科学说）”相比，其区别在于科学侧重于物质，而文学侧重于精神；“文学与社会科学”的差异是社会科学以推证的方法、客观的态度来达到“求价值判断的真”的目的，而文学则是主观的、非推证的，并且不以表现因果关系和判断为目标；“文学与哲学”的区别在于，哲学是“知（识）”的活动，而文学只是“自然地写下”有关“人类心灵里感觉的或突然发出的秘奥”[①]；“文学与艺术”的关系表现为文学隶属于艺术，是时间艺术的一种。比较之后，在历数中国历代有关“文学”的定义和西洋各家的说法后，姜亮夫采取波士顿大学亨德教授的学说（赞其说“算比较精密而

---

① 姜亮夫：《文学概论讲述》，《姜亮夫全集》二十一，昆明：云南人民出版社2002年10月第1版，第3页。

无偏狭或广泛之失"[①]）。最后明确指出"文学的特处，就是在通过想象感情，但是高大的文学是写一般人的感情想象的活跃"[②]。

第二章"内质"，内含五节。

第一节"文学的生成"，从心理活动和社会活动两个方面论述，指出它们互为因果的关系。

第二节"心理学观的文学"。第一项从"心理学观"角度阐发"文学起源"在于"自我表现的冲动""对他表现的冲动"以及"求美的冲动"，而其中"自我表现的冲动"是文学生成的主因，因为文学本就是"作者生命力的表现"[③]。第二项介绍"文学要质的心理学观"，包括三个要素：一是"情绪"（指出"情绪"的效果与价值在于其纯正、活跃、统一、变化的性质），二是"想象"（分为三类：创造的想象、联想的想象和解释的想象），三是"思想"（辩证分析"文学"与"想象"的关系：一方面"决不能有所谓不含思想的文学"，另一方面"文学并不是思想主义的宣传"[④]）。

第三节"社会学观的文学"。第一项"社会学观的文学生成"，从历史（亦即文字语言）以及实用两方面切入讲文学的起源。值得注意的是，在"实用"层面，强调三点：一是"求生"（从原始人"掠取""媚神""避患"的行为，得出结论"文学的起源，也不过为人生而生"[⑤]），二是"生命之继续"（人类以文字形式传承经验、延续生命、阐演历史，这些"是后世历史小说及一切记叙文之所起"[⑥]），三是"维持社会"（主要指社会秩序的维护）。第二项讲"社会学观的文学要质"，包括三个要素：一是"地理性"

① 姜亮夫：《文学概论讲述》，《姜亮夫全集》二十一，第 7 页。
② 姜亮夫：《文学概论讲述》，《姜亮夫全集》二十一，第 7 页。
③ 姜亮夫：《文学概论讲述》，《姜亮夫全集》二十一，第 17 页。
④ 姜亮夫：《文学概论讲述》，《姜亮夫全集》二十一，第 28 页。
⑤ 姜亮夫：《文学概论讲述》，《姜亮夫全集》二十一，第 31 页。
⑥ 姜亮夫：《文学概论讲述》，《姜亮夫全集》二十一，第 34 页。

（将此性质提升到相当高度，称它是“文学与其他学术大异之点，是文学所以为文学的要素，也是文学贵重的所在”[①]），二是“历史性”（特指“一个有特殊的风俗、习惯、政治、经济，而有悠久的过去与未来的民族”，即“种族”[②]），三是“时代”（强调作家与时代精神的紧密结合，“文学之可贵者，往往是时代精神表现得非常旺盛而明确”[③]）。

第四节“文学的特征”。第一项“文学自身的特征”，指出文学因具备“作者的感情”“文中事物的感情”“读者的感情”三种感情而天然地具备“永久性”和“普遍性”[④]。第二项“作者个性”，指出所谓作者个性关键在于能“表明作家其人的心的世界”，从而使得读者能“借此同化之情，而与中外古今的人类交通，这便是文学之所以永久普遍”[⑤]。第三项“文学的‘真’‘美’”，先是层层递进地讲析文学之“真”（文学之“真”是属于感情层面的，文学家的“真”是足以代表永久、普遍的人世真情），然后讲文学之“美”（先是辨析事物客观之美与人所感受到的美亦即“美欲”之间的关系，指出文学所要表达的是主观“美欲”，而美欲不仅是“文学的特质”，也是“文学生成的根本义”[⑥]）。

第五节“文学的材料”。第一项“材料的意义”，首先富有新意地指出“艺术的作用，并不是表达物事的质体，而是表达事物的精神”[⑦]，以此来判断文学的材料不是一般所认为的“文字”而是“题材”，并特别强调“所谓题材者，不是作者的手段，却是作者的目的”[⑧]。第二项“材料的

---

① 姜亮夫：《文学概论讲述》，《姜亮夫全集》二十一，第 36 页。
② 姜亮夫：《文学概论讲述》，《姜亮夫全集》二十一，第 37 页。
③ 姜亮夫：《文学概论讲述》，《姜亮夫全集》二十一，第 45 页。
④ 姜亮夫：《文学概论讲述》，《姜亮夫全集》二十一，第 46—52 页。
⑤ 姜亮夫：《文学概论讲述》，《姜亮夫全集》二十一，第 64—65 页。
⑥ 姜亮夫：《文学概论讲述》，《姜亮夫全集》二十一，第 72 页。
⑦ 姜亮夫：《文学概论讲述》，《姜亮夫全集》二十一，第 76 页。
⑧ 姜亮夫：《文学概论讲述》，《姜亮夫全集》二十一，第 79 页。

分类”，将文学的材料分为两类：一是“题材”，又细分为“人生”“自然”与“超自然”；二是“表材”，包括“语言”“文字”“纸墨”。第三项“材料的表现观”，先是讲“表现的材料”即语言文字，再讲“表现的方法”，分为“用材”和“化材”。

第三章“文学形式”，内含四节。

第一节“形式意义”。从两方面讲，一是从文艺和文学的本能来看，“内容即是表现”①；二是从文艺和文学的作用来看，“文学的形式，常常因情境而异。……中西各国文学文体的变迁，倘一考其背景，莫不是因缘于当世的思想或情事”，文体的演进促使“文学应用上日益活泼而真切”②。

第二节“形式源变”，其实是讲“文体”。第一项“文体名目的成立”、第二项“文体名目的源变”。本节内容与众不同。姜亮夫分文体为两类——“乐语”和“直语”，其实就是通常所说的“有韵文”和“散文”，诗属于乐语类，而直语类则举故事、神话、记叙文、说明文和赋为例。姜亮夫用“人”“神”作标准区分故事和神话，指出：神话写“神”，带有诗的与哲学的意味；而故事写“人”，侧重于记述事实。

第三节“形式分类”，姜亮夫所说的“形式”是指“文学的要素的形式”，即“作家把自己的思想情绪，移于读者时的一种方法手段的形式”③，分为“乐语”和“直语”。第一项“历代分类情形”，介绍中国传统的文学分类法，有三种：属于叙述家的分类的“文学史分类”（以“人、地、时”分）；属于评论家的分类的“文学体性分类”，是从文学的“韵味”“作用”分类，依据的是文学本身的性质；以及对文学分类影响很大的“学术分类”和“文体分类”。第二项“本书的分类”，糅合了中西方的体裁分类，分为

① 姜亮夫：《文学概论讲述》，《姜亮夫全集》二十一，第88页。
② 姜亮夫：《文学概论讲述》，《姜亮夫全集》二十一，第88—89页。
③ 姜亮夫：《文学概论讲述》，《姜亮夫全集》二十一，第116页。

六项：诗、词、戏曲、小说、赋、散文。

第四节“形式各论”。第一项“中国语言文字与文学”，首先从最广的范围，承认“语言是人类思想感情的代表，文字是语言的符号”①；然后指出中国语言和文字的特点是“无变形”，因而导致中国文学音乐化、便于骈偶并简洁；特别讲“韵律”，分广义和狭义，广义是指“能使读者的感情随着作者的感情掀起的那一种同一的步调之兴味”，狭义是指“文字组织上的外态”②。第二项“散文”，指出其形式特点就是“无一定”③（无一定的章节、无一定的句子、无一定的字、无一定的位置、无一定的音律）。

（二）第二编“中国文学各论之部”

第四章“绪说”，内含四节。

这一章着眼极大，从“华夏”（第一节）到“中国文化之鸟瞰”（第二节）再到“中国学术大要”（第三节）直至“中国文学的价值与特点”（第四节），范围渐渐缩小。前三节涉及面极广，包括种族（性）、社会结构、伦理道德、学术思想等，第四节才转回文学本身，揭示中国文学的特点与价值：“理智化”“道德化”“政治化”和“形式的美”。

第五章“诗”，内含四节。

最精彩的当属点评各体诗以及历代诗人与其诗作的部分。例如：认为绝句是个矛盾统一体，一方面它是所有文体里最“死像”和“固定”的，另一方面它表情达意又最“幽默”和“迷人（charming）”④；比喻七言绝句是“是中国文学中一个娇美多情的仙人”⑤。对诗人的喜好有一个标准，那就

① 姜亮夫：《文学概论讲述》，《姜亮夫全集》二十一，第 179 页。
② 姜亮夫：《文学概论讲述》，《姜亮夫全集》二十一，第 182 页。
③ 姜亮夫：《文学概论讲述》，《姜亮夫全集》二十一，第 190 页。
④ 姜亮夫：《文学概论讲述》，《姜亮夫全集》二十一，第 296 页。
⑤ 姜亮夫：《文学概论讲述》，《姜亮夫全集》二十一，第 311 页。

是有无自我在里面，例如赞陶渊明“自然清婉，处处有他自己的情感”[①]，而批评山水诗人谢灵运“只是对于自然的描绘，而少了一个‘我自己’”[②]。

第六章“词”，内含六节。

姜亮夫论词，其标准是“自然”。说到词的源流，他认为有三个阶段或曰部分：一是六朝以前的长短句，二是唐初绝句，三是中唐以后的新乐府。姜亮夫最看重的是“天真自然”的长短句，称之为“万世不朽的‘真实’”[③]。及至最后词发展完全，姜亮夫却遗憾它“失去了自由，成为文人的附属”[④]。

容量大是这部《文学概论讲述》最明显的特征。外在的表现为逾 20 万字的体积，而内在的表现，则是姜亮夫将“心理”学与“社会”学引入，扩大了文学理论建构的视野，也标志着中国现代文学理论建构在科学化进程中又迈出重要一步。

四、赵景深《文学概论讲话》

赵景深（1902—1985），曾名旭初，笔名邹啸，祖籍四川宜宾，生于浙江丽水。早年参加新文学运动，后致力于古代戏曲与小说研究。这部《文学概论讲话》是赵景深自 1930 年起在复旦大学中文系任教时的讲义，后由北新书局于 1933 年 1 月付版刊印。笔者所读为北新书局 1935 年 10 月第 3 版。

---

① 姜亮夫：《文学概论讲述》，《姜亮夫全集》二十一，第 317 页。
② 姜亮夫：《文学概论讲述》，《姜亮夫全集》二十一，第 317 页。
③ 姜亮夫：《文学概论讲述》，《姜亮夫全集》二十一，第 335—336 页。
④ 姜亮夫：《文学概论讲述》，《姜亮夫全集》二十一，第 356 页。

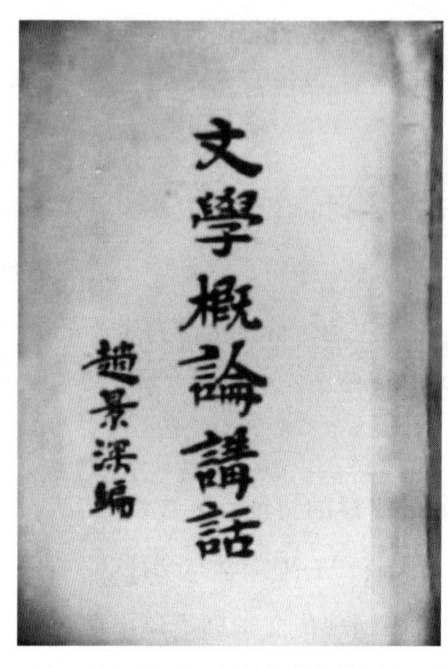

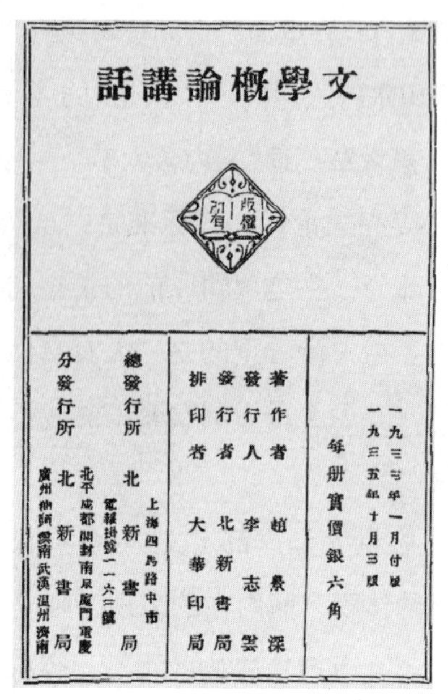
文學概論講話

版權

每冊實價銀六角

著作者　趙景深
發行人　李志雲
發行者　北新書局
排印者　大華印局

總發行所　北新書局　上海四馬路中市

分發行所　北新書局　北平　成都　開封　南京　廈門　重慶　廣州　杭州　雲南　武漢　溫州　濟南

图 1-7、图 1-8　赵景深《文学概论讲话》(北新书局 1935 年版)封面及版权页

赵景深《文学概论讲话》共十六讲。

第一讲“文学的定义”。否定直接给文学下定义的可能与可行性，认为“最方便的办法，大约是与‘文学的要素’连在一起讲”①。精炼出文学的五个要素：“文字”“思想”“情感”“想像”和“艺术”。其中，“文字”“艺术”属于“形式”范畴，“思想”“情感”“想像”属于“内容”范畴。并将古典主义、浪漫主义、自然主义、新浪漫主义、新写实主义对这五个要素的侧重一一作了评析。

第二讲“文学的特质”。一是“永久性”，二是“普遍性”。赵景深将这两个特质分别比喻为“历史线”“地理线”②。首先对“永久性”作出说明，认为文学之所以具有“永久性”，是因为人的感情亘古常新，并引厨川白村、夏目漱石的理论以及《诗经·国风》中的情诗作证明。而“普遍性”

① 赵景深：《文学概论讲话》，第 3 页。
② 赵景深：《文学概论讲话》，第 12 页。

则包含两层意思：简单平易与风行流通。

第三讲“文学的要素”。把第一讲提出来但未及展开论述的要素加以详析。他特别申明，“思想将并在时代章内去讲，文字和艺术将并在形式章内去讲”[①]，因此本讲只涉及两个要素：“想像”和“情感”。赵景深将“想像”分为三种：一是“创造的想像”，主要依靠作者的经验，是“自然主义的想像”；二是“联想的想像”，从事物的相似点或相反点出发，加入更多作者的情感因素，是“浪漫主义的想像”；三是“解释的想像”，用暗示手段去揭示真理或抽象的东西，是“象征主义的想像”。赵景深认为这三种“想像”，一种比一种离本来事物远，也就更“高级”。关于“情感”要素，赵景深针对温彻斯特的情感分类，认为情感分关乎“道德”的和关乎“艺术”的两种。并且提出“情感无所谓合理不合理，只有是否诚实”[②]，所以他认为一切情感都可以被“描写”，而在描写情感方面各有侧重的悲剧和喜剧，则应该得到我们同样的尊重。

第四讲“文学与个性”。分两条线进行讲述，一条线讲“个性”本身，另一条线讲文学研究与“个性”。关于“个性”，首先确认“作品表现个性”，进而指出“个性表现在作品里便成为风格”[③]，再比较“个性与社会性”“个性与集团性”的异同，认为“个性与社会性是不能偏重的”[④]，而“个性”比狭隘的“个人性”更宽广，是具有某种“集团性”意义的[⑤]。关于文学研究与“个性”，赵景深首先将“文学理论”分为两派——“心理学派”和“社会学派”，这两派对于文学的“个性”和“社会性”各有侧重，赵景深提倡取长补短。然后具体到“个性”的研究上，又分为两种——“比较

---

① 赵景深：《文学概论讲话》，第22页。
② 赵景深：《文学概论讲话》，第26页。
③ 赵景深：《文学概论讲话》，第36页。
④ 赵景深：《文学概论讲话》，第33页。
⑤ 赵景深：《文学概论讲话》，第40页。

研究法”和“历史研究法”，二者各有侧重，前者关注作家个性之不同，后者关注作家个性之变迁。

第五讲“文学与语言”。赵景深列举“文学上的语言应用”的三种主张：第一是“一语说”，其极力要求对事态物象进行精雕细琢的描绘，他称之为“自然主义的语言”；第二是“暧昧说”，其希望达到一种“朦胧的意味”，他将之归为“象征主义的语言”；第三种是托尔斯泰提出的“反暧昧说”，其理想标准是实现朴实无华的文学语言，赵景深称之为“理想主义的语言”。为了对这三种语言主张有更好的理解，赵景深以“暧昧说”为参照系，将“一语说”类比为中国传统绘画的“工笔”，而“反暧昧说”则是“白描或是速写”[①]。但赵景深认为语言的根本是“暧昧的”，所以他并不一味反暧昧，而是主张将中心语置于一词或一句之首，从而产生诉诸读者感官的最直接印象。

第六讲“文学的形式”。在列举了以温彻斯特为代表的“形式内容分离论”和以本间久雄为代表的“形式内容合一论”之后，赵景深虽承认“合一论”占据主导地位，但在具体讲授时则采用了“分离论”的方法。

第七讲“文学的起源”。分文学起源说为两大类：游戏说和实用说。比较起来，虽未直接下判断，但赵景深应该侧重认可实用说。因为他把实用说分为宗教说与劳动说，在劳动说里又辨析劳动和游戏孰先孰后之争、个人主义与社会主义之争。每“说”都列举外国作家、理论家的观点，加以佐证，但对“劳动说”列举最多，包括格罗舍、伊科维支、蒲息尔、蒲力汗诺夫等。

第八讲“文学与时代”。基本接纳泰纳的理论，提出几个与“时代”相关的文学的命题：第一，文学家的责任，“文学家每每是个预言者或是先

① 赵景深：《文学概论讲话》，第46页。

驱。文学家的可贵也就在这种地方”[①]；第二，文学与宣传的关系，认为文学终究有属于其本质的特质，所以其关键是“以诚为主”，即便是有所宣传，也应做到“胸中不存功利观念……出于自然，丝毫不带强迫”[②]。

第九讲“文学与国民性”。首先对“国民性”下定义：“所谓国民性，即某国特性的表征。”[③]然后分四种国民性风格介绍各国文学：以俄国、美国、北欧及弱小民族为代表的“沉郁的文学作品”，以德国、日本为代表的“清新的文学作品”，以法国、意大利、西班牙为代表的“富丽的文学作品”，以及以英国为代表的“平淡的文学作品”[④]。难能可贵的是，赵景深除了描述出普通国民性与文学作品的一致之处，还揭示出国民性与文学表达相悖的事实，比如谈及德国与日本，他指出这两国的文学里充满着“服从心理”“悲观哲学”与“自杀倾向”，整体呈现出“清新”的格调，以至于“几使人忘记他们的国家是两个吸血的恶魔”[⑤]。在对别国的国民性和文学进行了述评之后，赵景深探寻的却是“我们中国的国民性大约是中庸罢”[⑥]。

第十讲“文学与道德”。赵景深指出，有两派以“道德”为中心，持正反两端的态度：“文学与道德有关”说和“文学与道德无关”说。在列举了两派的代表人物及其言论之后，赵景深特别对“道德”作出如下评价：“道德是一个抽象的名词，解释纷歧。”[⑦]基于这个词语本身的“纷歧”，那么它与“文学”的关系，赵景深也就不再强调刻意的一致。最后，他较为详细地评述了“道德的目的与效果”，他从文学的“科学批评”的角度，以居友的科学批评和托尔斯泰的伦理批评为代表，说明文学与“道德”产生

---

① 赵景深：《文学概论讲话》，第 78 页。
② 赵景深：《文学概论讲话》，第 78—79 页。
③ 赵景深：《文学概论讲话》，第 82 页。
④ 赵景深：《文学概论讲话》，第 82—87 页。
⑤ 赵景深：《文学概论讲话》，第 85 页。
⑥ 赵景深：《文学概论讲话》，第 89 页。
⑦ 赵景深：《文学概论讲话》，第 97 页。

关系的不同方式：前者认为文学是在“效果”上与“道德”方发生关系的，后者则认为文学是在“目的”上与“道德”方发生关系的。赵景深依然没有明确取舍，但他最后以居友《从社会学看的艺术》中的一段话结束本章，其实可见他是比较认可居友科学批评立场的，即尊重文学本身的特性——独立、自足，认为文学与道德关系的建立应该属于一种无目的的目的性。

第十一讲“文学批评论”。赵景深首先区分了“文学批评”与“文学论”，既肯定二者有必然关联，“是一而二，二而一的东西”，又承认其间的分别是“文学论以问题分，而文学批评以时代和类别分”[①]。这里的“文学论”是指我们现在通常所说的“文学理论”，主要是探讨文学的规律、范型等问题。然后，他就“批评”的含义列举了四个代表性解释：莫尔顿之说、盖雷与斯各脱之说、宫岛新三郎之说和《四库全书总目》之说。其中，“《四库全书总目》之说”的提出，是在本书中很少见的中国理论观点的一次出现。更值得注意的是，他将四库的五类批评与上面提到的三家外国批评的分类一一对应，认为“所缺少的是自由批评”[②]。最后，他创造性地将以上四说融为一体，设置出自己心目中最为合理的“批评”，即分为两大类的批评：一是“文学批评的理论”（准确地说应是“理论式的批评”），即“推理批评”，主要研究文学体式的流变与规律、范型等问题；二是“文学批评的应用”（准确地说应是“应用式的批评”），又分为“归纳批评”“主观批评”与“裁判批评”。

接下来几讲依然是集中在“批评”上，可见赵景深对文学批评的问题极为重视。

第十二讲“裁判批评”。明确指出其源头在亚里士多德的《诗学》，并以其论悲剧的定义为代表。赵景深很推崇亚里士多德，认为他的批评基础

① 赵景深：《文学概论讲话》，第102页。
② 赵景深：《文学概论讲话》，第108页。

是“中庸”的哲学，所以其理论“达到了灵肉调和的境地”[①]。更难能可贵的是即便他进行着“裁判批评”，依然尊重文学，即所谓“重诗抑史”。由此，赵景深探讨这么一个问题：批评中的“客观与主观”及其关系。他认为：亚里士多德用“归纳”的方法，赏析希腊文学作品，然后写出结论，其态度是客观的，但后人将之作为真理应用于四海并企图皆准，这就犯了主观武断的错误。综合而看，赵景深比较认可的是“客观”的“鉴赏”：方法是科学的归纳，但结论得出于自我，最忌先入为主的理论偏见。

第十三讲“科学批评”。专为泰纳立说。赵景深视泰纳为文学家，将其批评著作分为早、中、晚三期，并指出各期风格分别倾向浪漫、写实和新浪漫，但也承认写实倾向的批评是其最有代表性的著作。然后以《英国文学史》为例，详解了泰纳提出的“种族、环境、时代”三要素说，赵景深认为三要素说是泰纳乃至整个科学批评的经典，其特点就在于客观、科学，即所谓的“丝毫不动感情”[②]。赵景深还举出泰纳的三个反对者（森次巴立、道甸和布轮退耳）及其观点，从中可看出一个问题：尽管他们都驳斥泰纳，但却有很大差异。有批评他只看到外面的世界而忽视文学的本质性；有批评他批评方法太过主观化，即用一己的公式去推演一切的文学；也有批评他采用了太过刻板的科学与客观，即将文学世界的“道德科学”与“自然科学”混为一谈。这三种批评，立足点不同，由此产生的“批评的批评”也就各自成说，这恰恰证明了文学（包括对文学的批评）都是不能以某一标准来衡量、取舍的。

第十四讲“伦理批评”。首先指明伦理批评是同时反对两种倾向的：科学批评与颓废派的文学。伦理批评的意义在于其“积极的面对人生”，其不足则是把对自私主义的批评局限在“道德的圈子里”，而不是更广范围、

---

① 赵景深：《文学概论讲话》，第 117 页。

② 赵景深：《文学概论讲话》，第 127 页。

更大意义地“把人类引导于社会主义”[①]。然后，赵景深举出布轮退耳的“理想主义的批评”（对文学持“必须如此”的理想立场）、诺尔陶的“功利主义”的批评（预设一个评判标准，对不符合者猛烈抨击）、托尔斯泰的“教义”批评（以基督教教义为批评准绳）。

第十五讲“鉴赏批评”。赵景深提炼出此种批评的要义在于“把作品当作一个整体来欣赏玩味”[②]，应是文学性较强的一种批评方式。举了以下例子：阿诺德认为批评的价值应该在于“泯除偏见”和“泯除国界”[③]；沛得的《文艺复兴》虽是批评著作却也是很好的创作，并以“快乐批评”的态度着力去洞察文学之美的实质；王尔德从主观上就将批评视为创作，他对批评怀有非常浪漫的想法，认为其功用主要是：“一、练习思想；二、提要勾玄；三、发现新事；四、泯除国界；五、不从庸俗。”[④]

第十六讲“社会批评”。专讲“新俄文学批评”。赵景深将“新俄文学”分为三个发展时期——新经济政策时期、批评时期和创作时期，他认为新经济政策时期“批评尚未发达”，创作时期“批评已逐渐统一”，只有批评时期的批评，能够充分表达“各人自己的主张”[⑤]，所以加以详述。

均匀的章节布置，除了便于教学外，也能够反映著述者对当时通行的文学理论著作框架的驾轻就熟，这与其此前的翻译工作密切相关（下文专门论述）。应该说，赵景深的文学理论已经有了相当完备的现代系统结构。

---

① 赵景深：《文学概论讲话》，第 132 页。
② 赵景深：《文学概论讲话》，第 142 页。
③ 赵景深：《文学概论讲话》，第 142 页。
④ 赵景深：《文学概论讲话》，第 149 页。
⑤ 赵景深：《文学概论讲话》，第 152 页。

第三节　作家文论：郁达夫、舒舍予、孙俍工、许钦文

郁达夫、老舍、许钦文以作家身份享名、以作家身份始终，教师的职业和“文学理论教材”的著述，只不过是他们的偶一为之；孙俍工在“作家”的道路上虽不及前三位走得那么远，但其著述《文学概论》时恰值他以新文学的作者身份亮相。这四位，以其丰富的创作实践、突出的文学成就，以及其实践与理论之间的双向交流，足以成为中国现代文学理论建构的重要代表。

一、郁达夫《文学概说》

郁达夫（1896—1945），原名郁文，字达夫，浙江富阳人，中国现代著名小说家、散文家、诗人。1925年2月，郁达夫离京赴武昌师范大学任教，该校实行选课制，郁达夫列出的课程有文学概论、小说论、戏剧论，颇受进步学生欢迎，后因支持新任校长石瑛的改革，陷入一场“新旧”势力的斗争中，最终于1925年11月愤然辞职。《文学概说》就是郁达夫在武昌师范大学上“文学概论”课的讲义，1927年8月商务印书馆将之编入“百科小丛书”出版，后又编入“万有文

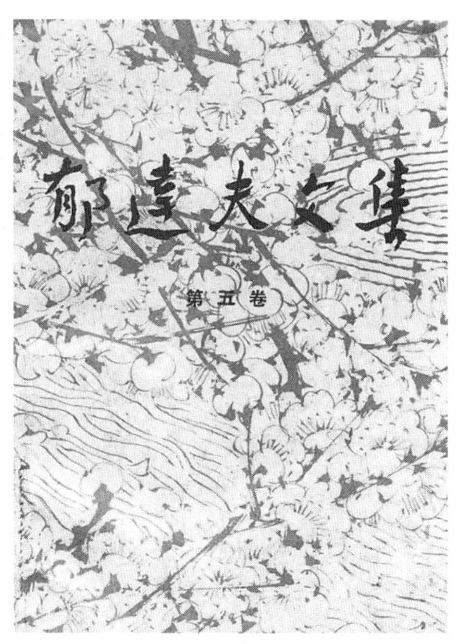

图1–9　郁达夫《郁达夫文集》第五卷（花城出版社、生活·读书·新知三联书店香港分店1982年版）封面

库”再版。笔者所读收录在花城出版社、三联书店香港分店于 1982 年 7 月联合编辑出版的《郁达夫文集》第五卷内。

郁达夫《文学概说》共六章，算是比较精简的一部，也是最能在生活与文学上践行彻底的一部文学概论。

第一章“生活与艺术”。郁达夫首先剥笋见心式地设立了几个问题：一是“艺术与生活，究竟有什么关系”，二是“生活为什么要要求艺术”与“艺术之影响到生活上的力量若何”，三是“生活”到底是什么。① 层层追问下来，最核心的和最费精力解决的是第三个问题。

郁达夫采用了一种新式（非“说文解字”式）的“字解”法来诠释“生活”。首先是“生活”之“生”：

> “生”的本质……我们非但想把这生存继续下去，同时且更有想使这生存强固扩充的心思，所以我们的生存在世上，实在是这一种内部的要求反动的结果。这内部的要求，就是“生”的力量，生物学者称他为本能。……从心理的进化方面来说，“生”就是使无意识的活动变为有意识的，意识的活动变为反省的，反省的活动变为道德的活动的动机。这就是“生”这一个力量所有的动向。总之“生”的动向，是使人类一步一步从不完全的路上走向完全的路上去。……我们的存在，就是“生”的力量的具象化。……“生”是如此的具象的表现在我们身上，而表现就是创造。②

可以这样理解：郁达夫认为“生活”之“生”有四个方面的含义：第

---

① 郁达夫：《文学概说》，《郁达夫文集》第五卷，花城出版社、生活·读书·新知三联书店香港分店 1982 年 7 月第 1 版，第 65 页。

② 郁达夫：《文学概说》，《郁达夫文集》第五卷，第 65—66 页。

一，最外层的“生存”；第二，往内一层的“使这生存强固扩充的心思”，即“本能”，也是“一种内部的要求反动的结果”；第三，其最终的目的是“使人类一步一步从不完全的路上走向完全的路上去”；第四，其形式就是“表现”、就是“创造”。而对于“生活”之“活”，郁达夫则没有作过多的解释。可以理解为郁达夫认为“生”更接近核心、本质层面，而“活”相对来说可能是较为表面化的、皮相的东西。所以，他对“生活”作的最终定义就是：“我们的生活，就是我们的全个性的表现。”[①] 并补充解释说：“我们的生活的本身，就是一个艺术的活动，也就可以说是广义的艺术了。”[②]

紧接着，郁达夫讨论了“表现”这个“艺术”的媒介——“象征”。以此为契机，将论述对象自然地由生活引向艺术。他把象征分为两类——“粗杂的象征”和“纯粹的象征”，艺术家则是“对于选择表现象征最精细的人，就是最能纯粹表现自己的人”，因为他们担负着双重的任务：满足自己的以及别人的“艺术的冲动”[③]。

最后，郁达夫回到“生活与艺术的关系”的问题上。他从自己对“艺术”的定义出发，表示他的“关系”观：艺术“是人生内部深藏着的艺术冲动，即创造欲的产物”[④]；“艺术”与“生活”之间有一个重要的桥梁——“艺术家”，所以艺术（品）“不是事实本体的现象”，而是“经过艺术家的气禀的再现”[⑤]。这也可以归为“文学与人生”的理论课题上，但对于“艺术家”及其“气禀”的强调，使我们不难看出，郁达夫这里的“生活”也好，“人生”也好，是非常个人化的、个性化的。下面的关于具体创作的表述，郁达夫的观点更显主体化：“在这再现的时候，艺术冲动与表现的中间，就

---

① 郁达夫：《文学概说》，《郁达夫文集》第五卷，第 66 页。
② 郁达夫：《文学概说》，《郁达夫文集》第五卷，第 67 页。
③ 郁达夫：《文学概说》，《郁达夫文集》第五卷，第 68 页。
④ 郁达夫：《文学概说》，《郁达夫文集》第五卷，第 69 页。
⑤ 郁达夫：《文学概说》，《郁达夫文集》第五卷，第 70 页。

生了虚隙，艺术家得有自由出入之余地，上节所说的艺术家所取的态度的纯粹不纯粹，是全在这一个关头决定的。……技巧偏重之弊，矫揉造作之弊，全是从这一个地方发生的。”[①] 没有“写作指南”类的“实”说，有的只是一个作家心灵感受的“虚”化，不得不承认，郁达夫对“文学”确实是概“说”(更亲切随意)，而非板起脸孔的“论”。

第二章“文学在艺术上所占的位置”。在列举了柏拉图（静的艺术、动的艺术）、黑格尔（主观的艺术、客观的艺术、历史的艺术）、哈特曼（形美艺术、附庸艺术、自由艺术、复合艺术）对艺术的分类后，郁达夫采取了有岛武郎的分法，分艺术为具象艺术与印象艺术，并用图表表示出自己对这两类文学异同的理解：相同点在于其都是“象征”的表达，不同点有二，一是创造者表达的“具象”与否，二是鉴赏者感受的“直接”与否。以此为标准，郁达夫认为“文学当然是印象艺术”，并正式概括出“印象艺术”的特色：“先向鉴赏者的感情方面起作用，然后再起具象化作用，而移入感觉方面。”[②] 似乎很奇怪，郁达夫并没有讲文学在艺术上究竟占什么位置，而是讲了艺术的分类与文学的归属。

第三章“文学的定义”。对文学“定义”的否认或悬置，也是一个理论共识。郁达夫认为下定义，尤其是给文学下定义，是“难”且“愚”的。于是，他列举了中国古代文论里涉及“文”“文章”的言论后，发现一个重要的理论立足点的隔阂：中国古代文论中的“文”“文章”与现行所谓的“文学”无法对话，更无法交融。在此前提下，他又援引外国著名文学理论家的观点，从亚里士多德到莎士比亚再到托尔斯泰，却依然无法得出结论，最后他悬置“定义”，而是聚焦于“倾向”：“文学的定义虽则可以不下，而

---

① 郁达夫：《文学概说》，《郁达夫文集》第五卷，第 70 页。

② 郁达夫：《文学概说》，《郁达夫文集》第五卷，第 73 页。

文学的内在的倾向，表现的倾向和体裁，却是有的。”[①] 从而顺利引出下面三讲，即文学内在的、表现上的倾向，以及文学的表现体裁之分类。

第四章“文学的内在的倾向”。首先明确“文学的内在倾向”是“文学作品的实质上的色彩”，然后指出其影响因素，包括“时代精神”和“地方色彩”[②]。因为艺术（包括文学）与生活之间的紧密联系，所以文学的倾向必然以生活的倾向为基础。郁达夫将“生活倾向”分为以过去为主、以现在为主和以未来为主的三种，并用人生中的老年期、壮年期、青年期来譬喻，分别对应的文学类型则是殉情主义的文学、写实主义的文学、浪漫主义的文学。殉情主义的文学主要描述“以过去为主的生活环境”，其作品充满了“沉郁的悲哀，咏叹的声调，旧事的留恋，与宿命的嗟怨”[③]；浪漫主义的文学“对于过去，取的是遗忘的态度，对于现在，取的是破坏的态度，对于未来，取的是猛进的态度”，表现出“情热的、空想的、传奇的、破坏的”[④] 特点；写实主义的文学则主要书写“以现在生活为主的生活环境”，并达到“知情意”的“均衡”，从而“助成人格的完美”[⑤]。

郁达夫客观阐述了三种文学的利弊，认为三种倾向的配合程度是成就“健全”文学的关键。在此基础上，他给出自己心目中价值最高的文学的标准：“以写实主义为基础，更加上一层浪漫主义的新味，和殉情主义的情调。”[⑥]

能够达到这一境界的艺术家，固然要受外界“环境”的影响和制约，但郁达夫更为强调的是作家的艺术冲动，也就是他在第一章里就提到的

① 郁达夫：《文学概说》，《郁达夫文集》第五卷，第 77 页。
② 郁达夫：《文学概说》，《郁达夫文集》第五卷，第 78 页。
③ 郁达夫：《文学概说》，《郁达夫文集》第五卷，第 79 页。
④ 郁达夫：《文学概说》，《郁达夫文集》第五卷，第 82 页。
⑤ 郁达夫：《文学概说》，《郁达夫文集》第五卷，第 83 页。
⑥ 郁达夫：《文学概说》，《郁达夫文集》第五卷，第 85 页。

“气禀”：“俯伏在环境支配的底下，不敢越雷池一步的，是一般庸人的状态。向人生的恒久的倾向、状态、命运等着眼，忠于内部的根本的要求，而不受环境的压迫的，是天才的气禀。”[①] 这种“庸人的状态”与“天才的气禀”表现在文学创作中，就有了“通俗小说”与“文艺小说”的区分：“通俗小说，大抵是以俯伏在环境底下，描写社会上浅薄的情节者居多，文艺小说，大抵是以不顾环境，描写那些潜藏在人心深处的人类的恒久的倾向者为主。”[②]

第五章“文学在表现上的倾向”。如果用一般文学理论术语来讲，这一章应该叫作“文学流派”或“文学派别”。郁达夫从历史进程的角度，梳理出四个文学的表现倾向——古典主义、浪漫主义、自然主义和理想主义，并一一分析其产生背景、承递关系与各自的优缺点。最后，他强调“不可以主义来评文学的高低。一种倾向的发生，自有它发生的理由，我们不必违反本心，去趋就主义，也不必故作奇言以自表矫强”[③]。

第六章“文学的表现体裁之分类”。在这一章中，郁达夫采纳的是莫尔顿的观点。他将纯文学（诗）视作创造文学，将科学视作记述文学，使二者相对应。又根据音调与意义这两种成分配合的不同，将纯文学（诗）分为抒情诗（重音调）和叙事诗（重意义）两种形式。其中，抒情诗又分为诗和民谣，叙事诗又分为小说和短篇小说。可见，郁达夫理论视域中“纯文学”的分量很重。

郁达夫讲义的理论立足点较倾向于西方文论，而以日本文论作为理论中介，则是他与其他著述者的不同之处，这当然与其留学日本的经历直接相关，但也透露出中国现代文学理论之来源与日本文论之间千丝万缕的联

---

① 郁达夫：《文学概说》，《郁达夫文集》第五卷，第 86 页。
② 郁达夫：《文学概说》，《郁达夫文集》第五卷，第 86 页。
③ 郁达夫：《文学概说》，《郁达夫文集》第五卷，第 97 页。

系[①]。当然，郁达夫文学理论独具个性的建树，则深深植根于他“作家”的身份意识与精神认同中。

二、舒舍予《文学概论讲义》

舒舍予（1899—1966），原名舒庆春，字舍予，笔名老舍，北京满族人。中国现代著名小说家、文学家、戏剧家。1930年夏，老舍赴山东济南齐鲁大学文学院任教（这是老舍从英国回国后的第一份工作，也是他任职的第一所高校），开授“文学概论”等课程，编写此《文学概论讲义》（署名“舒舍予”），当时由齐鲁大学印发（非公开发行）线装本，20世纪80年代初由张瑞麟发现并校订、注释，后被收入《老舍文集》（人民文学出版社）第十五卷。笔者所读为北京出版社1984年6月第1版的《文学概论讲义》。

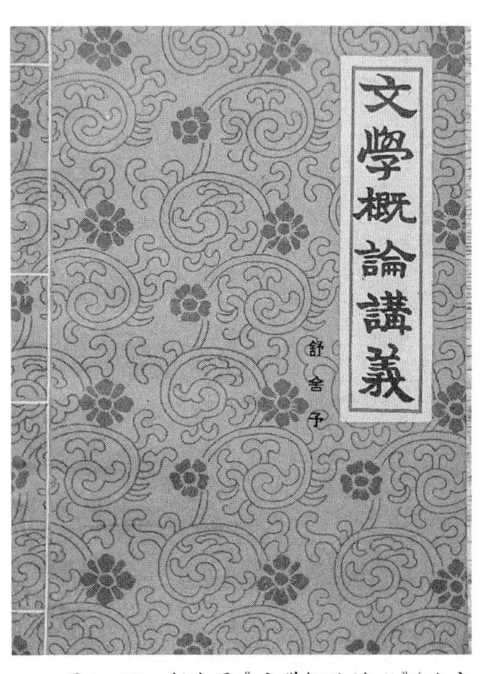

图1-10 舒舍予《文学概论讲义》（北京出版社1984年版）封面

《文学概论讲义》凡十五讲，逾十万字。

第一讲“引言”。其实是讲文学的定义。老舍开篇即表明态度：“在现代，无论研究什么学问，对于研究的对象须先有明确的认识，而后才能有

① 傅莹归纳20世纪上半叶外国文论传入中国的路径有三：一是“东洋桥梁：日本文论的译介”，二是“欧风美雨：欧美文论的译介”，三是“红色风暴：前苏联文论的译介”。参见傅莹著：《中国现代文学理论发生史》，第51—55页。

所获得，才能不误入歧途。”[①] 也就是说，本讲旨在对研究对象（即文学）要有个“明确的认识”（即定义）。与这种理想状态相背离的却是中国“有系统的纯正的科学建树几乎等于零。文学研究也是如此”[②]。在这种鲜明对比下，老舍提出以一种开放的姿态进行研究，“文学是什么，我们要从新把古代文说整理一遍，然后与新的理论比证一下，以便得失分明，体认确当”[③]。先进行自我剖析，历数“中国人论文的毛病”有以下几个：基于简单片面思维的“以单字释辞”的毛病、因不讲求逻辑辩证法而造成的“摘取古语作证”的毛病，以及作为一个民族文化传统的“求实效”的毛病。在批评上述毛病尤其是“求实效”毛病时，老舍举出厨川白村的两段观点加以对比，其一是“文艺是纯然的生命的表现；是能够全然离了外界的压抑和强制，站在绝对自由的心境上，表现出个性来的唯一的世界。忘却名利，除去奴隶根性，从一切羁绊束缚解放下来，这才能成文艺上的创作。必须进到那与留心着报章上的批评，算计着稿费之类的全然两样的心境，这才能成真的文艺作品；因为能做到仅被在自己的心里烧着的感激和情热所动，象天地创造的曙神所

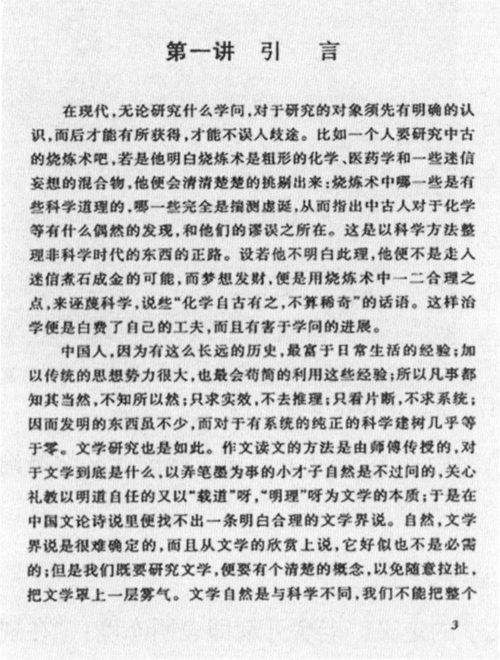

第一讲　引　　言

在现代，无论研究什么学问，对于研究的对象须先有明确的认识，而后才能有所获得，才能不误人歧途。比如一个人要研究中古的烧炼术吧，若是他明白烧炼术是粗形的化学、医药学和一些迷信妄想的混合物，他便会清清楚楚的挑剔出来：烧炼术中哪一些是有些科学道理的，哪一些完全是揣测虚诞，从而指出中古人对于化学等有什么偶然的发现，和他们的谬误之所在。这是以科学方法整理非科学时代的东西的正路。设若他不明白此理，他便不是走入迷信煮石成金的可能，而梦想发财，便是用烧炼术中一二合理之点，来诬蔑科学，说些“化学自古有之，不算稀奇”的话语。这样治学便是白费了自己的工夫，而且有害于学问的进展。

中国人，因为有这么长远的历史，最富于日常生活的经验；加以传统的思想势力很大，也最会苟简的利用这些经验；所以凡事都知其当然，不知所以然；只求实效，不去推理；只看片断，不求系统；因而发明的东西虽不少，而对于有系统的纯正的科学建树几乎等于零。文学研究也是如此。作文读文的方法是由师傅传授的，对于文学到底是什么，以弄笔墨为事的小才子自然是不过问的，关心礼教以明道自任的又以“载道”呀，“明理”呀为文学的本质；于是在中国文论诗说里便找不出一条明白合理的文学界说。自然，文学界说是很难确定的，而且从文学的欣赏上说，它好似也不是必需的；但是我们既要研究文学，便要有个清楚的概念，以免随意拉扯，把文学罩上一层雾气。文学自然是与科学不同，我们不能把整个

3

图 1-11　舒舍予《文学概论讲义·引言》节选

① 舒舍予：《文学概论讲义》，北京出版社 1984 年 6 月第 1 版，第 1 页。
② 舒舍予：《文学概论讲义》，第 1 页。
③ 舒舍予：《文学概论讲义》，第 3 页。

做的一样程度的自己表现的世界，是只有文艺而已”[①]，据此批评“求实效”的“文以观人”说。其二是“每逢世间有事情，一说什么，便掏出藏在怀中的一种尺子来丈量。凡是不能恰恰相合的东西，便随便地排斥，这样轻佻浮薄的态度，就有首先改起的必要罢”[②]，据此批评“求实效”之“文以载道明理”说。这两段是整个讲义中第一次引述外国人的观点，可以被视为是整个讲义的基调之所。很明显，老舍所认同的厨川白村的理论有以下几个要素：文学的“生命”观（文学必须用“生命”来创作，它是作者生命的体现并自成生命体，而不是其他）、文学的“无用”观（反对用一切“尺子”来衡量文学的价值）。

第二讲“中国历代文说（上）”。从“先秦文论”到“汉魏六朝文论”，老舍批评孔子开启了一个负面的传统，即忽略对文学本身的欣赏，致使“文以载道明理”成了后世文人的信条。他认为以曹丕、陆机、沈约、萧统为代表，分别从文学的生活感、心灵表现、技术讲求、文与非文的区分等方面，逐渐确立了文学的“独立”地位与价值。

第三讲“中国历代文说（下）”。老舍指出，“唐代文说”以唐代文学创作之自由与文学理论之偏狭形成对比为背景，极力批评李白、韩愈、柳宗元在理论上的“明道”理念；“宋代文说”则是以词的发达与白话应用为背景，衬托其文论的固步自封。他认为唐宋两代，只有严羽和司空图是真正“谈文学的光荣”，因为“他们是在诗的生命中找出原理”[③]。至于“元明清文说”，老舍首先遗憾元代文论没有认真研究小说戏曲，从而与当时小说戏曲的发达形成反差；而明代文论可分为格调派与义法派，他认为“这两派的毛病在摹古，虽然注意之点不同。所谓格调，所谓义法，全是枝节问

① 舒舍予：《文学概论讲义》，第7—8页。
② 舒舍予：《文学概论讲义》，第9页。
③ 舒舍予：《文学概论讲义》，第32页。

题，未曾谈到文学的本身”[①]；清代文论，论诗方面有王士祯神韵说、沈德潜格调说、袁枚性灵说，其中王士祯、沈德潜各有局限（前者限于对诗人情感的类型选择，后者限于对作品的取舍），唯有袁枚被老舍称为“中国最大的文学批评家”，因其“认定性灵，认定创造”，从而宣告“文艺的独立完全告成”[②]。论文方面则因抱“道”不放而乏善可陈，老舍比较认同的是阮元（讲究辞藻修饰，可进一步引申为对艺术“美”的追求）和章学诚（在攻击文病方面显示出独特的学识眼光，但对文学本身并无多大论见）。“最近的文说”是指新文化运动以来的文学理论，主要从两个方面论述：一是评价已经过去的白话文运动，老舍认为此运动“是工具上的问题，不是讨论文学的本身”[③]；二是评价正在进行的“革命文学”，老舍认为这与“文以载道”在本质上接近，同样是“以文学为工具”而忘记文学本身的存在及其意义，从而导致文学上的失败。

第四讲“文学的特质”。本讲其实探讨的是“什么是文学”的问题，属于文学本体论。但老舍认为这个问题无法得到答案，于是从文学的“特质”“问题”的角度展开讨论。如果用现在通行的教材的样式，该讲应该表述如下：

第一部分探讨“什么是文学”。首先明确认知前提，即“整个文学是生长的活物”[④]。老舍概括了研究此问题的两个困境：一是中国文学与世界文学之间的鸿沟。他把对普泛的文学特质的探讨与中国文学特质的寻求结合起来，显然是认识到中国的文学及其理论忽略了在世界文学里被视为重要的问题，于是想把中国文学置于世界文学大的语境中，以探求世界文学所

① 舒舍予：《文学概论讲义》，第 34 页。
② 舒舍予：《文学概论讲义》，第 35 页。
③ 舒舍予：《文学概论讲义》，第 38 页。
④ 舒舍予：《文学概论讲义》，第 41 页。

共具的条件。但他又扎根在中国文学的土壤里，将这种探求的目的（最起码是之一）定为“公平的评断我们自家的文艺的真价值与成功何在”[①]，其所隐含的话语意思，一方面是中国的文学及其理论没有真正与世界文学融通，另一方面是世界文学也没有真正“公平”地对待中国文学及其理论。二是“中国没有艺术论”。因为没有理论的支持、解释与说明，所以中国的各种艺术（包括文学）就没有独立存在的理由与地位，往往沦为道德的附属物或消遣品。

第二部分指出文学的特质之一是“感情”。首先，否定“理智”是文学的特质，并与此相对应，提出使人欣喜和感动是判定成为文艺的标准。接着，作出一个肯定的判断：“感情是文学的特质是不可移易的。”[②]继而，提出一个艺术上的问题即“怎样表现”，其实是在否定“思想”作为文学特质的可能性，再从“文学家”的职责角度否定“知识”和“哲理”作为文学特质的可能性。文学家的职责即“给人生一种写照与解释”，是“具体的创造一切”，他们给予人们的知识和哲理是“在这平凡事实中提到一些人生的意义”，“他们的哲理是用带着血肉的人生烘托出来的，他们的知识是以人情人心为起点”[③]。这一阶段的讲解很关键，代表着讨论从“文学”转移到“人”和“人生”上，这是老舍探讨一切文学问题的落脚点。最后，分析文学中“感情”的组成：“作家的感情，作品中人物的感情，和读者的感情。”这三种感情的“运用与调和……需要艺术的才力与人生的知识”，而这种“艺术的才力与人生的知识”的运用与表现以及因此而使读者获得的“关于人生”的知识，才是“文学所以为必要的”[④]，也

① 舒舍予：《文学概论讲义》，第 42 页。
② 舒舍予：《文学概论讲义》，第 46 页。
③ 舒舍予：《文学概论讲义》，第 47 页。
④ 舒舍予：《文学概论讲义》，第 48 页。

就是老舍心目中真正属于文学本体层面的问题：人生及人生的如何表现与获得。

第三部分指出文学的特质之一是“美”。首先，否定“道德”作为文学特质的可能性，明确美是一切艺术的要素。接着，针对艺术作品中不乏道德因素的事实，追问道德到底算不算是与美平行的文学特性。老舍采取的是回到“文学作品本身”的方法，在具体的作品中比较美与道德的作用大小、地位高下，再次明确“美”是衡量文艺作品成立的标准，即“凡是好的文艺作品必须有美，而不一定有道德的目的”，“在文学中，道德须趋就美，美不能俯就道德，美到底是绝对的”①。最后，一言以蔽之，“美是文学的特质之一”②。

第四部分指出文学的特质之一是“想象”。相对于前两个特质而言，想象是作为技巧层面的东西出现的。想象的作用是使文艺能够整个表现人生。想象有三要素：想象的结构、想象的处置、想象的表现。老舍在解释想象的三要素时，连用了三个“炼”字，指提炼、精炼之义，这本身就是一个具体创作的过程。

第五讲“文学的创造”。首先借柏拉图的摹仿说，对“摹仿”和“创造”这组关系进行辨析。老舍认为，柏拉图的摹仿说虽然面向广义的艺术，但更多的是一种哲学，并没有讲清楚具体运用的方法，而中国传统文论中的摹仿只是对前人的“盲从”，绝不可取。在否定了摹仿之后，老舍指出创作的原因在于满足个人，并以此为基础，辨析“摹仿”和“创造”的区别：“创造”是被人的个性中存在的“表现力催促着前进”，非表达出来不可；“摹仿”则是“以模范为标准”进行重复劳动，只求“貌似”而少了“活

① 舒舍予：《文学概论讲义》，第50页。
② 舒舍予：《文学概论讲义》，第51页。

气”[1]。接着，老舍引用厨川白村的话，再次确认文学创造与生命、个性的密切关系。再次，老舍解释了一个可能存在或被误解的问题，即过分强调文学“自我表现”的因素，会不会削弱甚至冲撞文学对社会、人生的表现。老舍认为自我表现是艺术的起点，起点之上则是“表现什么”，而这个“什么”就是作家在社会、人生中所感知的东西。老舍对作家的感知力充满信心，他表示在这方面，作家是“永远站在人类最前面的”[2]。最后，阐述创造性与社会性的互补作用，并再次强调创造对文学的重要性：“创造欲是在社会的血脉里紧张着；它是社会上永生的唯一的心房。艺术的心是不会死的，它在什么时代与社会，便替什么时代与社会说话；文学革命也好，革命文学也好，没有这颗心总不会有文艺。”[3]

第六讲“文学的起源”。首先否定了三种人（研究院的学者、历史家、艺术论的作者）研究文学的方法（科学的方法）和目的（固定研究结果），因为他们都违背了“文学根本是一种有生命的东西，是随时生长的”[4]这一基础。接着，否定了以“艺术起源”（实用和需要）来解释、说明艺术的做法，否定了文学的实用说。接着，否定了以“唯物论”来解释、说明艺术的做法，强调文学除了“时代与社会背景”这样的实证之外，更重要的是“思想，感情，甚至于审美”[5]。

第七讲“文学的风格”。按照老舍的理解，文学的形式分为两个部分：一是“个人所具的风格”，一是“普通的形式”。此讲是谈前者。老舍先解释风格是什么，虽引用了《文心雕龙·体性》里的话，但他抓住“各师成心，其异如面”，认为其符合“人是风格”的论断，因此断言“风格便是人

① 舒舍予：《文学概论讲义》，第 61 页。
② 舒舍予：《文学概论讲义》，第 63 页。
③ 舒舍予：《文学概论讲义》，第 63 页。
④ 舒舍予：《文学概论讲义》，第 66 页。
⑤ 舒舍予：《文学概论讲义》，第 70 页。

格的表现，无论在什么文学形式之下，这点人格是与文艺分不开的”[①]。接着解释“风格的特点”：“‘怎样告诉’便是风格的特点。这‘怎样告诉’并不仅是字面上的，而是怎样思想的结果；就是作者的全部人格伏在里面。”[②]然后说明“风格”无好坏之分，只因人而异。接着，着重分析“学”在“风格”中的作用，老舍认为“学”（包含“学问”和“学习”二义）对风格的形成不起大的作用。最后，得出结论：“风格的有无是绝对的。风格是个性——包括天才与习性——的表现。风格是不能由摹仿而致的，但是练习是应有的工夫。”[③]

第八讲“诗与散文的分别”。开篇以三段有关《长恨歌》的选文作为比较，归纳出诗的特点——“律动”，认为诗因为具有了律动，便有了与其他文体（诸如散文）相区别的个性特征。接着，说明“律动”只是诗与散文区别的因素之一，更深层的是心理上的区别，强调的是创造性以及语言的锻炼程度。

第九讲“文学的形式”。一方面，老舍先批评萧统的文体分类法，而引出“诗形学”的概念；再批评姚鼐《古文辞类纂》强分文章为十三类的做法，因为老舍认为在文学中，只有诗可以研究形式，散文的形式则无从谈起；接着批评曾国藩《经史百家杂钞》在形式与内容两者间飘忽，继而进一步否定了文人把文学分为“主观的”与“客观的”之普遍做法。另一方面，老舍又承认形式研究对认识文学具有意义，他引用莫尔顿的理论，列出四点意义：一是“有助于看明文学的进展”，二是“可以认识文艺作品”，三是“形式有时是创造的启示”，四是从“形式与内容的关系”的角

① 舒舍予：《文学概论讲义》，第 73 页。
② 舒舍予：《文学概论讲义》，第 75 页。
③ 舒舍予：《文学概论讲义》，第 83 页。

度强调文字（即形式）与内容是分不开的[①]。老舍申明，此处所讨论的是文学的“形式”而非“格式”，研究“形式”是为了使文学更美好，因为他最后定义“形式”是“心感的表现”[②]。

第十讲“文学的倾向（上）”。首先明确此讲主旨：“这一讲本来可以叫作‘文学的派别’，但是‘派别’二字不甚妥当，所以改为‘倾向’。”[③]之所以弃通行的“派别”而用“倾向”，是因为老舍认为“派别”的形成有限制文学发展的负面作用，而“倾向”更能代表个人风格与时代特色及其综合表现。他将中国文学的倾向分作三个大潮：第一是秦汉以前的“正潮”，因其是“自由发展的，各人都有特色”而足以代表“文艺发展的正轨”[④]；第二是秦汉至清末的“退潮”，因为在此期间“文以载道”说成为理论主导，致使文学“失去它的独立”[⑤]；第三是一股“暗潮”，指词、戏曲、小说等，虽“自由发展”，但终因没有自觉、系统的理论主张，而“自来自去，随生随灭”[⑥]，未能形成与正统文学抗衡的力量。接着逐一论析了“西洋文学的倾向”。认为古典主义的好处是“发现了古代文艺的规则”，它的错误是“迷信这些规则而限制住文学的自由发展”[⑦]；浪漫主义的优点是“以力量为主”，缺点在于“太重自我，而失之夸大无当”[⑧]。最后辨析古典主义与浪漫主义的关系，认为二者“不是绝对的对立”，其“倾向”性的差异是心理上的，“古典主义是注意生命的旁观，而浪漫主义运动是把艺术的中心移

---

① 舒舍予：《文学概论讲义》，第 97—101 页。
② 舒舍予：《文学概论讲义》，第 101 页。
③ 舒舍予：《文学概论讲义》，第 103 页。
④ 舒舍予：《文学概论讲义》，第 106 页。
⑤ 舒舍予：《文学概论讲义》，第 106 页。
⑥ 舒舍予：《文学概论讲义》，第 107 页。
⑦ 舒舍予：《文学概论讲义》，第 112 页。
⑧ 舒舍予：《文学概论讲义》，第 114—115 页。

到个人的特点上去”[①]。它们的另一个区别则在于“想象”，老舍认为浪漫主义更富于想象性。

第十一讲“文学的倾向（下）”。老舍认为写实主义抛开幻想直接看社会，但其缺点则是：第一，“用力过猛，而破坏了调和之美”，是指它“常因求实而不顾形式”[②]；第二，“专求写真而忽略了文艺的永久性”，是责其缺乏文学创造应有的“想象与热情”[③]。老舍从几个角度探讨新浪漫主义的特点：一是从历史传承性看，它受写实主义的影响，从而克服了浪漫主义夸大表现的缺点；二是探究其哲学来源，即直觉说；三是新心理学的影响导致了新浪漫主义热衷于描写人的变态心理与性欲心理；四是从反抗科学的角度出发，强调其表现印象的热衷度；五是用超验性的态度面对社会问题。老舍认为象征主义实际是一种“心觉”，唯美主义则因过分求美而易流于享乐主义。最后重申舍“派别”取“倾向”的原因：“以文艺倾向的思想背景，来说明文学主义上的变迁的所以然。这样，我们可以明白文艺是有机的，是社会时代的命脉，因而它必不能停止生长发展。设若我们抱定了派别的口号，而去从事摹拟，那就是错认了文学，足以使文学死亡的。”[④]

第十二讲“文学的批评”。开篇定义：“所谓文学批评者，就是文学讨论它自身。”寻出文学批评的关键词——“主旨”：“研究文学的人也必须是文学批评者。……他必须从许多文学作品中，找出个主旨来，好帮助他批评某个文艺作品——文学批评便于此形成了。”[⑤]接着，引用莫尔顿的观点，将文学批评分为四大类：第一，“理论的批评”，着重讲文学原理；第二，

---

① 舒舍予：《文学概论讲义》，第 116 页。
② 舒舍予：《文学概论讲义》，第 119—120 页。
③ 舒舍予：《文学概论讲义》，第 121 页。
④ 舒舍予：《文学概论讲义》，第 131 页。
⑤ 舒舍予：《文学概论讲义》，第 132 页。

“归纳的批评”，认可其用科学的方法来观察文学的做法；第三，“判断的批评”，彻底否定了这种批评方式，认为这种“批评者自居于审官的地位而给作品下的评判”[①]的性质极其狭隘；第四，“主观的批评”，一方面充分认可这种批评，因为这种批评的基础是批评者对文学作品的是否有“爱”，是“以批评者为主”的批评，是符合文学本身性质要求的，另一方面也意识到这种批评存在的“危险”，即没有一定的主旨标准。然后在评述四种批评的短处之后，总结出批评的两个要素——“哲学的”和“历史的”。“哲学的”成分主要体现在联络部分和全体，从而使文学批评由批评文学之特别上升到批评人士之普遍；“历史的”成分主要体现在展示文学批评在历史的演进方面的作用。接着将文学批评与“生命”联系起来：“文学批评是解释文学的，所以它也可以由解释文艺到解释生命上去。”[②]并揭示出文学批评的功能在于指导文学与社会。最后谈到文学“批评者”，老舍辩证地分析批评者与创作者之间的关系：一方面是创作家的骄傲与批评者的权威之间形成冲突；另一方面，批评者应持一种“以我就文艺”[③]的态度，从而使批评也成为一种与文学对等的艺术创作。

第十三讲“诗”。在继第八讲“诗与散文的分别”之后，再次专列一章讲“诗”。首先讲“诗与其他文艺的区别”，就是“感情”。老舍认为“诗是感情的激发，是感情激动到了最高点”[④]，并且这个最高点的感情找到了与之相匹配的文字，从而使诗起到“调和”人类的作用。然后讲“诗的分类”。西洋文学中诗歌分为史诗、抒情诗和诗剧，老舍认为这种传统分法并不严密，因为抒情、戏剧、叙事等因素是驳杂地体现在各诗体中的；而

---

① 舒舍予:《文学概论讲义》，第 137 页。
② 舒舍予:《文学概论讲义》，第 143 页。
③ 舒舍予:《文学概论讲义》，第 145 页。
④ 舒舍予:《文学概论讲义》，第 148 页。

对于中国传统“诗的格式”的研究，老舍则认为太过僵化，失去了作诗的真诚。所以他明确表示：“研究诗形能帮助我们明白一些诗的变迁与形式内容相互的关系，但这是偏于历史方面的；就是以历史的观点看诗艺，它的发展也不只是机械的形体变迁；时代的感情，思想，与事实或者是诗艺变迁更大的原动力。”[①] 第三步是研究“诗的用语”，主要讲炼字、选字，老舍认为其标准不是雅俗，而是是否适合诗的思想与感情。

第十四讲“戏剧”。首先指出戏剧与其他文体的不同——舞台表现，其背后支持的力量是“感动人心”[②]。因为要“感动人心”，自然引申出一个问题：真实。老舍引述沃斯尔德的观点（“真实，并非实现，是戏剧的命脉”）来表明自己在戏剧真实性问题上的认识：“戏剧是多于生命的。”[③] 这“多”出来的“生命”在戏剧舞台上就是“表现”，而表现真实的程度差异就是古希腊戏剧和中国古典戏剧与现代戏剧的区别。老舍从以下几个方面阐释自己所认为的现代戏剧发展的几个趋势：一是表现越来越真切，二是表现平凡人物，三是着重处理结构与人物的关系（形成对“结构”的极富个性的定义：“是极经济的从人生的混乱中捉住真实。……它的重要便多在于表现真实，而真实是多于生命的。”[④]），四是提高观众的参与度，五是语言、舞台布景、行动等由“美”转向了“真”，六是演员的表演更加真实。其实概括起来就是一个词——趋真。

第十五讲“小说”。这是老舍以小说家之“当行本色”展开的一讲。首先分几个方面证明小说真正是艺术：一是解释小说的源起，内在因素是人类生命内部的活动，即“好听故事是人类天性之一”[⑤]，外在因素是社会

① 舒舍予：《文学概论讲义》，第 153 页。
② 舒舍予：《文学概论讲义》，第 156 页。
③ 舒舍予：《文学概论讲义》，第 157 页。
④ 舒舍予：《文学概论讲义》，第 162 页。
⑤ 舒舍予：《文学概论讲义》，第 168 页。

自觉，内外呼应，于是小说应运而生。二是探讨小说的形式，指出小说的形式是极自由的。三是明确小说成为艺术的关键在于它能够含有并表达“哲学”（“小说之所以为艺术，是使读者自己看见，而并不告诉他怎样去看；它从一开首便使人看清其中的人物，使他们活现于读者的面前，然后一步一步使读者完全认识他们，由认识他们而同情于他们，由同情于他们而体认人生；这是用立得起来的人物来说明人生，来解释人生；这是哲学而带着音乐与图画样的感动；能作到这一步，便是艺术，小说的目的便在此”[①]）。四是阐述小说“表达”的方法——“经验”与“想象”，舒舍予认为此二者是外物与内心的联合，“经验”包括人生与自然两方面，“想象”则赋予小说以作者的个性，所以说“作品的特色便是想象的颜色”[②]。最后归结为对小说这门艺术的高度认可：“小说在艺术上占有很高的地位。……在表现的方法上它比诗与戏剧更少限制，更能自由变化，更多一些弹性，恐怕它的发展还是正在青春时期，一时还不能见到它衰老的气象。”[③]另外，老舍还辨析了一组术语——“故事”和“小说”：“小说的内容必是个故事，而故事不必是小说。”[④]应该理解为“故事”是“小说”的素材，而“小说”是必须具备这一素材的又经过充分“经验与想象”加工的艺术。最后，老舍特别讲到“短篇小说”，概括出以下三个特点：表现的内容是一个“在时间上、空间上、事实上是完好的一片断”，表现的方法是“最经济的”，表现的趋向是“自始至终朝着一点走”[⑤]。

老舍在建构文学理论时，显示出一种批判力，他在中国传统与西方文论之间的取舍与打通方面的能力，实在是最为突出的。另外，他以“写家”

---

① 舒舍予：《文学概论讲义》，第 172 页。
② 舒舍予：《文学概论讲义》，第 174 页。
③ 舒舍予：《文学概论讲义》，第 175 页。
④ 舒舍予：《文学概论讲义》，第 175 页。
⑤ 舒舍予：《文学概论讲义》，第 177 页。

丰富、辛苦的创作经历与感受，为其理论提供了扎实的实践基础，并作为平台提供理论与实践的交流与互融。

三、孙俍工《文学概论》

孙俍工（1894—1962），原名孙光策，又号孙僚光，湖南隆回人。中国现代教育家、语言学家、文学家和翻译家。此部《文学概论》系孙俍工于1929—1931年间在复旦大学中文系讲课时的讲义，1933年由广益书局出版。笔者所读即为广益书局1933年3月版。

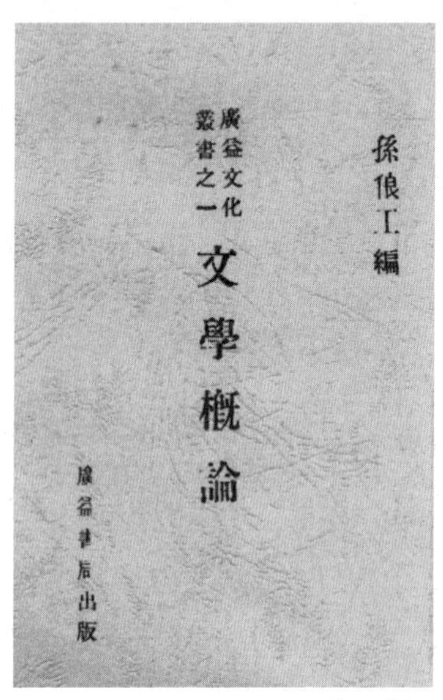

版權所有
中華民國二十二年三月出版
文學概論
著者 孫俍工
出版者 廣益書局
印刷者 大上海印刷所 上海福州路中市
總發行所 廣益書局 上海棋盤街中市
分發行所 廣州 南昌 長沙 宜昌 漢口 開封 北平 常德 廣益書局
洋裝一冊定價玖角

图1-12、图1-13　孙俍工《文学概论》（广益书局1933年版）封面及版权页

孙俍工《文学概论》共七章。他在书中“自序”部分说：“把从前在复大任教时所作的文学讲义，参以新近对于文学研究的态度，重加改编了一番，成为是书。”[①]

① 孙俍工：《文学概论·自序》，《文学概论》，广益书局1933年3月版，第1页。

第一章“文学的起源及其性质”，内分三节。

第一节“文学与艺术的关系”。首先肯定文学是艺术的一个门类，在此认知基础上，要求先对“艺术”作一个定义。接着，从起源的角度，列举了三种艺术定义：一是以托尔斯泰、黑田鹏信为代表的艺术感情说，二是以康德、席勒为代表的艺术游戏说，三是普列汉诺夫所谓的艺术社会现象说，而孙俍工用“很严正”的评价来表示他对普氏说法的认可。最后，孙俍工借用黑格尔有关艺术的分类（主观的、客观的、历史的）以及其他的分类（空间艺术、时间艺术、综合艺术），来确定“文学”在“艺术”中的位置，并明确表示，因为传达手段之“简单”、传达内容之“无限的复杂”，所以“文学是艺术的最高的最完全的形式”①。

自序

在這年來很平凡的時境中，對於文學還能繼續我一點研究的愛好，以積時累日的工夫，把從前在復大任教時所作的文學講義，參以新近對於文學研究的態度，重加改編了一番，成爲是書。自己對於這樣微小的收穫是不敢誇耀的，只在讀者能明瞭所謂文學是怎樣的東西就好了。

我覺得文學是人類生命的源泉，牠能給人們以情緒上各種的刺激和反應，個性的表現和集團的共鳴；牠在人類文化史上，是特具一種感性和動力，這是研究或愛好鑑賞過的文學的人是不會否認的。

人類的歷史是賡續地蛻化的，時代的意識是進化的，尤甚是文學在過去的痕跡上是人類原始以來生命的血，而帶着時代的背景社會的生命和人生的預言，雖是過去包含着有永遠的理想的光輝的將來在裏面，我們研究態度只要不留戀，只要不徘徊，只要不爲舊的形骸所束縛，那末文學的本身不難有明確的認識，而文學對於人生社會時代種種的關係都有互相的響影爲因果而非偶然的了，

現代大部分愛好文學的青年還感受着苦痛，因爲心裏極欲明白適合文學的真諦，要想探求牠，但周圍傳統陳迂的見解澎漲到極點，稍有新見解的認識而被視爲離經叛道的反動，這種糟粕形式呆

自　序　一

图 1－14　孙俍工《文学概论·自序》节选

第二节“什么是文学”。孙俍工认为中西方的文学观念都是非常“纷杂”的，他所肯定的是接近于文学（literature）的本身的定义，如中国的魏文帝、挚虞、陆机、吴伟业、曾国藩等的“广义的文学即文章”②概念，西洋则有华舍斯德、勃鲁克、瓦纳、亨特、赫逊等。最后，他归纳自己对于“文学”的定义：“文学是反映着社会现实的生活中情状，从而暗示社会进化的前途，它是通过作者的情感、想象、思想以至于兴趣，等等，而同时

① 孙俍工：《文学概论》，第 7 页。

② 孙俍工：《文学概论》，第 10 页。

所谓作者这些情感、想象、思想，等等，也都同样在他自己的环境和那当时的社会现象的影响之下而转变的，而不能超越现实生活的。”[①] 特别强调的是文学的社会性。但他同时注意的是文学的艺术性，并用一个公式来解释构成文学的要素及其之间的关系：

$$\text{文学}=\frac{\text{艺术（思想}\times\text{情感）}}{\text{文字}}$$ [②]

第三节“文学的性质”。从中西方若干学说中选择五个最普遍和重要的性质，加以详解：一是“永远性”，说明文学因“感情”而恒定久远；二是“普遍性”，着重强调文学作品中所含的“感情”应该是“超越时空及人人都能感觉到的”，此即为“普遍”；三是“个性”，以布丰“文体是人”来作注脚，强调文学应是“作者的个性的人格的表现”；四是“了解性”，用胡适的“懂得”来解释，侧重于强调文学的平易性、平民性；五是“同化性”，其实是讲文学的教育感化作用，以梁启超论小说的四种作用（薰、浸、刺、提）为解。

第二章“文学思潮的界说及其功用”，内分三节。

第一节“什么是文学思潮”。孙俍工选用梁启超在《清代学术概论》里对“思潮”的解释，肯定梁氏所提出的思潮的“循环式”性质，认为文学思潮是诸多思潮之一，它与其他思潮“有十分密切的关系”，能够反映“社会的意识和其发达的过程”[③]。

第二节“文学思潮的功效”。这一讲准确地说应该定名为“研究（学习）文学思潮的作用”。首先明确研究文学思潮对于推进文学运动有积极作用，因为了解文学思潮可以帮助人们“由理解以往推知其必来的

① 孙俍工：《文学概论》，第 14 页。
② 孙俍工：《文学概论》，第 15 页。
③ 孙俍工：《文学概论》，第 22 页。

趋向，感到文学是负有时代社会的先驱的使命，以确定其从事创作的方针”[1]。其次是对外国文学的译介有积极作用，因为了解文学思潮可以帮助人们有效地进行审择研究而不致盲目。最后是对文学批评有积极作用，因为了解文学思潮可以帮助人们“从作家的立场上研究其作品的价值，观察那作家能捉住其时代思潮有若干程度”[2]，从而确立起评价一个作家的最大标准。

第三节“文学思潮的特质”。孙俍工引用泰纳的文学“三要素”说，但在此基础上又融入中外其他文论家的观点，尤其是在“文学与时代”的关系解说中引用了章太炎的论点。最后，孙俍工对文学思潮特质的描绘是“精神空气的流动”[3]。

第三章“文学的派别及其转变”，内含十节。

第一节“文学思潮派别的源泉”。首先指出，希腊文学思想和希伯莱文学思想是欧洲文学的起源，各种文学流派的产生即源于这两个思想的交流或消长起伏。然后分析这两个思想的不同之处：希腊思想“尊重现实”，希伯莱思想“排斥现世主义”；希腊思想“代表艺术意识”，希伯莱思想“代表道德意识”；希腊思想是“科学精神的基础”，希伯莱思想是“宗教思想的根干”[4]。

第二节“文艺复兴的意义”。首先指出了文艺复兴的思潮特点：一是“个人主义的倾向”，二是“批评的精神旺盛”，三是“审美的倾向”，四是“享乐的倾向”[5]。着重肯定文艺复兴唤起了个人灵肉方面的解放与觉醒，从而开启了近代文学各种派别的产生。

---

① 孙俍工:《文学概论》，第 23 页。
② 孙俍工:《文学概论》，第 24 页。
③ 孙俍工:《文学概论》，第 37 页。
④ 孙俍工:《文学概论》，第 40—42 页。
⑤ 孙俍工:《文学概论》，第 44 页。

第三节至第十节，依次讲述“古典主义的文学”“浪漫主义的文学”“自然主义的文学”“新浪漫主义的文学”“欧战时期前后的文学各派”“表现主义派的文学”“社会主义倾向的文学”以及“新理想主义的文学”。除了基本的常识外，孙俍工亦用他的个性化语言来评述各种“主义”的文学，如说古典主义文学是“理智的”“严规矩的冷的”文学，浪漫主义文学是“用想象的感情”来“谋新生命的发现”，自然主义文学是“以观察为基础谋得正确地观察对象而取得真的表现”，新浪漫主义文学力求在“有余韵”和“富于新趣暗示”的两种表现法之间得到平衡，表现主义文学以“自由的主观的表现来作根本的生命”，社会主义文学“开始张眼看起赤裸裸的人生”因而具有“深刻的意味”，新理想主义文学即苏联的以“民众化”为根本的“普罗文学”[①]。最后，孙俍工特别指出，文学思潮各种派别的形成，其根本动力是“个人的完成和自我的充实”[②]。

第四章“文学与心理”，内含五节。

第一节“文学心理学的近世研究”。主要批评中国文论里的“载道”说和“文思”神秘说，同时指出近代文学理论里的马克思主义唯物观的文学论，其缺点在于“把文学之经济的要素便立刻加以社会学的说明，而忽略了文学是一种人类行为的事实”[③]。

第二节“文学内容之形式与心理的关系”。根据夏目漱石的文学论、罗伯特《情绪之心理》等书中关于“情绪”的分类，指出“一种文学内容的形式，是联合心理上的印象和观念的两方面，换句话说，就是认识的要素和情绪的要素的结合”[④]。

---

① 孙俍工:《文学概论》，第 45—74 页。
② 孙俍工:《文学概论》，第 74 页。
③ 孙俍工:《文学概论》，第 78 页。
④ 孙俍工:《文学概论》，第 79 页。

第三节“文学与心理的意识”。首先肯定文学作品之所以成为文学作品，就在于其具有“意识”。然后从“真”和“美”的角度，创造性地解释“文学”中的“意识”：所谓“真”，就是“对于直接的陈述的意识所起的是快乐的情绪的反应”；所谓“美”，就是“对于间接的陈述的意识所起的快乐的情绪的反应”①。

第四节“文学内容与心理感觉”。孙俍工同时批评将文学当作娱乐的观点，以及单纯否定文学中“道德”因素的观点，认为应该从“人类的心理上的刺激和反应”出发②。他立足于心理学，将“人”这一“有机体”作为文学之产生及其内容的根源，并分其为内外两种“刺激”：人的“有机体”的内在刺激和外在刺激。对于文学而言，就分别变为“情动于中”和“感于物而动”两种传统的文学发生说。接下来，他又大量引用傅东华、夏目漱石、厨川白村等人在文学理论方面关于“心理”的学说。但最后，他却认识到不能过分强调“心理”对文学的作用，因为“象征主义的作品”就因过分“着眼在深的根本的方面去发现神秘”，而带有“神秘的倾向”并落于“官能”的地步③。

第五节“文学的情绪”。孙俍工将文学中的情绪分为三方面，“一是作者的情绪，二是作品的情绪，三是读者的情绪”④，并认为“作者的情绪”是其他两种情绪的根源，因而最重要。在此基础上提出两个问题：一是有关创作的问题，即是否所有情绪都能成为文学；二是有关鉴赏的问题，即作品中的情绪能在多大程度上得到读者的共鸣。随后，他列举了大量中外文论家有关“情绪”的表述，最后得出自己的结论：“情绪是文学的最重要的要素，是其始又是其终的。……与情绪绝无关系的作品，并不是文学内容

① 孙俍工：《文学概论》，第 85 页。
② 孙俍工：《文学概论》，第 85 页。
③ 孙俍工：《文学概论》，第 92 页。
④ 孙俍工：《文学概论》，第 94 页。

的本身。……在附带情绪的文学内容中诗是最单纯而属感觉的。”[①]

第五章“文学与人生”，内含两节。

第一节“文学是人类精神的食粮”。首先，从“本能”的角度探讨文学产生的原因，认为人的“本能”是在人类进化方面谋求满足，而文学与宗教、学问一样，都是这种“本能”的表现形式。文学的特点在于，它谋求的是“给人以纯粹的心的快乐的价值”，所以说“文学是心的粮食”[②]。然后，揭示文学的本质就是“美”，因为只有“美”才能使人们获得纯粹的愉悦，从而有效地充当“心的粮食”。

第二节“文学与人生的关系”。其实是讲“人生”对于“文学”的影响或作用，孙俍工将之分为三个方面进行陈述：一是“种族”，二是“环境”，三是“作家的人格”，孙俍工最看重的是第三个。在“作家的人格”上，孙俍工延伸讨论了作家和作品的“风格”问题：“一个作家的作品给读者所感觉到的兴趣，不是得之于里面的材料，而是得之于那些描写着的材料的处理法。换句话说，就是作者在他的作品中所告诉我们他所写的究竟是怎样的东西，这种给读者的告诉，就是作者注入处理法的他本身的人格，也就是他的作品中的作风，就是作者的风格怎样的问题。”[③]最后，孙俍工用对“本心”的讨论呼应前一节有关“心的粮食”的定义：“文学是人生的内面的生活的表现，它的价值和效力等于粮食。……文学是从人的心的本心的要求产生出来的东西，展开人的想像，展开而不能够在日常生活上展开的本心，这便是文学对于人生的任务。玩味文学也就是因为要展开自己的本心，文学从人想以来的姿态生活的要求产生出来。”[④]

① 孙俍工：《文学概论》，第106—107页。
② 孙俍工：《文学概论》，第113—114页。
③ 孙俍工：《文学概论》，第131页。
④ 孙俍工：《文学概论》，第133页。

第六章“文学与时代”，内含两节。

第一节“文学与时代的关系”。主要讲“时代”对“文学”的作用。孙俍工认为“同一时代的文学常必有一种共同的趋势和趋向，这种时代的倾向也可说是构成文学思潮的一个最大的动力”[①]，他肯定泰纳的文学“三要素”说，但强调“时代”对文学的重大影响。因此，他对集中表现思想主潮的文学——“时代文学”作了如此评述：“时代文学不仅是能摄取时代的背景和意识等等，而且有关于时代的兴亡及治乱的。”[②]

第二节“文学与时代相互的影响”。侧重讲“文学”对“时代”的影响。孙俍工认为，文学是时代的先驱，“它能以先知先觉的呼喊来警醒与引导读者去向那将来的时代中去，它的力量能为时代的先声”[③]。

第七章“文学与社会”，内含三节。

第一节“文学之发生与社会的意义”。从社会学、人类学的角度，论证“文学的发生是跟社会的生活的接触而进展的”，文学的发生源于两方面的“社会”需求：一是“模仿实际生活的活动，或调剂实际生活的劳苦”，二是“激励实际工作并以整齐集团劳动的步调”[④]。

第二节“文学的社会性”。从几个方面强调，对文学而言，社会是其必须的条件：一从语言来说，语言本身即是社会的产物；二从作家的角度说，作家因感受社会环境的情状并将之构成文学；三从内外交互作用的角度来看，定义“文学”是“在社会生活的行程中，由作者内心的要素与社会的要素交错所生的诸观念中的某事物”[⑤]。

第三节“社会文学新兴的意义”。首先，指出“社会文学”的两个特

---

① 孙俍工：《文学概论》，第 135 页。
② 孙俍工：《文学概论》，第 136 页。
③ 孙俍工：《文学概论》，第 137 页。
④ 孙俍工：《文学概论》，第 152 页。
⑤ 孙俍工：《文学概论》，第 161 页。

质：一是认识方面的，即“与现在社会的观念相向背的，是反抗现代社会的支配观念的”①；二是内容方面的，即“从社会解剖的或批评的实质而加以判断的”②。然后，进一步分析“社会文学”在现代文学发展史上的重要突破：一是从“个人”到“社会”的突破，“社会文学的新兴可说是把从前的关于文学见解来了一次革命，它一面是人生生命的活动，也就是人类生活的使命一种重要的表现”③；二是从“社会”到“人间”的突破，“社会文学上所论的也不单是社会批评，应该更进而探讨当时的人间痛苦与扰乱社会的文明的问题”④；三是阶级的突破，“社会文学的作品并不单限定产生于无产阶级与劳动者，自然也可以中流阶级为主题，也可以把资产阶级为主题”⑤。

将文学与时代、人生，尤其是“新兴”的社会密切联系，是孙俍工进行文学理论建构时的努力。这种趋向与当时的“革命文学”恰成呼应，而孙俍工本人的成就则在理论与实践双方面体现出来。

四、许钦文《文学概论》

许钦文（1897—1984），原名许绳尧，浙江绍兴人。早年参加新文学运动，与鲁迅过从较密，自称是鲁迅的“私淑弟子”，终生从事教育事业，同时也是中国现代小说家。此部《文学概论》由上海北新书局 1936 年 3 月付排、4 月出版，写成时间应为 1932 年 8 月至 1933 年 8 月之间。笔者所读即为北新书局 1936 年 4 月版。

---

① 孙俍工：《文学概论》，第 163 页。
② 孙俍工：《文学概论》，第 163 页。
③ 孙俍工：《文学概论》，第 164 页。
④ 孙俍工：《文学概论》，第 164 页。
⑤ 孙俍工：《文学概论》，第 165 页。

一九三六年三月付排
一九三六年四月出版

文學概論
實價大洋三角

著作者　許欽文
發行人　李志雲
發行者　北新書局
排印者　振興印刷所

總發行所　北新書局　上海四馬路中市
分發行所　北新書局

图 1-15、图 1-16　许钦文《文学概论》(北新书局 1936 年版)封面及版权页

许钦文《文学概论》分为四大部分：引言、总论、分论、余论。

“引言”部分。采用批驳式讲述思维，讨论两个问题：“要不要文学”[①]和文学是否会被消灭。针对“许多人都在尽力的反对文学”的现象以及他们反对文学的原因，许钦文一一批驳。首先批驳了文学静止观，指出这个论点还停留在 19 世纪，事实上 19 世纪后兴起的自然主义、新浪漫派文学就都崇尚“理知”。这个批驳显示了许钦文的文学进化论观点，他把文学看作一个生生不息的有机体，一时代有一时代之特色与主流。第二个批驳对象是文学狭隘观，许钦文将文学与科学进行比较，指出只有文学才能培养人们对诸种事业的信仰，进而从事研究创作，并对社会起到推动作用，显示了一种文学的开放观。最后，对文学机械论进行批驳，认为“文学的本身，并没有着赤色白色的关系。‘文以载道’，文学原如一辆车子，可以载

① 许钦文：《文学概论·引言》，《文学概论》，北新书局 1936 年 4 月版，第 1 页。

上共产主义，也可以载上民族主义”[①]。这种对“文以载道”的创造性阐释，显示出较为宽广的文学功能论。有破有立，批驳之后的立论点放在文学是艺术的武器，事关民族前途上，这就从事实的层面力证文学之必须“要”。讨论的第二个问题是文学是否会被消灭。面对否定性的怀疑，许钦文从理论、事实两个方面进行批驳。站在理论角度，许钦文认为文学是“武力”的一种，必须和兵力一同存在；站在事实角度，他指出只要世界存在着，作者就存在，那么文学就自然存在而不会灭亡。“引言”部分的特点在于：第一，体现民族的立场与世界的眼光；第二，预设接受者与反对者。“引言”作为这部论作的窗口，其作用在于彰显了讲义者的基本立场与观点。

“总论”部分实质上是文学本体论。

第一节“文学的地位”，首先肯定文学是艺术的一种，然后将文学与其他的艺术形式（绘画、音乐、建筑、雕塑、戏剧等）作比较，得出一个结论：“文学在艺术中占着最重要的地位。艺术是各项文化的结晶体，能够表扬文化，也是能够促进文化的。所以文学，也是在文化中占着最高的地位的了。”[②]

第二节“文学的内包”，其实是讲文学的范畴，分狭义与广义。许钦文认为狭义的文学只包含着小说、剧本、诗、歌、童话、散文诗和随笔

引言

許多人都在盡力的反對文學；那末，在概論文學的本身以前，得先探討一番，究竟要不要文學？

反對文學的理由是什麼？花樣很多，歸納起來，不外三項：

一，文學是浪漫的，現在不要浪漫的行為，所以不要文學；

二，救國強種，要用科學，所以不要文學；

三，研究了文學，會得赤化起來，所以不要文學。

對于第一項的理由，根本不成問題；「文學是浪漫的，」這還是十九世紀的話。文學從自然主義起，就要重理知。雖然自然主義以後的新理想派，也叫做新浪漫派；但新浪漫派並非浪漫派，多着一個新字，就

引言　一

图 1-17　许钦文《文学概论·引言》节选

① 许钦文：《文学概论·引言》，《文学概论》，第 4 页。

② 许钦文：《文学概论》，第 4 页。

（小品文），广义的文学把书信、日记、传记和报告等实用文字也包括进去。这里的论述是很明显的个人见解，与现在通行的四分法（诗歌、小说、散文、戏剧）不一致。许钦文最后又强调："现代的文学，作者总是有着对于所写事实以外的一种用意的。……总之是利用事实，并非为着事实服务。所以，实用文字的书信、日记、传记和报告等等，即使是符合着文学的条件的，在文学的立场上，也只是借用。"[①] 这个强调有两点值得特别注意：一是与"现代的文学"类似的指称在整部论作中不断出现，如"现代的文学""新文学"等，说明许钦文的文学时代观强烈，他清晰地辨明"新"与"旧"、"现代"与"古代"之分。二是对于"现代的文学"，许钦文着意突出其实用性，所以他在下一讲里说："文学的目的，就是言外之意。"[②] 这个"言外之意"与中国传统审美领域中的理解不一致，并非"弦外之音"的含蓄修辞之谓，而是指文学对于"事实"的用意超越"表现"，旨在"指导"人生。

第三节"文学的成分"。分两个方面论述：形式方面与实质方面。形式方面的成分包括文字、故事、技巧，实质方面的成分包括主义与情感。许钦文的讲述思维如下：首先是最外层的"工具"，即"文字"；然后是文学的表现形式，即"记序文"；进而是文学作品的呈现状态，即"故事"；接着阐明文学的"目的"在于暗示"言外之意"；最后揭示文学的内核——"主义"，即作者的倾向（思想、伦理、道德各方面），并指出其关键是带有"情感"。这里讲的"艺术的成分"，其实是文学的各种要素，而许钦文在讲述时，遵循着一个由外及里的思路，最后揭示出"主义"与"情感"。但其中有一个观点比较奇特，即"文学所用的文字，形式上总是记序文"[③]。这种

① 许钦文：《文学概论》，第5—6页。
② 许钦文：《文学概论》，第7页。
③ 许钦文：《文学概论》，第7页。

观点，跟讲义者小说家的身份比较契合。

第四节“文学的意义”。许钦文在“总论”至此时，突然发现根本无法定义“文学是什么”，但他归纳出种种说法的共识即文学是“人生的”。在这个共识的启发下，许钦文进一步阐发文学对于人生的意义：“一、表现人生，二、批评人生，三、指导人生。”[①]这三种意义并无大的创见，但许钦文接着又将分别具有这三种意义的文学分为两大类：“再现”的文学和“表现”的文学。并补充说明：“前两项都是‘再现’的文学，后一项是‘表现’的文学。”[②]许钦文受厨川白村《苦闷的象征》影响很大（此节往后，这个明显程度将会逐渐加强），厨川白村是这样定义“表现”的：“并非我们单将从外界来的感觉和印象他动底地收纳，乃是将收纳在内底生活里的那些印象和经验作为材料，来做新的创造创作。”[③]许钦文认为“表现”的文学关键是写出理想人物来以指导人生，“再现”的文学只是“记载‘已然’的事情”[④]，两者的共同点在于：“已然”的事情也罢，“理想”的人物也罢，都没有恒定标准，都是依据作者的主观倾向，所以都是作者“人格的表现”。从这个角度来看，许钦文对文学“表现”的体认程度比厨川白村更进一层，他阐述“表现”的落脚点不是厨川白村所谓事物性质的“印象和经验”，而是主观性质的作者的“人格”。

第五节“文学的新旧”。在这一节里，许钦文论述了新旧文学之区别，即旧文学是僵化的、个人的、奢侈的，新文学是活动的、大众的、实用的。许钦文的论述眼光是交叉的，既看到新、旧的对比，也看到中、外的不同（“所谓新文学，在世界的潮流上，大概指着‘新理想派’以后的文学而

---

① 许钦文：《文学概论》，第9—10页。

② 许钦文：《文学概论》，第10页。

③〔日〕厨川白村著，鲁迅译：《苦闷的象征》，百花文艺出版社2000年1月第1版，第21—22页。

④ 许钦文：《文学概论》，第11页。

言，是把‘新写实派’也包括进去的。在中国，却可以把自然主义以后的都算作新文学”[①]）。更难能可贵的是他持一种历史唯物主义的态度看待所谓“新旧”问题：“‘新’和‘旧’是相对的。”[②]

第六节“发生文学的原因”。许钦文首先列出两个问题——“为什么要有文学”和“为什么会有文学”[③]，分别意图解决文学发生的必要性与可能性问题。但答案归结为一点——“苦闷”。围绕这一点，讲以下几层意思：首先，肯定“苦闷”在文学上的表现方式是“象征”。然后，面对可能的质疑，即如果文学中没有悲苦，那是否依旧归为“苦闷的象征”，许钦文给予了肯定的答复，他认为此种情况应属于“苦闷的反表”，即便是纯粹表现“愉快得意的事情”的文学，也是“苦闷的反表的一种”，特将此命名为“喜欢的追慕”，原因是这些“喜欢”在现实中本身很少，更难以复制，所以只有在文学中加以“追慕”。许钦文还特别提出“革命者用作武器的文学”，亦即“革命文学”，“只产生在实行革命以前，或者革了命以后”，借以表达对革命失败或革命高潮一去不返的“喜欢的追慕”[④]。

第七节“创造文学的情形”。这应该属于创作论的范畴。许钦文分别以纵向与横向的两个尺标来讲述。纵向方面，他比较了古典文学与新文学的不同，指出前者是摹仿典型，后者因注重新感觉而是真正的“创造”。横向方面，他分别陈述了“表现的文学”和“再现的文学”在创作上的异同，并提出与此对应的两个概念：未然和已然。“表现的文学”通过塑造理想人物以达到其示范生活的目的，而理想人物是作者想象出来的，是所谓物由心生；“再现的文学”虽然是写已经或曾经发生过的实有的事，但故事情节

① 许钦文：《文学概论》，第 13 页。
② 许钦文：《文学概论》，第 12 页。
③ 许钦文：《文学概论》，第 15 页。
④ 许钦文：《文学概论》，第 21 页。

的设置等具体事宜却要作者虚构，即事由心生。也就是说，不管是未然的人（即“理想人物”）还是已然的事，都得通过推想，都是作者的想象和虚构。由此可见，作者主观因素在文学创造中所占分量极重，所以许钦文称文学创造为“探心的险”[①]。在这个认知层面上，他充分肯定了文学的“创造”性，也就是肯定了文学的主观性与个人性。但本节论述最后却落实到客观主义的立场：“什么人格，发生什么苦闷；从什么人格，可以探出什么险来，都是一定的。”[②]这是典型的“知人论世”的注解。

接下来四节，讲文学的表达手段。

第八节“化妆出现”。“化妆”是日常生活语境里的一个词语，许钦文在此用以指代一个心理学术语——“下意识”，两者的共同点在于，它们都有让人看不到真实面貌的特性，并具有伪饰的作用：平时被大脑忽略掉的见闻，却被“下意识”（无意识）记住了，并且在文学创作时“暗示”出来，这就形成文学；或者大家以为是“天才”成就的东西，其实是作者努力思索之后，经由“下意识”而出现。但许钦文论证的落脚点在于将“下意识”与他执着的“苦闷”相联系：生命力强大的人，往往其苦闷也多且以性欲苦闷为主，在现实生活中无法宣泄，于是借助文学“发泄”出来，其中那些自私自利、不可告人的欲望，却很自然地以某一种形式出现了，这就是“化妆”的手段。由此定义：所谓“化妆出现”[③]，就是现实中的苦闷，在文学中自然地却又是无意识地，被作者用另一种形式表达出来，最终使作者达到发泄、舒缓紧张郁积心理的作用。所以许钦文说“文学是救济神经病的”[④]，也就是说文学有平衡社会的作用。

---

① 许钦文：《文学概论》，第 23 页。
② 许钦文：《文学概论》，第 26 页。
③ 许钦文：《文学概论》，第 31 页。
④ 许钦文：《文学概论》，第 33 页。

第九节“便化”。相对于作者无意识的“化妆出现”，“便化”是指“采用题材的时候，把一种事迹的真相抹杀，换作别种样子来表现”且“是由于作者的故意的”[①]。“便化”的具体方法包括：注重断片的描写，使故事情节戏剧化、单纯化（即提纯）。

第十节“具象性”。许钦文在这一讲，首先重复了第三节“文学的成分”里关于文学在形式上总是“记序文”的观点，在这个认知前提下，他否定在作品中直接、抽象地发表议论，认为这是毫无“诗意”的做法。许钦文所肯定的“记序文”，又包含两种表达方式：一是“序述”，二是“描写”。“序述”可以带一些作者的主观，因此在文学上所达到的“具象性”就是“大体”上具备；而“描写”则纯粹客观，所到达的“具象性”就是绝对意义上的了。许钦文用“白描”一词形容这种毫无主观意见的纯客观描绘，这跟“白描”的通常所指相悖，既是许钦文对“白描”一词的主观意想，也说明其论证并不十分严密。

第十一节“暗示”。本节是紧承“具象性”一节的。文学贵在“具象性”和“描写”，也就是排除了作者的主观倾向，但矛盾的是，文学的意义（表现人生、批评人生、指导人生）除了第一点在“描写”中多少能有所实现，其余两项则无以着落。于是，在“具象性”和“描写”之外，许钦文又补充了一点——“暗示”。在文学中提倡“暗示”的原因有三个：一是避免武断，二是避免干涉，三是满足读者的创见欲[②]。第一点“避免武断”是从文学的审美效应上来考虑的。第二点“避免干涉”则是从实际生活出发，认为指导人生的文学难免会因暴露、破坏而触犯某些人或集团的实际利益，因此招致甚至引发文字祸，所以要“暗示”。第三点是从读者参与文学的角度出发，提出的非常新颖的一个观点：“文学，在作者固然是创造，在读者

---

① 许钦文：《文学概论》，第 34 页。

② 许钦文：《文学概论》，第 41—42 页。

也是创造的。”[1]因为要满足读者的“创见欲”，实现作者、读者共同构建文学作品生成机制的理想状态，所以要“暗示”，以留下若干空白，供读者填补，并最终达到作品深入内心的效果。

再下来的四节，是讲文学的两个作用与两个特别重要的概念。而这两个作用和两个概念又一一对应。

第十二讲“共鸣作用”。许钦文认为，文学共鸣作用的进程可以分为三步：认识、了解和同情。

第十三讲“普遍性”。这一讲是紧接着“共鸣作用”论述的。许钦文认为，文学之所以能产生“共鸣作用”，是因为文学表达了一些具有普遍性的东西，比如母子之爱、夫妇之情和朋友之谊。与“普遍性”相对应的是地方色彩、时代性，但并非完全对立，当“地方色彩加上时代性，连同作者的个性”就成了“民族性”[2]，而它恰是能表现一民族之最“普遍”的性格与特点。在许钦文的代表作《鼻涕阿二》里，他虚构出“松村”并用以指代当时中国农村的缩影，于是“松村的特性”就成了旧中国老农村普通人的“普遍性”[3]。

第十四讲“真实性”。首先强调“真实性”对于文学的不可或缺的重要意义。接着又周密论述什么叫“真实性”：“所谓真实性，并非一定要所写的故事，原是真的事迹，只要形成这故事的各项情形是实在的就是了。”[4]这就解决了文学理论中一个很关键的问题：文学“真实性”与客观真实的关系及区别。客观真实是实际存在，而“真实性”着重强调的是“性”，即属性、性质、倾向。许钦文在这里讨论的是写实的文学，因为是写实的，

① 许钦文：《文学概论》，第 42 页。
② 许钦文：《文学概论》，第 48 页。
③ 许钦文著：《许钦文代表作：鼻涕阿二》，华夏出版社 2010 年 1 月版。
④ 许钦文：《文学概论》，第 49 页。

所以具备“真实”性，但“真实”不意味着完全复制客观存在，因为这是“文学”。那么，文学“真实性”何以显现？许钦文落实在“经验”上：“一篇文学作品的真实性的程度，要看作者的经验丰富不丰富。……所谓经验，并非经历到的事情就都是。要善于观察，才可以把所经验到的事情变作经验。……要把一件事物观察清楚，必须先有了学理上的研究。”[①]学理研究是知识层面的准备（即“知”），观察事物是实践方面的行为（即“行”），经验获得是个人体验的总结（即“意”），最后才是文学“真实性”的呈现。许钦文在此看到了“知、行、意”的内在统一对于文学独有品质“真实性”的重要性。

第十五讲“净化作用”。这一节，许钦文又很明显地呈现出其论点的偏狭性，他开宗明义地认定文学的悲剧性：“无论是小说，或者长篇的诗，更其是剧本，所含有的故事的情节，往往是很悲苦的，会得使人流眼泪，使人痛哭。”[②]他甚至认为喜剧“也是悲感的，只是悲哀的程度差一点，带点滑稽罢了”[③]。在这个前提下，许钦文引出本节的主题——“净化作用”。因为文学往往表达悲苦，所以会引发读者“可怜”“害怕”的情感，而这种情感的产生会有助于“把平时于无形中所郁结着的苦闷，排泄出去”，从而“得到个快感”[④]。这显然是借用亚里士多德关于悲剧的“净化”说，并无多少创见。别具个性认识的是，他说：“屡次的受了净化作用以后，多少总要改变点性情，就是趋善一点。所以净化作用，也叫做‘美化作用’。”[⑤]由此可见，他进一步地将“净化”与“美化”对接，并从根本上将“善”与“美”并列，这是对文学作用认识的一大进步。特别值得一提的是，许

① 许钦文：《文学概论》，第 50 页。
② 许钦文：《文学概论》，第 51 页。
③ 许钦文：《文学概论》，第 52 页。
④ 许钦文：《文学概论》，第 52 页。
⑤ 许钦文：《文学概论》，第 53 页。

钦文对所谓“善”作了历史唯物主义的理解。在正常情况下，善恶无绝对的标准——这是肯定道德（即“善恶”）的普遍性。这种认定就带有主观性，分两种情况：一是“在伦理观念一致的时候”；二是“在过渡的时代”，“这种所谓善，难免是对封建思想的死灰复燃。所以新的文学，为着防备这一点，净化作用的关系以外，一定要积极的暗示着一种主义，使得有所依从”①。

第十六节“文学的派别”。许钦文首先认为，讨论文学派别应是批评家的职责。接着从“便于称呼”的方面，肯定了文学分类的做法。然后从顺时间的角度，将文学分为古典主义、浪漫主义、写实主义、自然主义、新理想主义、新写实主义。他遵循着自然进化的原则，阐释着文学流派的兴衰承接：因为古典主义太拘束、缺乏自由，所以浪漫主义兴起；因为浪漫主义陷于空想、妄想，所以写实主义兴起；自然主义比仅仅重客观描写的写实主义更进一步，是抱着“人道主义”的精神探讨社会问题的；但后来自然主义变得呆板、沉闷，所以新浪漫主义兴起，其特点是重在指导，属于“表现的”“示范的”文学。因此，可见他对于新浪漫主义文学的肯定度颇高。针对文学之所以有这样的嬗变，他认为，归根到底，“文学是时代的产物，由于环境的形成”②。最后，他分析了文学上“主义”和“派”的区别：“仔细辨称起来，大概主义先有，派是后来形成的。主义是初次提倡时候的原则，派是事实上的结果。……事实上，一经成派，不久就会另有一种主义起来；派是做着主义的坟墓的了。”③

第十七到二十四节属于“分论”，第二十五到三十节是“余论”。“分论”部分以体裁来区分，主要讲小说，兼涉诗歌、剧本、童话、随笔等；

① 许钦文：《文学概论》，第 54 页。
② 许钦文：《文学概论》，第 60 页。
③ 许钦文：《文学概论》，第 58—59 页。

“余论”部分具体讲一些文学技巧，比如幽默、讽刺、形容、譬喻、观察、鉴赏等，以及举中外作家的作品为例进行具体评价。

但就“文学理论”的内容而言，“引言”和“总论”部分足以代表许钦文的主要倾向和观点。在这两部分，可见许钦文的论述倚轻倚重，逻辑层面时有混乱，从而形成一种理论的“偏见”与“执着”，这既是他本人的一个特色，其实在某种意义上，也算是作家文论的特征。

第四节　新人文主义的“中西结合”：梅光迪、吴宓

梅光迪、吴宓是所论著述者中“中西结合”体现最明显的两个：所谓“中”，是指他们都在传统私塾接受开蒙教育，人生的大部分时光都在中国最高学府任教并都享有盛誉；所谓“西”，是指他们都是作为当时政府的“官派”留学生而赴美留学（梅光迪考取第三批庚子赔款留美生考试，吴宓从清华学校留美预备科毕业），都在哈佛大学作为白璧德的入门弟子接受了新人文主义的熏陶、传教与影响。这样的“中”“西”结合在一处，体现在人生的实践层面是他们回国后合力创办《学衡》杂志，广集同志、终成一派（“学衡”派）；体现在理论著述层面，就是一部《文学概论讲义》和一部《文学与人生》。

一、梅光迪《文学概论讲义》

梅光迪（1890—1945），字迪生、觐庄，安徽宣城人。中国首位留美文学博士[①]，《学衡》杂志创办人、学衡派领袖人物之一。此部《文学概论讲

① 梅光迪自1911年官费赴美留学，先入威斯康星大学，两年后转入西北大学，1915年入哈佛大学研究院，师从白璧德，专攻文学。

义》是梅光迪于1920年回国出任南开大学英语系主任后，受聘为南京高等师范学校暑期班开讲所用。笔者所读为由杨寿增、欧梁记，刊载于《现代中文学刊》2010年第4期的《文学概论讲义》。

梅光迪《文学概论讲义》共十五章。

第一章，未显示标题。内分两个部分：“文学界说”与“文学之特质”。在“文学界说”部分，梅光迪开宗明义，表示“文学界说之难定”[①]。接着，先后陈述“中国”与“西洋”的种种文学界说，认为它们都有所缺陷，唯基本认同两人的观点，即英国文学史家布禄克和法国批评家圣佩甫。前者认为“表现世间男女情思，布置适宜，令人读之能生愉快之感者，方为文学”，后者则说“文学名著必具有新颖思想使人群进化一步，深厚情感入于人心。虽出以自成一家之辞，然兼古今文章之长，垂百世而常新者也”[②]。两人虽表述不同，但有一些共同之处：表达“情感”、重视“教化”、兼顾“形式”。“文学之特质”部分，梅光迪先从比较的视角来基本圈定文学的性质，包括四项：“非实用的”“主观的”“具体的”与“文学著作原本有永存之价值”。他以肯定的方式定文学为“美术之一”，揭示其根本特质：“虽无裨于寻常实用，而深合人性最高一部分之需求。”[③]

第二章“文学之起源”。首先依据两个理由确认先有韵文，即“利于舒情”和“利于记诵流传”[④]。其次，指认“最初文学之特质”有四项：“群众的”“天然的”“乐歌的”与“实用的”。最后，回溯“文学起源之理由”，概括为三个：“游戏性”“历史性”与“自表性”。

接下来四章（第三、四、五、六章）都以“文学与……”为题，很明

① 梅光迪讲演，杨寿增、欧梁记：《文学概论讲义》，《现代中文学刊》2010年第4期，第88页。

② 梅光迪：《文学概论讲义》，《现代中文学刊》2010年第4期，第88页。

③ 梅光迪：《文学概论讲义》，《现代中文学刊》2010年第4期，第89页。

④ 梅光迪：《文学概论讲义》，《现代中文学刊》2010年第4期，第89页。

显是一种“外部”研究视角。

第三章“文学与思想”。为什么在“文学与……”的板块中，首先论及“文学与思想”？梅光迪一语中的：“有人生观故有思想。”[①]可见落脚点是在“人生”上。他紧接着分析“思想之类别”有两类：“属于久远者”与“属于一时者”。以“久远”思想出之即为“救世之文章”，作者的目的在于追求如何为人及何为人生，梅光迪对此类文章表示极大的称颂，他认为莎士比亚、弥尔顿属于此类；相比较之下，阐演“一时”思想的文章，因其或“投一时所好”（如斯托女士《黑奴吁天录》），或“思想多偏激，不合真理，而尤多感情用事”（如清末宣扬革命的报章小说），或“与后之事实不合”（如威尔逊的演讲），则被梅光迪认为“决无永久价值，可笑亦可悯”[②]。关于“思想之表示”，梅光迪认为有两种：直写法与假托法。二者各有侧重，关键还在于都表示作者的“人生观”。可见，在本章中，梅光迪对“人生观”的重视与论述头尾呼应，处处顾及。

第四章“文学与情感”。首先明确文学中的感情，包括三种：作者之感情、书中之感情与读者之感情。并以感情之生成顺序为依据，认定“作者之感情为最重要”[③]，进而分析“情感之本质”。在正式分析之前，设定一个新术语——“最高作者之感情”，在此前提下讨论情感本质，包括四种：“失意的”情感，认可了中国文论中“不平则鸣”“诗穷后工”“发愤而作”的观点；“愉快的”情感，除了自然之美外，别具新意地将忠烈义侠亦列入其中，原因是其能使人产生向往之心；“非我的”情感，是指文学家超出个人的“人类之公共感情”，其内核是舍小我之一己情感、立旨为人类造福，梅光迪以此为标准批评中国文人的“身世之感”，以及西洋文学中的浪漫派

① 梅光迪：《文学概论讲义》，《现代中文学刊》2010年第4期，第90页。
② 梅光迪：《文学概论讲义》，《现代中文学刊》2010年第4期，第90页。
③ 梅光迪：《文学概论讲义》，《现代中文学刊》2010年第4期，第91页。

之弊；“普遍的”情感，是指突破了种（民）族、国家、时代的局限，而保存下来的“人类公性，精神上之契合”[①]，借此人类文化才得以延续不断。接着是论述“感情之表示”，梅光迪分其为“深厚的”与“节制的”两种。所谓“深厚的”是强调作者感情的质感厚度，应被视为是“表示”的前提；所谓“节制的”是强调作者感情的审美标准，又一次批评浪漫派缺少节制导致现代文明的破灭。

第五章“文学与想象力”。梅光迪举出两种想象力：“创造的”与“解释的”。梅光迪认为“创造的”想象力包含以下五要素：具体、回忆、选择、联合和一时感受。前四个要素的确定，是在对创作心理充分体认的基础上产生的，并认识到文学之创境与生活之实境的差距；梅光迪着重强调最后一个要素，认为借此才“每能写出幽妙、曲折而表文学上之真价值”[②]。“解释的”想象力是指文学家面对自然人事，由主观方面解释以发表人生观，并特别强调小说、戏曲的作者因为对书中人物深刻了解而能表示同情，此种文学才有意义。

第六章“文学与人生”。首先明确文学为选择的人生。梅光迪以写实主义（写实派）与浪漫主义（浪漫派）的比较，指出前者之弊在于将人生看得过低，片面描写，因而极端悲观；而后者之弊则在于将人生看得过高，浮泛描写，因而极端乐观。梅光迪对此二者俱持批判态度，再次亮出他在第三章“文学与思想”中的观点，即文学是用来指导人生的，并进一步将“指导”的目标明确化，说：“文学之宗旨本欲造一高等人生。此高等人生虽一理想的，容或不能实现，然文学家之职责则如也。”[③]然后论析文学的方法是非自然的，这主要是比较文学与人生的相异处，亦即文学“真义”之

① 梅光迪：《文学概论讲义》，《现代中文学刊》2010 年第 4 期，第 92 页。
② 梅光迪：《文学概论讲义》，《现代中文学刊》2010 年第 4 期，第 92 页。
③ 梅光迪：《文学概论讲义》，《现代中文学刊》2010 年第 4 期，第 93 页。

所在，强调的是文学“创作”中的苦心孤诣、惨淡经营，以及文学呈现方式的因果、次序等。并以此为依据，再次批判浪漫派文学对创作理性的忽视。最后对中国当时的“新文学”进行质疑和批评，认为白话文谋寻“所谓文学普遍者”，其实是“降格以求，实不明文学真义”①。

接下来四章（第七、八、九、十章）是一种“内部”研究视角。

第七章“模仿与创造”。其实是讲“文学之方法”。梅光迪将这两种文学创作的方法并提，但却以如下的逻辑顺序进行论述：“模仿之初步”“模仿以助创造”“模仿之流弊”“创造之流弊”。可见在梅光迪的文学视域中：第一，“模仿”是文学创作的基本与基础的方法，“美术与文学非模仿不为功，文学之格律，不模仿更无下手处”②。第二，“创造”是较高层次的方法，其实就是“模仿 + 天才”。第三，“模仿”与“创造”各有流弊，前者在于抄袭成风，以致文学界没有进展；后者则以浪漫派为例，举出其两大弊病：一、忽视知识理性、反对人伦常理，导致真理消亡；二、思想退化、闭门空造、流于模仿，背离创造的真义。

第八章“文学上之标准”。此章可被视为第三章“文学与思想”的又一呼应。第三章讲“思想之类别”，包括两类：“属于久远者”与“属于一时者”。此章则论文学有两大标准：“经久论定”以及“文学与时代”。就标题看，这两大标准应该分别意指文学的“经典”（“永久性”）与“时代性”，其实梅光迪是合二为一，他讲“经久论定”就是文学的“永久不磨之价值”，讲“文学与时代”仍然强调“文学代表一时，亦是代表永久”③。

第九章“文学之形式”。内分两个部分：“属于体格者”与“属于修辞者”。“体格”类包括“材料完备”“结构谨严”“用意一致”，“修辞”类包

---

① 梅光迪：《文学概论讲义》，《现代中文学刊》2010 年第 4 期，第 93—94 页。

② 梅光迪：《文学概论讲义》，《现代中文学刊》2010 年第 4 期，第 94 页。

③ 梅光迪：《文学概论讲义》，《现代中文学刊》2010 年第 4 期，第 95 页。

括“确当”“明达”“雅洁”“雄健”“含浑”[①]。

第十章“文学之体裁”。梅光迪采用西洋文学的分类法，分文学体裁为论说、辩论、描写、记述。但在具体解析过程中，又以中国传统文学互证，如“论说”举《史记》列传、“辩论”举《战国策》、“描写”举韩愈《画马记》、“记述”举“左氏与马迁之文章”。其打通中西文学禁区的努力甚为明显。

以下四章（第十一、十二、十三、十四章）紧承第十章，分述四个“体裁”。

第十一章“散文”。先叙“散文之类别”：“论说”与“记述”。在这两类里，所举正面例证都为外国作家作品，对中国散文评价甚低，如“吾国议论素无统系，所论皆为零碎之论断”“吾国传记范围至狭小”“吾国史家作法殊不精确”[②]等。再说“散文之方法”，其关键是写真和纪实。

第十二章“小说”。梅光迪先论定“小说之特质”为“平民文学”。这个观点与同时代学者（如胡适、朱自清等）并无不同，但梅光迪的特异之处在于他辩证地看待所谓“平民”：一方面，承认小说的“平民”出身，即“小说之发生，实为平民而作”；另一方面，又不满于小说（特指旧小说）的“平民”局限性，即“旧小说之材料，多为贵族事实，如浪漫之重视武士道及冒险精神，盖以平民之所崇拜者，乃奇异神怪、富贵利禄也”[③]，揭穿了旧小说违背自身的“平民”本质，而一味追求“贵族”气派，从而导致只能记述小事，而忽略了对国族历史文化的记载传承。这就与梅光迪对文学“指导人生”、建立“理想人生”“最高人生”的宗旨相去甚远。面对小说这种矛盾的现状，他认为原因在于作者方面，于是他辨析了“知识阶级”

① 梅光迪：《文学概论讲义》，《现代中文学刊》2010 年第 4 期，第 95—96 页。
② 梅光迪：《文学概论讲义》，《现代中文学刊》2010 年第 4 期，第 97 页。
③ 梅光迪：《文学概论讲义》，《现代中文学刊》2010 年第 4 期，第 97 页。

与“平民精神”“贵族思想”之间的关系：“知识阶级愈高，其平民精神愈高；知识阶级愈低，其本贵族思想愈富。”[①] 本章第二部分是“小说之方法”，包括“结构”“人物”“环境”和“叙事法”，各有侧重。在“结构”中强调人事间的因果关系，在“人物”中力赞中国传统小说人物之个性，对“环境”的肯定表现为它使小说有着落，关于“叙事法”则分出三种：小说家“持旁观态度”却“无所不知”型、主要人物“自述”型、次要人物“自述”型[②]。并特别指出小说叙事法中的一个大忌，即作者直接发表意见，梅光迪认为这样会破坏文学创设的“幻景”。

第十三章“诗”。概括出诗的三种类型：“纪事诗”“叙情诗”与“戏曲”。诗有两种特质：“格律谨严”和“文字优美”。梅光迪以华兹华斯“白话作诗”失败为例，再次批判白话文学，强调“诗之用字，以古雅为尚”[③]。

第十四章“戏剧”。关于戏剧分类，沿用亚里士多德的三分法：“悲剧”“喜剧”与“杂剧”（即悲喜剧）。梅光迪对中国戏剧持失望态度，认为旧剧材料丰富但没有区分悲剧、喜剧，而新剧的“思想、文学、结构等，多极卑陋不足观。……皆时髦流俗所为，亦无价值可言”[④]。戏剧的方法包含两点：“结构”与“人物”。二者都与小说形成比较，梅光迪认为戏剧中的“结构”与“人物”都比小说更难完成。戏剧相较于小说而言，表现的范围缩小了。

第十五章“中国文学概论”。分为两块进行论述，一是“中国文学之优点”，二是“中国文学之缺点”。首先直接面向“新文学”对“旧文学”

---

① 梅光迪：《文学概论讲义》，《现代中文学刊》2010 年第 4 期，第 97 页。
② 梅光迪：《文学概论讲义》，《现代中文学刊》2010 年第 4 期，第 98 页。
③ 梅光迪：《文学概论讲义》，《现代中文学刊》2010 年第 4 期，第 99 页。
④ 梅光迪：《文学概论讲义》，《现代中文学刊》2010 年第 4 期，第 99 页。

的攻击，站在护卫本国文学的立场进行辩护，即所谓“中国文学自有其优点，一概抹杀之，殆为崇尚真理者所不敢”[①]。梅光迪所言的“优点”有两个，一是“美术与道德合一”，二是“健全之人生观”[②]。

梅光迪以前卫之眼光、中正之态度、责任之意识，在中西文化交流的道路上走得从容雅致。他对中国现代文学理论建构的贡献表现为对古今中外文学理论自然无痕的融会贯通，以及将“理论”拓展至有别于文学创作的另一个实践层面：文学杂志的创办和文学流派的开启。

二、吴宓《文学与人生》

吴宓（1894—1978），字雨僧、玉衡，陕西泾阳人。《学衡》杂志创办人、学衡派领袖人物之一，中国现代著名西洋文学家、国学大师、诗人。《文学与人生》是吴宓自 20 世纪 30 年代开始在大学课堂（30 年代在清华大学等北京院校，抗战时期在西南联大、燕京大学，抗战后在武汉大学）授课时用英文写就的讲义。1948 年冬，吴宓曾将讲义撰写成文、亲笔誊清、装订上下两册，后遗失。现存版本皆是根据 30 年代清华大学讲义整理出版的。笔者所读为王岷源译、清华大学出版社 1993 年 8 月第 1 版的《文学与人生》。

这是一部最不像文学理论教材的教材：处处可见“我”“吴宓”“吴宓先生”“吴宓教授”的字样，以及充斥在各章节的各式图表。这更是一部近乎天书般的理论著述：以英文为主，间有中文的语言表述，以及大量的看似并无逻辑联系的中西之哲学、伦理学、社会学的用语、意指等。鉴于此，基本的梳理是必要的。整部讲义在正文中没有出现“章”“节”等字样，只是在目录里用阿拉伯数字标示顺序。为了行文方便，也为了本书表述的统

① 梅光迪：《文学概论讲义》，《现代中文学刊》2010 年第 4 期，第 100 页。
② 梅光迪：《文学概论讲义》，《现代中文学刊》2010 年第 4 期，第 100 页。

文學與人生

教授 吳宓

本學程、研究人生與文學之精義、及二者間之關係。以詩與哲
理二方面為主。然亦討論政治、道德、藝術、宗教中之重要問題。
凡選修本學程之學生、皆應參加課堂中之討論。而須先讀教授
指定之中西文學名著若干篇以為討論之根據。其中有文有詩、
或為哲理及文藝批評。要之每篇皆須精細研讀。
此外、凡就本學程作畢業論文或研究論文之學生、每人皆應
讀教授為該生特別之書籍。俾積個人文學研究及生活經驗之
所得、而於一年中撰成論文一篇。

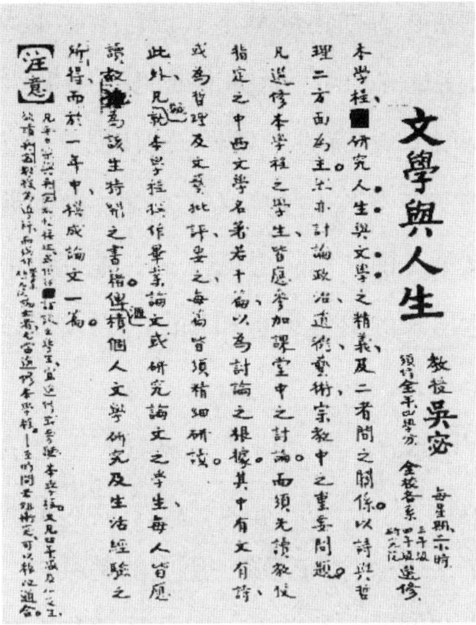

图 1-18　吴宓《文学与人生》手迹之一

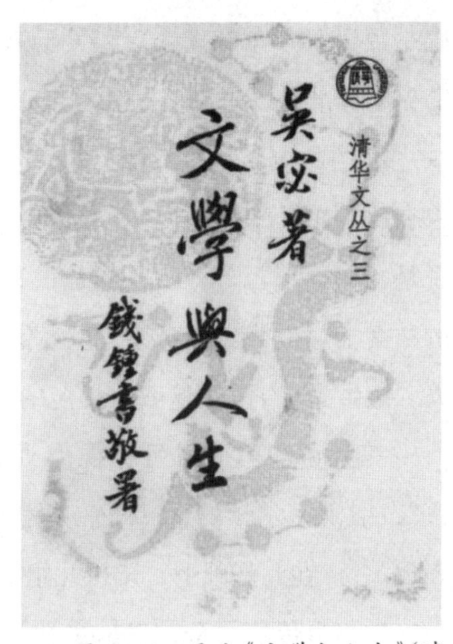

图 1-19　吴宓《文学与人生》(清华大学出版社 1993 年版)封面

一，笔者将目录里的标序表达为“第几讲”。

《文学与人生》共三十六讲，另有“附录”九篇。

第一至五讲，是作课程说明。第一讲“《文学与人生》课程说明”、第二讲“《文学与人生》课程应读书目”、第三讲“《文学与人生》课程之目标与目的”、第四讲“我们的讨论与努力之基础”、第五讲“《文学与人生》课程内容与方法之进一步之说明”，里面除了包含了授课对象（三、四年级和研究院的学生）、课时（一学年，每周两小时）、方式方法（以读书和课堂讨论为主）、阅读书目（古今中外共一百五十一部）、课程性质（选修课）等客观事项的说明外，更重要的是表明了全书一些最基本的信息：授课的最主要内容是“研究人生与文学之精义，及二者间之关系。以诗与哲理二方面为主。然亦讨论政治、道德、艺术、宗教中之重要问题”[①]；授课的基

① 吴宓著，王岷源译:《文学与人生》，清华大学出版社 1993 年 8 月第 1 版，第 1 页。

础是师生双方在自我认知和关于人生的常识方面达成基本共识；吴宓本人的见解标准是以“真情”和“至理”为衡量的“知、行标准或鹄的”，以及“一多并在”与“情智双修”的“人生态度”①；有关“文学”的认识，吴宓也在此给出了基本的说明，他所认可的“文学”不是广义之文学（准确地说是“文学”之“学”），而是狭义的文学（即“作品之集合”），他理想中的“文学”是符合阿诺德“世界上表达出来的最佳思想和言论”以及周作人“人生的文学”②这双重界定的。

第六讲和第七讲可被视为“本论”部分。第六讲“文学与人生之关系”，引汉密尔顿的话（“小说是蒸馏过的人生”），定义“文学是人生的表现”③。在此基础上，辨析几组关系：一是文学与经验、历史的关系，二是文学与自传的关系，三是文学与艺术“创造”的关系，四是处理艺术与主题材料的关系，五是作品与作家的关系，六是文学的来源、应用与文学的价值的关系，七是文学与最佳之文学的关系。接着，指出“今日中国文学之缺失”在于（主义）宣传文学、闲谈文学、消遣文学、特种或宗派文学的泛滥。最后，郑重申明自己所讲并非文学批评，是呼应上一讲里“文学”与“‘文’学”的区分，很明显他是把对“文”的研究局限地认定为“Literary Criticism”即文学批评。第七讲“我的工作和我的主要兴趣：文学与人生”，是讲义里第一次在标题中出现“我”，吴宓以其自身的成长经历与方向来点明“仁智合一、情理兼到”④的发展目标，并从“个人”角度提炼出“知、情、意”三要素。

第八、九、十讲，可视为“分论”部分。即专门讲文学之一种体裁：

---

① 吴宓：《文学与人生》，第 12 页。
② 吴宓：《文学与人生》，第 13—14 页。
③ 吴宓：《文学与人生》，第 16 页。
④ 吴宓：《文学与人生》，第 23 页。

小说。

第八讲“小说与实际人生”论析“理、事、情”三者，虽在不同的艺术体裁（哲学、小说、诗）中各有侧重，但具体到小说上，又是合为一体的：“泪”与“笑”（其实是两种极端的情感或情绪）都是人生的要素、文学的考验。因此，悲剧与喜剧便各有侧重，前者侧重“主观”上的“激情与感情”，后者侧重“客观”上的“智力”与“理性”，而所谓“人生”也不过是基于各人对“理、事、情”的感受与认知。其次，论“一本优秀小说之必具条件”，分别是：宗旨正大（Serious Purpose）、范围宽广（Large Scope）、结构谨严（Firm Plot）、事实繁多（Plenty of Action）、情景逼真（Reality of Scenes）、人物生动（Liveliness of Characters）①。最后，吴宓特别说明“正大宗旨”具体是指“真理与爱”，并借用萨克雷《英国幽默作家》中的一段话，点明“真理”是指“好善，恶恶，崇真去伪”，并提醒学生参阅《论语》“惟仁者，能好人，能恶人”②。这是想在中西关于“真理”的评定标准中，找出一致之处。

第九讲“人生—道德—艺术（小说）：小说与人生”与第八讲似乎重复，但他选出五个关键词作另一层面的深度剖析：一是“自作自受”，是讲偶然事情、具体行动、性格人格、命运之间的关系，所以最后说“人实为其自己命运之主人”③。二是“人生如戏”，是讲人生大舞台与小说小舞台的关系。人生与小说的共同点在于都提供一个舞台，供“展示出各种各样的人物，在他们的行动中，有着相同的互为因果的关系”；不同处在于，“小说是具体而微的人生”但“又高于历史”④。三是“崇真去伪”，从辨析人生

---

① 吴宓：《文学与人生》，第 27 页。
② 吴宓：《文学与人生》，第 29 页。
③ 吴宓：《文学与人生》，第 31 页。
④ 吴宓：《文学与人生》，第 32 页。

经验与创作想象力出发，引申出文学中的“真实”“自然”“现实主义”的真谛，并强调小说能让读者理解文学作品中的“所有事件与人物的真实性质”[①]。四是“爱由心生”，强调作者、读者对作品中之“爱”的共同感知与塑造，惟其如此，才算得上是现实主义的。五是“好善恶恶”，是论述文学与道德的关系问题，吴宓用“诗歌中的公正”以及“理想的赏罚”[②]来形容这种关系。

第十讲“阅读萨克雷《英国18世纪幽默作家》札记”，可作为对前两讲所述内容、原则的具体应用，该讲联系了吴宓本身最感兴趣的中国小说《红楼梦》，直至拓展到生活上，探讨自己的生活、恋爱、性情、道德等具体话题。

第十一讲“公民教育与文学：文学之功用”，可被视为“外篇”。吴宓选择从“公民教育”之一外围突入，论析文学的作用，包括：涵养心性、培植道德、通晓人情、谙悉世事、表现国民性、增长爱国心、确定政策、转移风俗、造成大同世界、促进真正文明等十项。

从第十二讲直至第三十三讲，可被视为“内篇”。此所谓“内”不是指文学本身之“内”，而是指文学赖以生发的精神之“内”——哲学。吴宓几乎把“文学”抛开，一股脑儿地冲入哲学的怀抱。第十二讲“阅读教育界人物志之反思与说明”、第十三讲“人与宇宙”、第十四讲“人与宇宙之关系图”、第十五讲“天人物三界”、第十六讲“宇宙与人构成之基本公式”、第十七讲“以上公式之推广及应用”、第十八讲“万物品级图”、第十九讲“人性图—物象图”、第二十讲“人性之研究”、第二十一讲“自由意志与命运”、第二十二讲“两种人——理想与现实”、第二十三讲“人心惟危，道心惟微”、第二十四讲“穷则独善其身，达则兼济天下”、第二十五

① 吴宓：《文学与人生》，第33页。
② 吴宓：《文学与人生》，第35页。

讲“假冒为善之是非”、第二十六讲“中庸之道”、第二十七讲“论宗教”、第二十八讲“义利之辨”、第二十九讲“孟子《不动心章》臆解”、第三十讲“文人相轻与不废江河万古流”、第三十一讲“我之根本信条”、第三十二讲“哲学重建的性质与方法”、第三十三讲“建立道德论”，吴宓用二十二讲、近三分之二的篇幅讲哲学，不论是当时还是此后，在文学理论界都是绝无仅有的。吴宓的哲学观，沿用自柏拉图以来西方传统形而上学把世界划分为本体界与现象界的模式，再具体到新人文主义的范畴来思考问题，又引介白璧德人文主义中的人生境界说来解释“文学与人生”话题。在这个部分，吴宓充分展现了他作为一个古典式理想主义者的魅力与缺憾：魅力在于他以真诚和赤诚坚持不懈地追求精神之永恒价值，缺憾则是对“文学与人生”这一本该入世话题的过于出世、无法驾驭的自我演绎而导致理论的失败。

第三十四至三十六讲，又回到“外篇”。但不是从“公民”角度而是从“个人”角度，强调“婚姻恋爱为人生与文学中极重要之事实与材料”[①]。第三十四讲“婚姻与爱情问题”、第三十五讲“道德重建之序言”，第三十六讲“由情入道”，这对于吴宓而言，是“伤心人别有怀抱”之语（笔者在下文会有具体论述）。

吴宓的《文学与人生》，横空出世、立意决绝，“我”之大书特书、哲学与精神层面的反复强调，使得这部教材既特立独行，又曲高和寡。但无论如何，他将一个时代关于文学的理论共识——“文学与人生”，推向高潮，并以极具个性的表述，使之定格在中国现代文学理论建构的某一点，已是弥足珍贵。

① 吴宓：《文学与人生》，第169页。

第五节 应时演讲：潘梓年《文学概论》

潘梓年在十三家中比较特别，单立一节的原因在于：第一，他与“文学”及其“理论”或“研究”的关系最为松疏。他在此部《文学概论》之后，就几乎与“文学”“教育”的事业绝交，而投身于中国共产党的文化、宣传战线（尽管参与“左联”，但其更多是发挥“领导”的作用，真正“文学”性质的工作几乎没有）。第二，这不是一部课堂讲义，而是一份演讲稿（八讲，从内容、体量上可被视为“讲义”），后经学生强烈要求，刊印发行，反响极大（从1926年4月至1931年4月，共出6版、发行近5万册）。所以，这部《文学概论》可被视为他（一个时代型的知识分子）关于“文学”的应时演讲。

潘梓年（1893—1972），江苏宜兴人。中国现代著名的哲学家和杰出的新闻斗士，因被毛泽东任命为《新华日报》第一任社长而被称为“中共第一报人”。1923年，潘梓年受聘于当时颇有名气的保定育德中学做教师，该校的部分师生成立了“保定育德中学文学研究会”，请潘梓年讲新文学。潘梓年深受欢迎，先后共讲了八次，后应学生传观的请求，答允将其讲稿整理出来，由北新书局刊印、正式出版，书名即为“文学概论”。笔者所读为北新书局1931年版。

潘梓年《文学概论》首有“代序”、尾有“结论”，正文部分共五讲。

“代序”题为：“什么叫文学？”潘梓年否定“文学”有确切定义的可能。接着，从四个方面来试图寻求一个比较明了的概念：第一，文学的学科位置是“以人类的生活做中心”，在诸多学科中，文学与修辞学、史学、哲学最为接近，它与修辞学都“讲究‘文字的运用’”，它与史学都“记述‘人事的变迁’”，它与哲学都“探刺‘人生的真际’”[①]。第二，文学的内容是“人生的情感方面”，是“纯粹的情感”，是“刹那间生命所流露一片整个的，不可分析的经验之原形”[②]。第三，文学的形式是“永远不断的生命之流，这个流反映在声音上成为音乐，反映在色线上成为绘画，反映在形体上成为雕刻，反映在动作上成为舞蹈，而反映在文字上便成为文学。……文学的形式是文字”[③]。第四，文学的使命有两个，其一是与一般艺术同有的使命，即“生命的调和”（借杜威语），其二是文学特有的使命，即“预言”[④]。

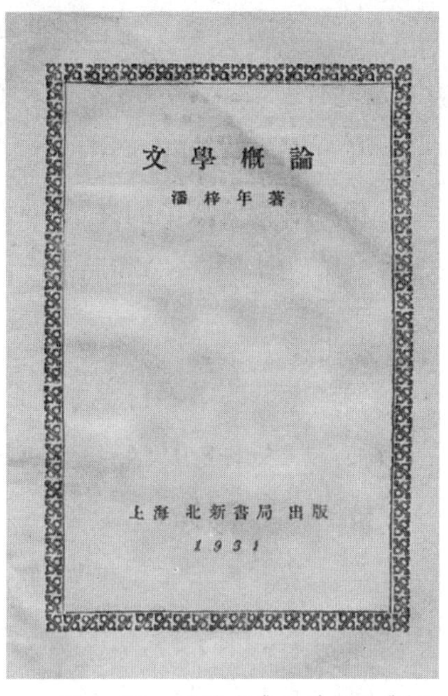

图 1-20 潘梓年《文学概论》(北新书局 1931 年版)内封

在综合这四方面之后，潘梓年对文学下了如此定义：“文学是用文字的形式，表现生命中的纯情感，使人生得着一种常常平衡的跳跃。”并补充对文学的要求，即“文学的内容要充实，真确，自然；文学的形式要精密，熨帖，自在”[⑤]。

综观以上，可见潘梓年用一个系列式的关键词来串联他对文学的基本定义，那就是“人生、生命、生活”。再提炼一下，就只有一个字可以概括他的文学基本认识——“人”。这应该与潘梓年当时所演讲的本来命题——

① 潘梓年：《文学概论》，第 2—3 页。
② 潘梓年：《文学概论》，第 5 页。
③ 潘梓年：《文学概论》，第 7 页。
④ 潘梓年：《文学概论》，第 9—11 页。
⑤ 潘梓年：《文学概论》，第 12 页。

“新文学”密切相关。中国的新文学，一言以蔽之，就是“人的文学”(应该说，周作人《人的文学》确定了中国现代文学的基本品格与内容)。

正分部分有五讲。

第一讲“鸟瞰中的文学”。从标题即可见其视角的宏观性。整讲包含六节，都是围绕一个字进行的，即“真”。前三节是论“真”之为何，后三节是论如何为“真”。

第一节“艺术与科学为求真的两条大路”。潘梓年论述文学作为艺术的一种，以人生为中心，求其主观方面的真，准确而言就是求人生的“渐于‘精’‘确’的情感”[①]。

第二节“真实非实在”。就是辨析一组关系：“真实”与“实在”。潘梓年作如下区别：“实在”是“混杂的，散乱的”以及“表面上的，破碎的”，而“真实”则是“纯粹的，清晰的”以及“深入的，完整的”[②]。可见，这两者其实是分别意指艺术之“真”与生活之“真”。

第三节“求真情和求真知的异点”。是将第一节里所讲的艺术与科学在“求真”上的差异性再度明确一下，那就是：艺术求人生之“真情”，科学求人生之“真知”。正是因为“真情”本身具有的属性，从而使得求“真情”的艺术也具备了与科学不同的特性：一是“永久性”，二是“和谐之美”。“永久性”是指艺术所表达的“真情”具有时间上的普遍性，“和谐之美”则是指“艺术的最高的目的，在使观照者发生具有社会性的审美感情”[③]，也就是说艺术会造就个性与社会性的和谐。这两种特性相加，就使得艺术的“普遍性”彰显出来。

第四节“文学为间接的艺术”。本节是从表层上讲文学表达，即

---

① 潘梓年:《文学概论》，第19页。
② 潘梓年:《文学概论》，第21—24页。
③ 潘梓年:《文学概论》，第32页。

讲文学的媒介——“文字”。潘梓年突破常规地提出一个见解：运用文字的最高境界就在达到“无字”。他说：“研究文学的人们，作者或读者，先要打平了文字这阿堵物，使它在眼里消溶到一些渣滓也不留，然后方能产出完美的文学和收到原物的美感。”[①]对此，他提出两个方面的努力：一是从主观方面提高文字的操控能力，二是从客观方面继续改进文字本身。

第五节“文学的冲动”。与前一讲比较，本节则是从深层上讲文学为何要进行表达，其“来源”是两个方面：“心理的活动方面”与“实际的社会生活方面”。而潘梓年认为，“心理的活动方面”更为重要与纯粹。他概括出四个可以成为“文学冲动”的心理因素：“自我表现的愿望”“对于人们及人们行动的兴趣”“对于‘我们在里面生活’的实在界，合‘我们希望它实现’的理想界的兴趣”以及“格式的喜爱”[②]。这四点分别对应的是人的有关于“真”的四个特性，即表现（欲）、好奇（心）、理想（性）与审美（要求）。

第六节“文学的种类”。潘梓年对文学的分类有别于其他人，既不是传统的“文”之广义、狭义之分，也不是当时流行的“四分法”，他很明确地亮出自己的观点——“只就实质上分”，也就是以文学“背后是什么冲动而分”[③]。他将文学分为五类：个人经验的文学、关于人人通常生活的文学、社会文学、讨论自然的文学、批评的文学。

第二讲“内质与外形”。该讲是文学的“内部”研究板块，潘梓年自己说是“就文学的本身看它是怎样的一个东西”，甚至比喻为“显微镜下的

---

① 潘梓年：《文学概论》，第 40 页。
② 潘梓年：《文学概论》，第 42—44 页。
③ 潘梓年：《文学概论》，第 45 页。

文学”[①]，可见其细致精微。包含三节。

第一节“内质”。所谓“内质”其实就是指“内容”。潘梓年重申了前面所讲的文学的内容就是情感。然后具体分析情感由三个成分构成，分别是：智慧、情绪、想象。比较奇特的是，三个成分只讲了后两个，“智慧”没讲。在这节里，潘梓年引述了泰纳学说，并对此进行批判性继承，认为其公式不够完善之处在于缺少了对作者个性的考察。

第二节“外形”。首先讲所谓“定形”，是指符合内质需求的具体形式。他将文学的外形即语言文字，从表现的功能上分为三种：文字、组织、声调。然后归纳这三者的共性是“都能表出作者的印象或观念”[②]。

第三节“质与形的关系”。有四种关系：一是“发生的”关系，即谁产生谁，潘梓年认为一般是质先而形后，也有反过来的情况。二是“感应上”的关系，即探究文学作品感动人的到底是质还是形，潘梓年认为“形”的感动分量更大一些。三是“欣赏与研究”的关系，着重强调“形”的重要性，认为无论是欣赏还是研究，都应以形式为主、为先。欣赏，是由外而内，应该首先欣赏形式；至于研究，潘梓年认为，研究内质不属于文学的范畴。四是有关“价值”的关系，潘梓年认为文学作品的价值“是内容的事”，并进一步说明，衡量文学作品的价值得看它对于社会的影响，而作者对这种影响应该负有的责任，仅限于他是否真实地描写，而不是负起整个的责任。

第三讲“文学中理智的要素”。出乎意料的是，潘梓年并没有讲清楚何谓“文学中理智的要素”，而是首先引入一个很大的话题：“文学作品的创制，到底是‘有所为’的还是‘无所为’的？”[③]其实是追问文学是否有目

① 潘梓年：《文学概论》，第 50 页。
② 潘梓年：《文学概论》，第 72 页。
③ 潘梓年：《文学概论》，第 78 页。

的性。在这个理论探讨的框架下，涵盖两个问题：“文学和道德”的关系、“文学和主义”的关系。在这两重关系上，潘梓年都持辩证分析的态度，既承认道德和主义对文学的重要性，更强调文学自身的独立性。最后，总结“文学的所以为至高无上的艺术之一，是因为她是自由的，是时代的先驱，是预言”①。

第四讲“文学的变迁及派别”。潘梓年分两条线来描述：西洋文学方面，历数从文艺复兴至当时的四大文学派别（古典、自然、浪漫、新浪漫）的变迁，提炼出它们的精神一致处在于“掘出一个人来，追求一个完美的‘人生’”②；而中国文学方面，潘梓年认为有两大派别，即正统文学和平民文学，潘梓年显然更认同平民文学，赞赏其对“人间真实的情感”③的表达。

第五讲“文学分类和其比较”。将文学分为小说、诗歌、戏剧三类，然后以小说为中心，与其他两者进行比较。小说与戏剧的差异是：受“时间”控制与否（戏剧受，小说不受）、作者“说话”与否（编剧者不能，小说家能）、受众不同（戏剧用来排演，小说供人阅读）、具体“工作”的性质不同（戏剧是综合性工作，小说是个人性工作）、“心理”研究不同（小说家研究人的心理，戏剧家还要研究“看客”的心理）。小说与诗歌的差异是：小说是“客观”和“描写”的，而诗歌是“主观”和“吟咏”的。

最后是“结论”。潘梓年旗帜鲜明地重申观点：“文学是表现人生，批评人生，指导人生的。……我们可以看出为文学的动机的只是表现人生；

① 潘梓年：《文学概论》，第 85 页。
② 潘梓年：《文学概论》，第 100 页。
③ 潘梓年：《文学概论》，第 106 页。

至于指导人生、批评人生的话，只是文学的功效，不能是文学的动机。”[1]

潘梓年以时代知识分子的身份，面向更年轻的时代知识分子（学生），宣讲当时最前卫的时代话题“新文学”，既体现了“人的文学”的理论共识，也显示出他独具力量的思辨方法。他的努力对于建构中的中国现代文学理论而言，具有特别的“应时”（时代）性。

① 潘梓年:《文学概论》，第 115 页。

第二章　个性的理论书写

这十三家讲义的著述者，除了作为大、中学的教师或教授的一致身份外，他们的知识背景、学术经历、理论认知和其他身份（如作家、学术研究者）的差异性，使得他们在对文学理论进行普遍书写时，又各有侧重，呈现突出的个性。本章将对这十三家讲义进行个案研究，结合讲义者生平、求学、教学、创作等经历，更以文化、文学、学术、思想等为语境，概括出每部讲义的个性特点。明确它们各自的理论个性，是本章要旨。

第一节　姚永朴、程千帆：怀“旧”迎“新”和守“旧”拒“新”

姚永朴的《文学研究法》和程千帆的《文论十笺》都具备“旧”（即中国传统文论特色）的形貌。结合 20 世纪初中国特殊的历史语境，以及他们个人面对历史的人生抉择，我们可以窥见其反映在文学理论上“新”与“旧”的挣扎、选择。

一、姚永朴：时代意识与责任担当

姚永朴在后期桐城派中，不是最突出的一个。仅以姚永朴郎舅三人为例：姐夫马其昶素有桐城“殿军”之称，弟弟姚永概幼时即表现出“奈何轻我”的慷慨书生之气，相较之下，姚永朴文名不甚盛、气场不甚强。三人虽均授业于或师事“曾门四弟子”之一的吴汝纶，但论及关系之亲厚，姚永朴显然不及其他二者：马其昶、姚永概都曾追随吴汝纶，致力于桐城中学堂事业的草创与发展，但当时，姚永朴则先后在山东高等学堂和安徽高等学堂任教、奔波生计。

偏是这样一个并不十分起眼的桐城派人，在中国现代首屈一指的高等学府（京师大学堂、北京大学）里，自始至终坚守着一块园地，积极地按要求讲授科目，却不合时宜地坚持“文章”之“家法”。这应被视为一种文化的坚守，《文学研究法》是这种立场与态度的最好投射。

现在几成定论的是：《文学研究法》是一部专门阐释桐城派文学主张的理论著作。然而，“定论”的背后或有理论的成见与主流判断的傲慢，所以，我们不可忽视理论著作产生的时代背景、文化范围和大学机制，更应深入细致地领会、体味著者在其中或明或隐的观点、思维和情感。

姚永朴与北京大学的渊源和关系，是我们进行这种考察的一个有效角度。后期桐城诸人中，吴汝纶面对京师大学堂总教习之位，坚持要赴日考察，回国后干脆回乡创办桐城学堂；姚永朴则是郎舅三人中最早进入京师大学堂的，也是最后离开的（1913 年在遭到章太炎攻击后，林纾、姚永概、马其昶即愤辞职）。1913 年以后，作为桐城派代表，姚永朴在北大独立支撑四年，并撰写、讲授《文学研究法》，直至 1917 年 3 月，受以胡适为首的新文化派的猛烈冲击，才离职而去。就姚永朴而言，年近半百、风云变幻之际，进入首善之地、学府之巅，按要求开一门“新”课——“文学研究”，说的却是“旧”到骨子里的东西——“文章学”。这种应对，对姚永朴本人来说，应该是五味杂陈的：既有对时势的判断，也有对自身的省知；既有决绝勇气，更多的是无奈伤感。

自省意识首先体现为姚永朴在《文学研究法》中表现出他个人强烈而独特的时代感受：紧迫、自重以及希望有为。姚永朴以“英吉利”为例，指出英语成为全球的通用语言是使英国具有自豪感的重要因素，并以此为对照，引申出“国文”“中国文字”对于教育、政治、国家的作用，即可以激发群众的“爱国之念”、宣扬“德化政治”，从而达到“保国”的目标。而在卷一“功效”篇中，他列陈文学的六大功效（论学、匡时、纪事、达情、观人、博物）后，总结曰：“自今以往，世局日新，人事日多，而所以著文章而生其波澜意态者日广，则其功效必日著，是在有志兹学者扩而充之、神而明之耳。”[①] 这是一个学者、教授、文人对“文章”所处之历史环境的感受，“世局日新，人事日多”透露出其面对瞬息万变社会时手足无措的迷茫与焦虑。在这种语境、心境下，强调文学之“功效”，除了遵循“家法”“文统”之外，更多的是体现时代意识，恰如梁启超对小说功用（“欲新一国之民，不可不先新一国之小说”）的划时代定义。

在比较鉴别中，姚永朴的时代自觉性益发明显。笔者选择用林纾《春觉斋论文》作比。林纾与姚永朴同样被视为后期桐城派的代表作家或大力支持者，同样在京师大学堂（北京大学）任教，同样出了一部文学理论的讲义。在此背景下进行比较，尤能凸显出两者的异同以及各人的理论创见与特质。《春觉斋论文》是林纾在北京大学的讲义，自 1913 年起以“春觉生论文”为题在《平报》连载，1916 年由都门印书局出版。《春觉斋论文》未分章节，以专题形式出现，包括述旨、流别论、应知八则、论文十六忌、用笔八则、用字四法。

《春觉斋论文》之“述旨”相当于《文学研究法》卷一部分。“论文之言，犹诗话也。”[②] 这句话表明林纾的理论认识还处在一个较为传统的层面，是属于文学批评的范畴。林纾辨析“文”与“理”的关系、“正言”与“成辞”的关系，基本还是站在“作文”“古文”的角度。与此相比，姚永朴更

---

① 姚永朴：《文学研究法》，第 55 页。

② 林纾：《春觉斋论文》，《中国古典文学理论批评专著选辑》，人民文学出版社 1959 年 11 月第 1 版，第 41 页。

具有关于“文学”本身的理论视域，在“根本”篇、“功效”篇里，都可见他对文学与时代、国族、社会的关系的考量与看重，这就突破了就“作文”而“论文”的局限。

《春觉斋论文》之“流别论”相当于《文学研究法》卷二部分，主要讲文体分类。在这一问题上，二者采取了不同的做法：林纾未曾突破姚鼐、曾国藩的做法，依然是分而无类，列出十四项，一一陈述；而姚永朴则向前走了一步，归为四大类，即“著述”“告语”“记载”与“诗歌”，下辖若干小类。归类与否，应被视为对文学体裁的一种现代性认知。更为可贵的是，姚永朴在讲文体分类之前，首先讲的是“运会”与“派别”，这两篇分别讲文学的变迁发展问题和文学的流派发展、门派斗争问题，而这些，林纾都未涉及。

《春觉斋论文》之“应知八则”，包括“意境”“识度”“气势”“声调”“筋脉”“风趣”“情韵”“神味”，讨论的都是文学内部视角的问题，和《文学研究法》卷三（含六篇：“性情”“状态”“神理”“气味”“格律”“声色”）比较接近。尽管二者之间没有一个重合处（最起码就字面而言），但这也足以说明桐城派传统对林纾和姚永朴影响极大。

《春觉斋论文》之“论文十六忌”与《文学研究法》卷四之“功夫”篇都是讲弊病，但侧重点和落脚点不同：林纾侧重于“论文”，姚永朴侧重于“作文”。

《春觉斋论文》之“用字四法”，包括“换字法”“拼字法”“矣字用法”和“也字用法”。如此具体细碎的讲解，《文学研究法》中并无体现。这也恰恰说明，林纾作为小说家和姚永朴作为理论家在视野方面的区别。

《春觉斋论文》之“用笔八则”最能体现林纾小说家和翻译家的身份。桐城派所说“义法”之“法”是指“法度”，也就是指写作需遵循的规矩、原则；林纾“笔法”之“法”则类似于叙事方法，若干笔法（起笔、伏笔、顿笔、顶笔、插笔、省笔、绕笔和收笔）其实就是具体的叙事方法。《文学研究法》中比较接近讲具体写作方法的，应是卷四之“繁简”篇，涉及文章议论叙事之排篇布局，强调“得其宜”。两相比较，林纾的创作实践赋予他更多的经验性总结，所以在“笔法”处多有创见语；而姚永朴则更多谨承家法，所谓“得其宜”，一方面是就篇幅而言，其实最终标准依然是“归宿”即主旨。这就又回到方苞所倡之“义法”上去了，“义”为“言有物”，“法”为“言有序”。

总体而言，相较于《春觉斋论文》，《文学研究法》的最大特点就在于姚永朴能够以更为宽广的视野去探寻关于“文学”本身的理论特质，而不是仅仅从“批评”即传统意义的“诗话”“文论”的角度去总结。这正是姚永朴及其《文学研究法》突破桐城家法乃至古代文论传统、迈向现代文学理论体系的努力体现。

姚永朴的努力，还表现为他在尊重、遵循传统的基础上，也提出了自己对于“文学”的见解。虽然就内容而言，《文学研究法》还是以继承和弘扬桐城“家法”为主：方苞的义法说和雅洁论，刘大櫆的“神气说”，姚鼐的“文体分类”“文之精粗说”“风格论”，固是主要介绍对象，及至方东树、曾国藩、张裕钊、吴汝纶、林纾等后期桐城代表，其重要理论识点也均有掖录。但在诸多前人成果的累积上，依稀可见姚永朴本人的文学观，笔者将之概括为：一源、两体、三要素。“一源”是指“经”，“两体”分别指“子”与“史”，“三要素”则是指“理、事、情”。这个观点虽未专门论述，但贯穿了整部讲义。

卷一第三“范围”篇，是讲文学的范畴问题。姚永朴认为“古今著作”从事实存在上分有四大类——经、史、子、集，从“体裁”上分仅有“子”与“史”两类，但源头统归到“经”，因为只有“经”兼备了“理、情、事”三要素。这体现的依然是“宗经”的文学观。

卷一第六“功效”篇，是讲文学的作用问题。六个“功效”之一，即为“达情”。首先肯定“情”是人相较于其他生物而独具的灵性，即所谓“情之在人，正所以灵于万物者也”[①]，并区分文学中的“情”为两种：一是抒发个人情感即“言情之在一己者”，二是触动共同情感即“由己及人，而使彼此之间，洞然无阂”[②]。最后点明文学“达情”的作用在于“情之所及，无论近远，放之皆准，感而遂通，斯又文章之功效也”[③]。这些都极言“情”的作用。

卷二第三至第六篇（“著述”“告语”“记载”“诗歌”）讲文学体裁大分类（门类）中的小分类。对“理、情、事”三要素的表达，尽管侧重不同，但均围绕这三要素进行。

“著述”门含四类：论辩、词赋、箴铭、序跋。姚永朴认为：“大抵论辩、箴铭，毗于说理与事者为多；词赋则毗于述情者为多；序跋兼而有之。”“告语”门含五类：诏令、奏议、书牍、赠序、哀祭。姚永朴指出：“前四类毗于说理说事者为多，而述情亦存乎其中；后一类毗于述情者为多，而理与事亦存乎其中。”“记载”门含六类：典志、叙记、杂记、纪传、碑志、赞颂。姚永朴强调：“记载之文，全以义法为主。”“诗歌”篇未分类，但姚永朴承认：“古今作者既众，而境之变化又多，大抵文中或论道，或叙事，或状物态，或抒性情，诗皆有之。”

卷三第一“性情”篇，是讲作家的性情对文学的影响。首先强调文学家的“独”（独一无二），即所谓“必独有资禀，独有遭际，独有时世”[④]。这些“独”合在一起就形成作家之“性情”，姚永朴亮出根本的观点：“文章

① 姚永朴：《文学研究法》，第 50 页。
② 姚永朴：《文学研究法》，第 51 页。
③ 姚永朴：《文学研究法》，第 51 页。
④ 姚永朴：《文学研究法》，第 108 页。

必根乎性情。”①

“理、情、事”说，系统出现在叶燮的《原诗》里。叶燮从创作的角度出发，指明文学的三要素：“曰理、曰事、曰情三语，大而乾坤以之定位，日月以之运行，以至一草一木，一飞一走，三者缺一则不成物。……譬之一木一草，其能发生者，理也；其既发生，则事也；既发生之后，夭矫滋植，情状万千，咸有自得之趣，则情也。”② 这里，“理”是事物的本质（即事物产生发展的内在规律），“事”是事物的存在，“情”是事物的情态，叶燮认为它们都是诗歌要表现的对象，即诗的内容。

而姚永朴之所以强调“理、情、事”对文学的影响，并以此为标准进行文学分类，主要来自姚永朴挽救桐城派文风之弊的想法。桐城派文章一直为人所诟病的是内容的空疏，因为桐城派讲究义理，其义理来自宋儒的理学，理学的弊端即在空疏，空谈义理、坐而论道，其末流更是流弊无穷。桐城派的义理带有先天的毛病，有鉴于此，他们在义理之外又加上汉儒的考证，考证虽实，但并不是生活中的实务，仍然不能挽救桐城派的空疏。针对此种弊端，姚永朴特别强调“理、情、事”。如果说“理”还有空谈之嫌，那么“情”与“事”无论如何都落在了实处。

应该说，面对时代的趋势和要求，姚永朴是努力的：他既努力继承与发扬桐城传统，也努力让这一传统不至于湮灭（所以选择在北京大学坚守），更努力想与这个全新的时代合拍。但他的这种时代感（时代意识），终究是与现实相“隔”的，这种“隔”归根到底不是个人原因，而是桐城家法乃至整个中国传统文化及学术与西方现代思想文化的天然隔膜。以此为背景考量，姚永朴的努力与坚持，给中国现代文学理论建构带来的是新

① 姚永朴：《文学研究法》，第110—111页。

②〔清〕叶燮：《原诗》，《原诗·一瓢诗话·说诗晬语》，人民文学出版社1979年9月第1版，第21页。

旧交替期感受与阵痛的具有代表性的个人体验与表达。

二、程千帆：现代性视域中的文史会通

《文论十笺》是中国现代文学理论建构三十年中非常特别的一例。

首先，形式特别。不是采用当时通行的“概论”形式，而是沿用中国传统文论和诗论的注疏方式。此著是程千帆 1942 年在武汉大学以及金陵大学教授“文艺学”课时的讲义。应该注意的是，从文学理论的生成环境看，“五四”前后大量西方理论涌入，国内学者迅速接纳、效仿，诸如厨川白村、本间久雄、温彻斯特、泰纳等的文学理论著作，更几乎被当作经典范本搬上大学讲堂并出版，到程千帆著述此书的 20 世纪 40 年代，外国文学及理论在中国已相当普遍并起到深入而持久的影响。可以说，那是一个外来理论占据主导地位的知识语境，而程千帆却偏偏采用最传统的方式，这是特立独行的。

其次，体例特别。分上下两辑，各含五篇。上辑属于文学的概论部分，下辑属于文学的创作部分，有理论有实践，形成一个完整的文学理论体系。再者，选文的每段之后都有注释，大部引经据典，用以讲解选文中出现的字词、典故等。每篇之后更有“谨案”，首先介绍选文作者和选文的大体情况，然后较为详细地阐述自己对选文及其所论及问题的看法。这种体例的编排，既有选篇，又有点评，还有综述，结合了中国古代文论选文传统，诗话、词话、小说点评方式以及西方文学理论的研究与批评术语，构成了一个全新的、更加完整的文学理论体系。

更重要的是选文特别。无论是从课程设置（“文艺学”），还是从先后的三个书名（《文学发凡》《文论要诠》《文论十笺》）看，这都是一部围绕文学和文学理论的书。但奇特的是，程千帆所选十篇文章当中，非“文学家”的作品有近乎一半。这从根本上说，也体现了程千帆“广义”的文学

观，也表现了对中国学术“文史不分家”的传统的继承。

还有，研究方法特别。程千帆文学理论的研究方法，可用几个“结合”来概括：

一、文献学与文艺学相结合。这不仅是一种方法上的互相配合，更是对“批评”“文艺学”等新概念、新体系的一种主动出击，或曰理论上的民族性坚守。文献学在程千帆文学理论著述中，表现为丰富的材料、精准的注释，这两个是事实层面的证明，一目了然。但对“识”之能力的强调，则是内在的。具备“识”之能力，首先得大量占有资料，并能分析、判断，然后形成自己的认识与见解。程千帆将“识”与“才、学、德”并提，认为“四者于文，乃属至要”①。

二、古典文学与现代文学相结合。这是程千帆作为老一辈师者，经常跟学生后辈强调的观点。一般人谈“古今结合”，其实更侧重站在今天的立场向古人学习，而程千帆恰恰相反，他特别强调的是，学习、研究古典文学，“心目当中应该有现代人的生活在里面”②。

三、创作与理论相结合。这是程千帆一贯的看法。他自己本身就是诗人，古典诗词、新诗都有创作。因为有创作实践，所以在文学批评和文学理论著述时，程千帆特别注意批评和理论主体对创作主体的态度，如《文德》篇借章学诚“临文必敬”“论古必恕”的说法，强调进行文学创作要严谨认真，而批评文学（包括作家、作品）则要客观宽容，最后归结为“修辞立其诚”。这里的“辞”既指文学作品，也指批评和理论作品。《文赋》篇讲“制作与体式”，尤其能体现程千帆在理论视域中对文学创作实践的重视。通过陆机对“文术、文病、文辞”等具体环节的论述，他提出“能”（艺术表达）、“知”（知识）与“神思”（创造性）的概念，并认为：“文学之

① 程千帆：《文论十笺》，《程千帆选集》，第716页。

② 程千帆：《程千帆先生谈人生与学问》，《古典文学知识》2002年第5期，第6页。

事，能重于知”以及“文章之事，神思为贵”[①]。也就是说，对于文学而言，个人的独创性最重要，然后是艺术表达，最后才是知识积累。更对“制作与体式”的关系作了辩证分析，认为“文章虽无定体，而以有体为常，则制作之顷，虽神明变化，终合规矩准绳”[②]。一方面承认文学“体式”及其区别的客观存在，另一方面又主张文学“制作”（即创作）不应被固定“体式”的标准束缚禁锢；一方面强调个人“制作”的独立性与独特性（“神明变化”），另一方面又强调要基本遵循普遍规律（“规矩准绳”）。

所有的这些“特别”，可以归结为：程千帆在现代性理论语境中创造性地实行了中国文史会通的学术文化传统。

最令人钦佩的是，程千帆在理论著述中所表现出的爱国情操。1942年，正值全民族抗战的最关键紧要的时期，在这个时候，抛开现成的西方文学理论的框架不用，而采取本民族传统的选本、注疏模式，这种选择本身足以代表著述者的理论胆识和民族气节，而国族意识的觉醒正是现代性的题中应有之义。在烽火连天的岁月里，程千帆写了若干新诗，表达自己的抗日爱国之情：《吴淞早春》警示国人勿忘“一·二八”抗战，《五千年》里对祖国的热爱与现实危机感并存，《夜袭》小中见大、表明抗战必胜的信念，《一个“皇军”的墓铭》用独特的艺术构思传递“反战”的人类永恒性主题，等等。反映在《文论十笺》里，就是他对民族理论传统形式的采纳，与此呼应的是理论的民族自觉性。

---

① 程千帆：《文论十笺》，《程千帆选集》，第522页。
② 程千帆：《文论十笺》，《程千帆选集》，第560页。

第二节　刘永济、马宗霍、姜亮夫、赵景深：典型的传统学者，别样的新旧见解

刘永济、马宗霍、赵景深、姜亮夫都接受过扎实的中国传统教育，且日后均以古典文学、学术研究立业，他们毫无异议是典型的传统学者。他们面对新的学科——文艺学，以及新的话语——文学理论时，自觉或不自觉地进行着“新”与“旧”的冲撞、融合、会通，且形成各自的理论见识。

一、刘永济：率先交融

刘永济《文学论》面世之前，中国人自己为现代“文艺学”或“文学概论”“文学理论”课程所撰的专著仅有一部姚永朴的《文学研究法》。《文学研究法》谨承桐城家法，虽可见姚永朴力求跟上大局趋势的努力，但终究与时代的断裂感甚大。再者，以文言表述，既不便传授，也不符合当时“白话”“国语”的社会要求。以此为参照，三年后出现的这部《文学论》则显示出一番开放融合、自信从容的气度。

必须注意《文学论》产生的文化语境。当是时（即1917年），新文化运动尚未正式展开，后来被国人引为经典的理论著述尚未译介进来。例如本间久雄《新文学概论》，由章锡琛翻译，1920年刊载于《新中国》杂志，1925年才正式出版；托尔斯泰《艺术论》，耿济之翻译，商务印书馆1921年出版；温彻斯特《文学评论之原理》，景昌极、钱堃新合译，1923年出版；厨川白村《苦闷的象征》，1924年由鲁迅翻译，先是刊载于《晨报副镌》，1925年由北新书局出单行本，而丰子恺译本也在1925年由商务印书馆出版；夏目漱石《文学论》，张我军译，1931年由神州国光社出版。而泰纳的“三要素”说，虽有周作人、张友仁、茅盾、郑振铎等或在杂志上

撰文或以讲演形式介绍，但迟至1929年，由徐蔚南简翻译的泰纳的《艺术哲学》才作为世界书局“ABC丛书”之一出版。

也要看到《文学论》在刘永济个人生命历程中的特殊地位。刘永济的屈赋研究、《文心雕龙》研究，在学界极具权威，但他首先出版的却是这部《文学论》。这是他人生转折点的见证：刘永济1911年考入北京清华留美预备学校，本可像同期考入的梅光迪、吴宓等那样沐浴欧风美雨，却因抵制校方的高压政策而愤然放弃出国机会，人生轨迹由此改变；此后旅居上海，机缘巧合，得近代著名词人况周颐、朱祖谋的赏识，为其后的学术生涯（词学研究）埋下伏笔；1917年（30岁时），应长沙明德中学校长胡元倓之约，回湘任教，一待就是十一年（直至1928年经吴宓介绍，到沈阳东北大学任系教）。《文学论》就是他在明德中学教授“文学概论”课时的讲义。在明德中学任教时期，刘永济既报了师（胡元倓）恩，也解决了一时的生计问题，还显示出强烈的道义感和担当意识（1918年胡元倓因参与革命，被军阀密谋逮捕而仓皇离开，学校濒临解散，刘永济慷慨解囊三千银元以维系学校生存），但也破碎了“实业救国”的梦想（失去预备出国留学的三千银元的支撑）。可以说，《文学论》的讲授、整理、出版，是在刘永济应对生活机变、摸索学术道路、焕发热情热血的而立之年。虽然在其整个学术生涯中并不占据主要位置，但就个人生命而言，却是极重要的见证。

即便出现在国内现代文学理论的起步阶段，即便没有他本人之后的其他学术研究完善精深，《文学论》依然以其前卫的眼光、开明的心态、独特的理论架构，在20世纪的中国文学理论界独树一帜。

《文学论》用现代西方“文学理论”体系总构框架，却以半文半白语言写就，既借鉴外国理论，也体现传统思想。有以下几个方面具有很强的个性：

第一，“文化”的理论视野。

将“文学”置于“文化”的范围内来谈论是同时期文学理论著述中少见的（更多的是将“文学”与“艺术”并提）。《文学论》第一章“何为文学”，并没有像普通文学理论著作那样直接讲文学的起源、定义或特质等，而是从“文化”的视野观察考量“文学”的定位。第一节“文化发展之概观”，概述文化发展的脉络，立下的总体构架是历史唯物主义的进化观体系，在此基础上，明确文学起源于宗教、宗教则起于人性需求。概述之后，又有比较，第五节“文学与他种学术之异同”在将文学与宗教、哲学、科学（种种其他“学术”，亦属“文化”的范畴）的比较中，得出文学根本特质在于“极自由”（“文学者，极自由之学也”[①]）。以上是对“文学”与“文化”关系的宏观论述，最后一章（第六章“研究我国文学应注意者何在”）则具体到中国的语境中，谈研究“文学”需要注意哪些“文化”方面的问题：首先明确文学是“民族精神之所表现，文化之总相”[②]，所以文学就因文化特性而异，而我国文化（哲学为重要内容）的特点是以善为本，于是决定了我国文学亦以善为本。

第二，“人类”“人生”“人情物态”的理论逻辑。

“人类”是刘永济文学理论的基点。但凡讨论到宏大问题时，他总是从最宽泛的“人类”着眼。所谓“人类”，就超出了国家、种族、时代、阶级等若干的界限，而具备了无限宽广的指涉。开篇论“文化”，即从“人类”范围讲起：“人类文化之发展，莫不由含糊而渐近明晰，由简略而渐进圆满，由武断而渐趋精确。”[③]而“人类”的五种特性（“起疑”“求真”“感乐”“慰苦”和“解纷”）则是各类文化（包括宗教、文学）之所以存在并

---

① 刘永济：《文学论》，《刘永济集·文学论　默识录》，第 12 页。

② 刘永济：《文学论》，《刘永济集·文学论　默识录》，第 97 页。

③ 刘永济：《文学论》，《刘永济集·文学论　默识录》，第 5 页。

发挥作用的原因，其中“感乐”“慰苦”二特性，更是刘永济阐论“文学”的出发点和归结点。探讨“艺术之根本”，还是归结到“人类”对“真、善、美”的精神需求上。

“人生”是刘永济文学理论展开的主要场域。在他看来，“人生”就是“苦乐”的“颠倒”之所在，所谓“文学”就是要“拣择”着、“具体”地表现这“人生”，而其最高境界则在于能够“创造较高之人生”[①]。

“人情物态”是刘永济文学理论生发的扎实精微处。在他看来，“人情物态”对于“文学”有多重意义：既是所有文学普遍适用的标准（“文学以能了悟一切人情物态，而复具判断之力者，为最完满也”[②]），又是某类文学的独特性质（“感化之文，以人情物态为其材料，牵连错综以表现之，必使人物生动，光景常新，乃为佳制”[③]），更可用来检测文学家是否具有优秀的能力与品质，如观察力（“所谓观察者，即对于人情物态能了悟其因缘结果，判断其是非善恶”[④]），再如摹仿力（“不知摹仿，即于人情物态探索不深”[⑤]）。最关键的是，“人情物态”是串联所有文学要素（包括动态的过程和静态的内容）的核心环节，“文学家有学识然后有了悟与判断之能力。有了悟判断之能力，则对于人情物态，始能见到精微之处。能见到精微之处，又能综合而表曝之，则能使人于其所表曝之中，收感乐与慰苦之效。能收感乐与慰苦之效，则能感化人之情性，使之高尚优美。文学至于此境，已极艺术之能事也”[⑥]。

① 刘永济：《文学论》,《刘永济集·文学论　默识录》，第 86 页。
② 刘永济：《文学论》,《刘永济集·文学论　默识录》，第 7 页。
③ 刘永济：《文学论》,《刘永济集·文学论　默识录》，第 10 页。
④ 刘永济：《文学论》,《刘永济集·文学论　默识录》，第 62 页。
⑤ 刘永济：《文学论》,《刘永济集·文学论　默识录》，第 74 页。
⑥ 刘永济：《文学论》,《刘永济集·文学论　默识录》，第 13 页。

第三，融入世界的理论心态。

虽然在自序中，刘永济对盲目跟随采纳西方理论的现象表示不满，故有“今人执笔，好诋前修，以矜新异，虽言或媚俗，而义已违真”之语，但实际上他本人还是有意识地“参稽外籍”[①]。

《文学论》对西方文学理论的借鉴是这样进行的：以莫尔顿的文学原质说（“描写”“表演”与“反射”）为“经”，以戴昆西的文学分类法（“学识之文”与“感化之文”）为“纬”，建构起整部著述的理论框架，然后在这个框架内进行具体的阐论、分析。

借鉴只是基础，刘永济更着重进行的是中西互证。从宏观上说，他以描写、表演、反射三事为经，以学识及感化两作用为纬，分配成六类的文学，与中国传统文学类型一一对应（详见下表）。

表 2-1　文学的原质与其体制之关系表[②]

分类	属于学识之文	属于感化之文
描写	史传、碑志、水经、地志、典制、制造	纪游、纪事之诗歌、辞赋、乐府、词曲及小说
表演	彼此告语之信札、布告群众之文字	舞曲、戏剧、传奇
反射	解析玄义、辩论事理、研究物质	抒情写志之诗歌、辞赋、乐府及哀、祭、颂、赞、箴、铭

除了框架结构的借鉴外，在具体观点方面，刘永济也多用中西方理论的互相印证。例如：在第一章第三节“文学之两大作用”中，先引入戴昆西“学识之文”与“感化之文”的分类，再用梁元帝之所谓“笔”与“文”、曾国藩之所谓“理”与“情”的说法来验证，中西互证中得出如下结论：“故此二端，在文学为最重。”[③]第七节“我国历来文学之观念”里，

① 刘永济：《文学论》,《刘永济集 · 文学论　默识录》，第 3 页。
② 刘永济：《文学论》,《刘永济集 · 文学论　默识录》，第 25 页。
③ 刘永济：《文学论》,《刘永济集 · 文学论　默识录》，第 9 页。

他又用黑格尔的“目艺、耳艺、心艺”来对应刘勰之“形文、声文、情文”。在第二章第五节“我国文学体制变迁之迹”中，他认为由《诗经》所开启的“赋、比、兴”不仅是我国诗歌的创作方法，也是“我国文学之原质”，因此他把这三种本土“原质”（赋、比、兴）与西洋文学的分类法（“学识之文”与“感化之文”）一一对应，从而勾勒出我国文学发展演变的六个路向：“比为索物以托情，描写之事也。以比明实际之事理，则属于学识类；以比抒中心之情绪，则属于感化类。兴为触物以起情，反射之事也。因所触起实际之理，则属于学识类；因所触动心中之情，则属于感化类。赋为叙物以言情，表演之事也。所叙为实际之事，则属于学识类；所叙为想像之事，则属于感化类。”[①]

不是被动地接受影响，而是有交流的意识和意愿，所以刘永济将中国传统的文学理论概念或术语译成英文，这是《文学论》不同于其他文学理论著述的一个重要表现。如他将沈约称赞司马相如的“工为形似之言”译为“比方（simile）”“类状（metaphor）”，将刘勰之“夸饰”、胡仔之“激昂”译为“hyperbole”，将俞樾“大名代小名，小名代大名”译为“synecdoche”[②]，将中国文学的“品藻”翻译成“taste”[③]，将文学家对世情物态的“洞烛隐微”翻译成“omniscient”[④]，等等。这种“中译英”的做法，在同时期甚至之后的文学理论著述中都几乎没有。中国学者更习惯借用西方理论的术语、概念，但刘永济却能有意识地将中国传统文论译成英文，这才是真正的“交融”：双向交流、主动融合。

① 刘永济：《文学论》，《刘永济集·文学论　默识录》，第32页。
② 刘永济：《文学论》，《刘永济集·文学论　默识录》，第67页。
③ 刘永济：《文学论》，《刘永济集·文学论　默识录》，第69页。
④ 刘永济：《文学论》，《刘永济集·文学论　默识录》，第75页。

二、马宗霍：传统学术本色

马宗霍少时授业于晚清经学家、文学家王闿运（湘绮先生），1917年即因治音韵学而被当时任职的湖南南路师范学堂派赴武昌高等师范参加当时教育部所主办的讲习讨论会，1936年其学术代表作《中国经学史》由商务印书馆出版。在这期间完成的这部《文学概论》多少渗透着他一生所致力于的中国传统学术（小学、经学）的影响，表现在以下几个方面：

第一是文字学的理论立场。第一篇“绪论”的第一章“文学之界说”作为整部讲义的理论基础，马宗霍充分显示了他文字学的深厚功底与坚实立场。在历述各种文学界定后，作如下评价：“广义之文化文象，大而无岸，狭义之文彩文章，隘而不周。”[①] 最后还是沿用《易》中“物相杂故曰文”以及《说文》中“文，错画也，象交文”的经典论断，并引申出这样的界定：“凡构思结想，累字积句者，皆可称文。”[②] 其后更引用章太炎之“文者，包络一切著于竹帛者而为言，有成句读文，有不成句读文；成句读者，分有韵无韵，不成句读者，凡表谱、簿录、算草、地图皆属之，应列之于专门，不为论及”的论语，对其大为认可，称“准是立言，亦庶得之”。[③] 在第二篇“外论”里，马宗霍更是发挥了他的学术特长，连续用两章（第一章“文学与语言”、第二章“文学与文字”）来析论语言的起源、种类，语言和文字的关系，文字的成立，汉字的构造与组织，文字对于文学的根本性作用，等等，为后面更偏向于文学性的理论阐述奠定了坚实而富有中国传统特色的立论基础。

第二是对古代文化、文学理论的活化和运用。马宗霍归纳出中国特

① 马宗霍：《文学概论》，第2页。
② 马宗霍：《文学概论》，第2—3页。
③ 马宗霍：《文学概论》，第2—3页。

有的一些文学概念，并进行创造性的理论整合。如将“文质彬彬”说纳入“文学与志识”中的“立志”一项，认为“志即质也”，并进而明确“古今来欲立言以垂不朽者，鲜不志于道德”[①]。再如从“文学与性情”关系的角度解析“文如其人”说，认为文学根于性情，为感情上的交流，所以他说“情为性之动，文为情之饰，一切文学，无非发自性情，古无无性情之文学，亦无舍性情之外别有可为文学者”[②]。另外，他还以文学的“内”视角将“神”“趣”“气”“势”等中国文学审美范畴概念归为“文学之内相”。

第三是引经据典，体现了朴学家注重资料收集和证据罗列的特点。早期的学术熏陶与训练必然在他的其他著述上有所表现。据统计，马宗霍在《文学概论》里直接提到的古今中外文化人士的事例、论点、论著有近四百处，平均下来，每章约十八处、每节约五处，一节文字中最多有十四处引用（含例证）。而其引用多以中国经史子集类为多，这在同时期文学理论类著作中是罕见的。

第四也是最重要的，马宗霍尝试建立富有民族特色的文学理论框架。此部《文学概论》并未直接沿用当时西方文学理论模式和观点，而是在中国古代文论的基础上来构建自己的理论体系。如上所说，文字学的立论基础、整合并活用古代文论概念、引经据典等，都是具体的作为。

另外，从最直观的布局来看，马宗霍《文学概论》的一大特点就是结构合理、分布匀称。全书共四大块：第一篇“绪论”、第二篇“外论”、第三篇“本论”、第四篇“附论”。每块分布如下：第一篇含四章、十六节，第二篇含八章、三十一节，第三篇含八章、二十八节，第四篇含一章、五节。两头小、中间大的布局，重点突出很明显。这种结构布局，也颇能彰显其质朴而实用的传统学术思维及习惯。

---

① 马宗霍：《文学概论》，第 69 页。
② 马宗霍：《文学概论》，第 56 页。

三、姜亮夫：独异的“四不主义”

姜亮夫晚年曾著文明确表示：“我研究学术的方法和观点，严禁说来是奉行‘八不主义’：即不中不西、不古不今、不汉不唐、不心不物。不中不西：不是中国的，也有中国的；不是西洋的，也有西洋的。不古不今：不是完全古代的，也有古代的；不是完全现代的，也有现代的。不汉不唐：不完全根据汉代人注，也不完全根据唐代人的注释。不心不物：我既不是唯心主义者，也不是唯物主义者。我对自己的书斋有时自嘲为‘八不斋’，我是‘八不斋主’。”[①]

这里的“八不”，是姜亮夫总结自己一生的学术观点和方法而得出的结论，其中“不汉不唐”具有明确的指向性（考证学），“不心不物”则上升到哲学高度。那么，在文学及其理论层面上体现更多的是“不中不西”和“不古不今”这“四不主义”。其实，“不中不西”“不古不今”从另一个角度说就是“亦中亦西”“亦古亦今”，也就是古今中西的融合。

借用他的这个自我总结来看其《文学概论讲述》，应该是真实贴切并具说服力的。

姜亮夫作《文学概论讲述》的理论自觉和基本态度，是最能窥见其“四不主义”的地方。全书之前的自序说：“我实在不明白中等学校所要的‘文学概论’的内容是怎样？是‘述旧’呢，还是‘说新’？（述旧是将中国古代人的说法说说，说新是用现代人的解释。）是一般的说呢（即文学原理），还是限制的说（单讲中国文学）？在政府既无明白的规定，在我也觉得难于驱策。‘述旧’罢，只不过是‘自古有之’的囫囵吞枣的杂说。于人实在没有好处！‘新说’或‘普遍’的说文学原理罢？非乞灵于欧西不为

① 姜亮夫：《谢本师——学术研究方法的自我剖析》，《浙江学刊》2001 年第 4 期，第 89 页。

功。这不仅是学生无承受之力，我也无授与之才。待我看看现在出版的一切《文学概论》本子也都出不了上述两弊。”[①] 可见姜亮夫对当时文学理论界“述旧”和“说新”两种做法都提出异议。他认为比较理想的做法是：“用中国的普通材料为材料，而用比较近于科学的方法分析说明。”[②] 所谓“中国的普通材料”，在《文学概论讲述》里表现为具体作家作品的例证，尤其在第二编“中国文学各论之部”中凸显出来，涵盖了中国文化、学术的宏大论述及至诗、词的分体梳理。这都是属于内容观念上的“四不主义”。

而方法上的“四不主义”就是姜亮夫所谓“比较近于科学的方法”，虽未具体说明，但联系其先后的求学经历可窥见并推断出。姜亮夫曾在上海拜章太炎先生为师，“章氏指导他从杜佑《通典》入手读史，并告诫他做一个真正的学人，不作空疏之学、哗众取宠之学，给他留下深刻印象”[③]。1935年姜亮夫赴法国巴黎大学进修，参观博物馆时，对外国人“研究青铜器的化学成分、纹样分类，制作大量的表解图书，分类、分时、分地的许多大幅壁报”的做法深感惊讶和佩服，感叹道：“这是真正科学的真理工作呀！”[④] 虽然跟章太炎的学习和去法国的进修均在《文学概论讲述》之后，但治学方法应是长时期潜伏于一个人的思维习惯中的。上下联系，我们不难得出这样的结论：姜亮夫所谓“比较近于科学的方法”，是指一种融合了中国传统治史方式与西方现代科学方式的研究方法。

另外，《文学概论讲述》体大精深的特点也值得我们关注。“体大”表现为全书篇幅甚巨。现有的两编，即包含六章、二十八节，正文部分共约四百页（笔者所据为《姜亮夫全集》二十一，云南人民出版社2002年版），

---

① 姜亮夫：《文学概论讲述·自序》，《文学概论讲述》，第2页。

② 姜亮夫：《文学概论讲述·自序》，《文学概论讲述》，第2页。

③ 傅杰、汉澍：《执教六十五载，著书一千万言——姜亮夫教授传略》，《浙江社会科学》1993年第4期，第93页。

④ 姜亮夫：《姜亮夫自传》，《文献》1980年第4期，第189页。

逾二十万字。这种篇幅和体量，在当时的文学理论教材著述当中是少见的。“精深”就体现为他在理论架构中，既能接受外国文学理论的影响，更能继承中国传统。

四、赵景深：“译”中有“异”

赵景深在《文学概论讲话·例言》中说：“这本书的轮廓，完全依照日本本间久雄的《文学概论》。”[①]那么，有必要对本间久雄及其《文学概论》有初步了解。

本间久雄（1886—1981），日本人，1909 年毕业于日本早稻田大学，1928 年留学英国，后长期担任早稻田大学英文教授。本间久雄因赴英留学的经历，其学术思想受西方现代思潮影响较深。他的《新文学概论》于 1916 年在日本出版，1919 年章锡琛用文言初译，分章刊登在 1920 年的《新中国》杂志上（因杂志停刊，只刊到前编），1924 年用白话重译后编刊登在《文学》上，1925 年用白话重译前编并结集，由上海商务印书馆出版，至 1928 年 9 月该译本先后共出了四版。本间久雄的《文学概论》成书于 1925 年，是《新文学概论》的修订本，1930 年 3 月由上海开明书店出版，此后多次刊印。

例言

一　這本文學概論講話凡十六講，每週授一講，半年可以教完；高級中學以上適用。喜歡文學的青年也可自己閱讀，藉以增進文學常識。

二　這本書是爲初學而作的，所以理論不求高深，趣味務期濃厚。後附參考書目，所用英文原本極少，凡有中譯的，都祇舉中譯本，以便學者易於採購；正文中的譯文也都依照中譯本。

三　這本書的輪廓，完全依照日本本間久雄的文學概論（有章錫琛譯本，開明版；）祇是沒有各論，最後却多了一講社會批評。又，編者以前曾編過祇有本論的文學概論，由世界書局出版：這三本書的綱領幾乎都是相同的，祇是內容不同，所引用的權威著作不同，細節目的編制不同，不會是相互的教授書：所以凡採用開明

— 1 —

图 2–1　赵景深《文学概论讲话·例言》节选

① 赵景深：《文学概论讲话·例言》，《文学概论讲话》第 1 页。

表 2-2　本间久雄“文学概论”与赵景深“文学概论”之比较

作者及书名	编目	章节
本间久雄《新文学概论》	前编　文学通论	第一章　文学的定义
		第二章　文学的特质
		第三章　文学的起源
		第四章　文学的要素
		第五章　文学与形式
		第六章　文学与语言
		第七章　文学与个性
		第八章　文学与国民性
		第九章　文学与时代
		第十章　文学与道德
	后编　文学批评论	第一章　文学批评的意义、种类、目的
		第二章　客观底批评与主观底批评
		第三章　科学底批评
		第四章　伦理底批评
		第五章　鉴赏批评与快乐批评(附结论)
本间久雄《文学概论》	第一编　文学的本质	第一章　文学的定义
		第二章　文学的特质
		第三章　美底情绪及想像
		第四章　文学与个性
		第五章　文学与形式
	第二编　为社会底现象的文学	第一章　文学的起源
		第二章　文学与时代
		第三章　文学与国民性
		第四章　文学与道德
	第三编　文学各论	第一章　诗
		第二章　戏曲
		第三章　小说
	第四编　文学批评论	第一章　批评凡论
		第二章　客观底批评与主观底批评
		第三章　科学底批评与新裁断批评
		第四章　鉴赏批评与快乐批评

（续表）

作者及书名	编目	章节
赵景深 《文学概论讲话》	—	第一讲　文学的定义
		第二讲　文学的特质
		第三讲　文学的要素
		第四讲　文学与个性
		第五讲　文学与语言
		第六讲　文学的形式
		第七讲　文学的起源
		第八讲　文学与时代
		第九讲　文学与国民性
		第十讲　文学与道德
		第十一讲　文学批评论
		第十二讲　裁判批评
		第十三讲　科学批评
		第十四讲　伦理批评
		第十五讲　鉴赏批评
		第十六讲　社会批评

由上表可见，本间久雄《文学概论》基本以此前的《新文学概论》为模板，所异之处在于：第一，增加“文学各论”三章（诗、戏曲、小说）；第二，布局有所不同，把之前的前编“文学通论”一分为二，成第一编“文学的本质”和第二编“为社会底现象的文学”；第三，有些概念的提法不一样（如“新裁断批评”即为之前所说的“伦理底批评”）。

尽管赵景深说自己这本《文学概论讲话》的轮廓是“完全依照日本本间久雄的《文学概论》”构架的，但细比较就会发现二者之间存在诸多差异。从结构布置上来说，赵景深《文学概论讲话》没有设“编”，而是直接分十六“讲”；就具章节分配而言，顺序上不是完全一致的，比如“文学与语言”和“文学与形式”（“文学的形式”）这两章，在本间久雄《文学概论》和赵景深《文学概论讲话》中的顺序颠倒了一下，等等。这还只是表层的变动。

更能体现赵景深个人理论见地的是其在具体论述内容上的更改或删补。

有关“文学的要素”（本间久雄《新文学概论》前编第四章、赵景深《文学概论讲话》第三讲），本间久雄采用温彻斯特的“四要素”说，即情绪、想象、思想和形式；而赵景深则概括出文学的五个要素：文字、思想、情感、想象和艺术。这里，赵景深之“情感”就是本间所谓“情绪”（“这里所谓‘情绪’就是指那‘感情’而言”[①]），对“想像”的认知也采用温彻斯特的说法（分为“创作底想像”“联想底想像”和“解释底想像”），“思想”要素也是二者共有的。提法差异较大的是“形式”（“艺术”），本间对“形式”要素专列一章（前编第五章“文学与形式”），其实是讲“文体”；而赵景深所谓“艺术”实际是指文学作品产生的创作过程以及在此过程中呈现出来的质素。比较而言，本间久雄的“形式”是静态的（文体），赵景深的“艺术”是动态的（创作）。

有关“文学与个性”（本间久雄《文学概论》第一编第四章、赵景深《文学概论讲话》第四讲），双方的理论共识是有关个性与文学风格的问题（布丰“风格是人”，或译为“文体是人”），但不同处则是：本间久雄强调“人性”，与此相关的表述有“人格”“人间”“观照”等；而赵景深则特别关注“社会性”“集团性”，他比较“个性与社会性”“个性与集团性”的异同，认为“个性与社会性是不能偏重的”[②]，而“个性”比狭隘的“个人性”更宽广，是具有某种“集团性”意义的[③]。

有关“文学与国民性”（本间久雄《文学概论》第二编第三章、赵景深《文学概论讲话》第九讲），本间久雄引用泰纳的“种族”要素，对多个国

---

①〔日〕本间久雄著：《新文学概论》，商务印书馆 1928 年 9 月第 4 版，第 23—24 页。
② 赵景深：《文学概论讲话》，第 33 页。
③ 赵景深：《文学概论讲话》，第 40 页。

家的国民性进行了评述，但几乎未涉及具体作家作品；而赵景深则直接将“国民性”与文学风格挂钩：以俄国、美国、北欧及弱小民族为代表的“沉郁的文学作品”，以德国、日本为代表的“清新的文学作品”，以法国、意大利、西班牙为代表的“富丽的文学作品”，以及以英国为代表的“平淡的文学作品”。在对别国的国民性和文学进行了述评之后，赵景深探寻的却是“我们中国的国民性大约是中庸罢”，基于这种揣测，他将中国与英国置于一处，即“平淡的文学作品”[①]。相较而言，本间久雄更像思想批评，落脚点始终是“人”（国民性），赵景深则转入到文学批评，探讨“人”（国民性）与“文学”（风格）的关系。

赵景深用六讲、近一半的篇幅阐论“文学批评”，这种重视在同时期文学理论家的著述中几乎不见，这是《文学概论讲话》的一个特色。本间久雄《文学概论》已经很重视“批评”，专设“第四编”用四章来论述，分别是“批评凡论”“客观底批评与主观底批评”“科学底批评与新裁断批评”以及“鉴赏批评与快乐批评”。但增设“社会批评”是赵景深与本间久雄的最大不同。此章专讲“新俄”的文学批评。赵景深将“新俄文学”分为三个发展时期——新经济政策时期、批评时期和创作时期，他认为新经济政策时期的批评尚未发达，创作时期的批评逐渐统一，只有批评时期的批评能够充分表达自己的主张，所以加以详述。

以上的差异性可以归纳为：第一，赵景深对中国传统文化及文学传统的尊重和继承；第二，赵景深对新兴“社会文学”理论的接纳。

---

① 赵景深:《文学概论讲话》，第 89 页。

第三节　郁达夫、老舍、孙俍工、许钦文：作家的理论与践行

作家的文学创作与其理论认知，是否具备天然的吻合关系，抑或是出乎意料地产生一种背离，这值得文学理论研究者关注。郁达夫、老舍、孙俍工、许钦文各自一部的文学理论讲义，成为研究这个问题的典型案例。作家文论，既有丰富的作品作“文学批评”的对象，又能呈现“文学史”的整体面貌，也可以为“文学理论”提供素材和鲜活视角，从某种意义上来说，能够更有效地抵近“文学研究”的本质要求：“文学批评和文学史二者均致力于说明一篇作品、一个对象、一个时期或一国文学的个性。但这种说明只有基于一种文学理论，并采用通行的术语，才有成功的可能。文学理论，是一种方法上的工具（an organon of methods），是今天的文学研究所急需的。”[①]

一、郁达夫：“人”之“生”

在完成这部《文学概说》（1925）之前，郁达夫已经写出了二十余篇小说，几乎与此同时进行的还有几部理论著作：《诗论》（1925）、《小说论》（1926）、《戏剧论》（1926），以及若干发表于各类刊物的文艺批评性文章。将这些与《文学概说》联合起来看，我们会较为全面和清晰地看出郁达夫的文艺及文学观呈现以下几个特点：

（一）人“生”之本质及其表现的深刻揭示

与同时期的文学理论大谈“人生”不同，郁达夫最先谈的是“生活”，

---

①〔美〕韦勒克、〔美〕沃伦著，刘象愚等译：《文学理论》，江苏教育出版社2005年8月第1版，第8页。

更准确地说是“生”。字面范围缩小的同时，其实挖掘极深。郁达夫认为“生活”之“生”有四个方面的含义：一是最外层的“生存”，即活着；二是往内一层，即“本能”，是人内部的要求的结果；三是其最终的目的是使人类一步一步从不完全的路上走向完全的路上去；四是其形式就是“表现”、就是“创造”。而对于“生活”之“活”，郁达夫则没有作过多的解释。

可以这样理解：郁达夫认为“生”更接近核心、本质的层面，而“活”相对来说可能是较为表面化的、皮相的东西。所以，他对“生活”作的最终定义就是：“生活就是‘生’的表现。……就是我们的全个性的表现。”并补充解释说：“我们的生活的本身，就是一个艺术的活动，也就可以说是广义的艺术了。”①

可以用这样的公式来概述郁达夫对“生活与艺术”之关系的认识：

“生”的表现 = 生活 = 广义的艺术 = 全个性的表现

这公式里的四个元素，两两对应，都可成立。通过这个公式可以很好地理解郁达夫的核心文学观：文学就是作家的自叙传。之所以有这种观念，就在于他将公式之头尾的两个因素——“‘生’的表现”和“全个性的表现”进行了等同。

所谓“生”，是最基础的、本质的生存，也就是人性的体现。到了郁达夫小说里，就是以自己为原型的“零余者”形象的塑造及其故事的演绎：辞家远行、异地求学，弱国子民、爱情坎坷，漂泊流寓、妻弱子病，事业不成、无颜还乡，是他们的人生经历；肺结核、忧郁症、神经衰弱症、梦游症、性苦闷等，是他们经常患有的疾病（这些疾病实则是其生命的表征）；“生则于世无补，死亦于人无损”②的心理与精神层面的创伤性体验，

---

① 郁达夫：《文学概说》，《郁达夫文集》第五卷，第 66—67 页。

② 郁达夫：《茑萝行》，《郁达夫全集》第一卷，浙江大学出版社 2007 年 11 月第 1 版，第 252 页。

更是他们的独特标志。

（二）对艺术家主动性的尊重

作家郁达夫，以切身体会申明艺术家（包括作家）的主体作用。

在《文学概说》里，郁达夫用以概括艺术家主动性的有以下两个关键词：“冲动”和“象征”。“冲动”是指艺术家创作的内在需求，从心理层面阐发；而“象征”则是艺术家选择的具体表达手段，从实践层面论析。

尊重内心“冲动”，首先是肯定艺术家主体的独立性和独特性，也就是郁达夫所提出的艺术家的“气禀”。这种重视与郁达夫的“生活”观一脉相承，郁达夫所谓“生活”，其本身就是人之“内部的要求反动的结果”。肯定之后，就是将有关文学的外界因素后置，从而突显创作主体的重要性，基于此，郁达夫批判文学创作中“宾主颠倒的现象”，这里的“主”是指内心的艺术冲动，“宾”是指道德、宗教等的影响。

对“象征”用途的重视更能体现郁达夫身为作家的“当行本色”，他将“象征”视为文学用以表现生活的一种材料、媒介、手段、方法。郁达夫将“象征”分为“粗杂的象征”和“纯粹的象征”两种，显然更认可后者。虽然在讲义里没有明确界定这两种“象征”，但联系上下文，我们可知郁达夫所谓“纯粹的象征”包括选择“精细”并能“表现自己”，也就是既要有对客观事物“精细”的观察、取舍，又要能凸显创作主体的个性。郁达夫认为对“象征”采用的过程，本身就是“苦闷”的。在此，他沿用了厨川白村《苦闷的象征》中的观点，着重说明文学创作的心理学意义。

以小说为例，郁达夫在故事的“象征”性表述上，从三个侧面来合围讲述一个内外交困的“零余者”的经历：自叙传主角“我”寓居北京，捉襟见肘、穷困潦倒之际流连烟花，与妓女柳卿天涯陌路、惺惺相惜；化身为“文朴”的主人公返回故乡（富春江边），却因一事无成而愧对老母；“陈逸群”西湖边偶遇“秋心”（“愁”）女士，郁达夫的立意不在“艳遇”，而是一个中年“肺病患者”的“孤独的悲怀”。叙述主体与故事表述的双重“象征”之具体选择，都寄托了郁达夫对文学以及生活、生命之“苦闷”的体认。

（三）“人”化的理论表述

也许是因为定位“概说”的缘故，郁达夫在讲义中几乎没有提及具体的文学作品，有“批评”色彩的部分较为明显地体现为他对思潮流派的论述和评价，而这恰恰是他这部文学理论专著最具个人特性的地方。

他以两章的篇幅，采用一种非常“人”化的方式介绍西方文学各个“主义”。首先，他去除了“思潮”“流派”这类常用术语，而代以“倾向”。相对于“思潮”“流派”这样泾渭分明的用语，“倾向”显得更加柔和甚至有点含混，这其实更符合郁达夫对“生活”的认识：是一种走向，“使人类一步一步从不完全的路上走向完全的路上去”。这是一种具有历史发展眼光的论断。“生活”如此，“文学”及其思潮、流派亦如此。所以，郁达夫能够辩证地评点其优劣，更指出它们之间或承接或补弊的关系，例如：写实主义以“无架空玄想之弊”而“救浪漫主义的不足”（由浪漫主义到写实主义，此系补弊的关系），但太实便引发“固定化形式化之危险”，从而“堕入琐杂主义”[①]（由写实主义到琐杂主义，此系承接的关系）。

“人”化的理论表述还体现为另一个独创：以“生活”倾向来对应“文学”倾向。他将“生活倾向”分为“以过去为主”“以现在为主”和“以未来为主”三种，并以老年期、壮年期、青年期来譬喻，分别对应殉情主义的文学、写实主义的文学、浪漫主义的文学。郁达夫对三种文学作了感性化的描述，并在客观阐述三种文学的利弊之后，认为“三种倾向的配合成分”是成就“健全”文学的关键，而他自己心目中价值最高的文学

① 郁达夫：《文学概说》，《郁达夫文集》第五卷，第84页。

则是“以写实主义为基础，更加上一层浪漫主义的新味，和殉情主义的情调”[①]。

“倾向”也罢，“过去、现在、未来”也罢，及至“老年期、青年期、壮年期”，都是对“人”的生活状态的描述，郁达夫的“挪用”，在理论上是一种创新，但更能说明他对“人”及其“生”的本质的执着。反映在理论上，有《文学概说》；反映在创作中，就是一系列由“零余者”（“达夫”们）演绎出的“自叙传”故事。

二、老舍：“写家”之“生命”

（一）“生命”的文学观念

“生命”是老舍文学观最核心的理念。以此为核心，衍生出其他种种关键性要素，主要分两方面：一是自然，包括景物、背景、时间等；二是人生，包括人、个人、个性、人心、人性、人情等。这些都是在老舍理论文章中频繁出现且极具深义的关键词。

在《文学概论讲义》里，老舍将文学的“生命”观发挥到极致，几乎每一讲都有围绕“生命”来对文学进行不同侧面的定义、批评、讲析与描述。第一讲“引言”，引用厨川白村“文艺是纯然的生命的表现”的观点，间接表明自己的文学立场：文学是有生命的，并因此而有独立价值。第二、三讲“中国历代文说（上）（下）”，着重批评“文以载道”说，指出正是这个“道”扼杀了文学的“生命”；而“格调”“义法”诸说只是文学的枝节，并非其“生命”本体。他肯定的是对个体生命之“性灵”的弘扬和对“美”的追求。第四讲“文学的特质”，先给文学下定义，认为“文学是生长的活物”[②]，并明确文学的三个特质：感情、美、想象。这三个特质，无

① 郁达夫：《文学概说》，《郁达夫文集》第五卷，第 85 页。
② 舒舍予：《文学概论讲义》，第 41 页。

论是其施动者还是承受者，都是具有“生命”（不仅有生存的“生命”，而且有审美的“生命”）的“人”。第五讲“文学的创造”，引用厨川白村的话（“所谓作家的生命者，换句话，也就是那人所有的个性、人格。再讲得仔细些，则说是那人的内底经验的总量”），确认文学创造与生命、个性的密切关系，并将文学“创造”比喻为“社会上永生的唯一的心房”[①]，用以说明“创造”本身具有蓬勃的生命力。第六讲“文学的起源”，以“文学根本是一种有生命的东西，是随时生长的”[②]为认知前提，否定了以“艺术起源”（实用和需要）来解释、说明艺术的做法。第七讲“文学的风格”，肯定“风格便是人格的表现”[③]，以及“风格是个性——包括天才与习性——的表现”[④]。第八讲“诗与散文的分别”，指出诗的特点，即具备其他艺术形式所不具备的“律动”，而“律动”本身就是一个具备“生命力”的词汇。第九讲“文学的形式”，定义所谓文学的“形式”是“心感的表现”而非死板的“格式”。第十讲“文学的倾向（上）”，老舍比较认可自由发展的秦汉文学，而对西方文学倾向的分析也是围绕“生命”进行的：“古典主义是注意生命的旁观，而浪漫主义运动是把艺术的中心移到个人的特点上去。”[⑤]第十一讲“文学的倾向（下）”，重申舍“派别”取“倾向”的原因：“这样，我们可以明白文艺是有机的，是社会时代的命脉，因而它必不能停止生长发展。”[⑥]第十二讲“文学的批评”，将文学批评与“生命”联系起来：“文学批评是解释文学的，所以它也可以由解释文艺到解释生命上去。”[⑦]第十三讲“诗”，先讲“诗与其他文艺的区别”，就是“感情”，老舍认为“诗是感

① 舒舍予：《文学概论讲义》，第 63 页。
② 舒舍予：《文学概论讲义》，第 66 页。
③ 舒舍予：《文学概论讲义》，第 73 页。
④ 舒舍予：《文学概论讲义》，第 83 页。
⑤ 舒舍予：《文学概论讲义》，第 116 页。
⑥ 舒舍予：《文学概论讲义》，第 131 页。
⑦ 舒舍予：《文学概论讲义》，第 143 页。

情的激发，是感情激动到了最高点”[①]，并且这个最高点的感情找到了与之相匹配的文字，从而使诗起到“调和”人类的作用。第十四讲“戏剧”，首先指出戏剧与其他文体的不同，即舞台表现，其背后支持的力量是“感动人心”，接着引述沃斯尔德的观点（“真实，并非实现，是戏剧的命脉”）来表明自己在戏剧真实性问题上的认识：“戏剧是多于生命的。”[②]这“多”出来的“生命”在戏剧舞台上就是“表现”。第十五讲“小说”，老舍认为小说源起的内在因素是人类生命内部的活动，即好听故事的天性，并明确小说成为艺术的关键在于它能够含有并表达独特的“哲学”，即“用立得起来的人物来说明人生，来解释人生”[③]，同时阐述小说“表达”的方法——经验与想象，老舍认为此二者是外物与内心的联合。

（二）“写家”的理论视角

老舍自称“写家”而非“作家”，这跟他写作的态度、经验、境遇以及感受有关。从《老牛破车》里，我们可以看出，老舍的写作环境亦即“生活情形”（《我怎样写〈牛天赐传〉》）一直不甚乐观，经常处于忙、乱、病、痛的境况中，所以写作对他而言绝非“余裕时的玩意儿”，而是养家糊口、伤筋动骨甚至是“要命”（《我怎样写〈火葬〉》）、“拼命”（《我怎样写短篇小说》）的[④]。

因为境遇的不甚优容，所以写作态度异常认真；因为态度认真，所以感触与体会就很“严重”。在《一个近代最伟大的境界与人格的创造者》中，他说：“我爱康拉得的一个原因：他使我明白了什么叫严重。每逢我读他的作品，我总好像看见了他，一个受着苦刑的诗人，和艺术拼命！”[⑤]所

① 舒舍予：《文学概论讲义》，第 148 页。
② 舒舍予：《文学概论讲义》，第 157 页。
③ 舒舍予：《文学概论讲义》，第 172 页。
④ 老舍著：《我怎样写小说》，文汇出版社 2009 年 1 月第 1 版。
⑤ 老舍：《一个近代最伟大的境界与人格的创造者》，《我怎样写小说》，第 377 页。

谓“严重”，其实是对“文学”（包括其创作与价值）的严肃、认真甚至是敬畏。

说到底，这种“严重”的态度还是建立在他“生命”的文学观基础之上。老舍不但认为文学“本身”是有生命的，更认为文学“创作”也是个生命的过程。因此，他特别强调作家的主体性与创造性，这一点在第四讲“文学的特质”里表现得尤为突出。

第四讲其实探讨的是“什么是文学”的问题，属于文学本体论。但老舍认为这个问题无法得到最后答案，于是从文学的“特质”“问题”的角度展开讨论。如果用现在通行的教材样式，该讲应该表述如下：先探讨“什么是文学”，接着先后分析文学的三个特质——“感情”“美”和“想象”。如果说前两个特质还属于文学本身静态具有的性质，那么“想象”很显然是作为创作主体操作层面的东西出现的。

在定义“想象”时，老舍说：“想象，它是文人的心深入于人心、世故、自然，去把真理捉住。”[①]这就把本属于技术层面的“想象”上升到本体层面，是从“生命”的角度去把握的。可以这样理解：“想象”的方法是将心比心，写作者敞开胸怀去拥抱、体察外物；“想象”的目的是由小见大，所谓“小”是指具体的“人心、世故、自然”，所谓“大”是指普泛的永恒的“真理”。其实，在下这个定义之前，老舍讲了“事实”与“表现”。他认为经验与事实是人人皆可有的，但艺术家之所以为艺术家，就在于他“不是只把事实照样描写下来，而是把事实从新排列一回”[②]。所以，老舍这里所谓的“想象”，比一般修辞意义上的“想象”（配置组合而创造出新形象的心理过程）范围更广，可被看作为“创作”的代名词。

而老舍说“想象”，往往跟“事实”“经验”联系在一起。除了本讲，

① 舒舍予：《文学概论讲义》，第 54 页。
② 舒舍予：《文学概论讲义》，第 51 页。

老舍还有集中谈“想象”与“事实”“经验”的地方。如第十五讲“小说”里，老舍说“经验与想象是艺术组成的两端”，“想象”是“外物与内心的联合”，作者运用“想象”的结果是“给他的一切人物以生命及个性”，“人生与自然经过想象，人生与自然才能属于作者；作品的特色便是想象的颜色”[①]。这与老舍在第四讲里的表述是一致的。

在具体创作领域，将“想象”的过程具体演绎得最清楚的，是《我怎样写〈骆驼祥子〉》。在这里，老舍非常真实、详尽地回顾了自己“想象”亦即“创作”祥子的过程：朋友的讲述，“我只记住了车夫与骆驼。这便是骆驼祥子的故事的核心。从春到夏，我心里老在盘算，怎样把那一点简单的故事扩大，成为一篇十多万字的小说”。第一步，他把骆驼与祥子结合到一处，而“骆驼只负引出祥子的责任”；第二步，他给车夫分类，给祥子定位，分清主宾，既有中心人物又有社会环境；第三步，描述车主种种，“也还是因祥子而存在”；第四步，决定在“以车为联系”的“人与人，事与事”之外，还要写出“一个最真确的人”，即由外而内，“要由车夫的内心状态观察到地狱究竟是什么样子。车夫的外表上的一切，都必有生活与生命上的根据”[②]。

“想象是永生之物的代表。”[③]这就说明，在老舍的心中，“想象”是具有生命力的，即便不能完全作为“创作”的代名词，那它含有艺术创作的意思也是十分明显的，而“想象”和其他“永生之物”的相通之处就在于：生命的存在以及生命之间的通感，是“想象”的基础。

老舍更举出想象的三要素，即想象的结构、想象的处置、想象的表现，并具体阐述。他说“想象的结构”指“作品的形式是个想象中炼成的

---

① 舒舍予：《文学概论讲义》，第 174 页。
② 老舍：《我怎样写〈骆驼祥子〉》，《我怎样写小说》，第 52—53 页。
③ 舒舍予：《文学概论讲义》，第 52 页。

一单位，便是上帝造万物的计划”，这里的“结构”应该是动词用法，所谓“上帝造万物的计划”就是创造的第一步骤，即“极经济的从人生的混乱中捉住真实”（第十四讲“戏剧”）。他说“想象的处置”指“作品中的各部各节是想象中炼成的花的瓣、水的波”，在这些比喻里，喻体（花的瓣、水的波）都有自己独特的纹路，是属于“根本底一种东西”[①]，所以这个“处置”是极具个性的表现。他说“想象的表现”指“作品中的字句是想象中炼成的鹦鹉的羽彩、晚霞的光色”[②]，文字语言本就是想象的表现形式，老舍历来注重语言形式，连理论都善用一个个鲜活生动的比喻，足以实证他的观点。

以上都说明了老舍“写家”的理论视角。老舍“写家”的身份意识非常强烈，因此他的整个文学理论体系偏重于“创作”方面。也就是说，与独树理论相比，他更重视由自身体会出发，反思文学“本身”的一些问题、总结文学创作的一些经验。这从他在《老牛破车》里“我怎样写……”的表述方式，可见一斑。《文学概论讲义》充分体现了老舍的“写家”本色。

三、孙俍工：比较视域中的国族意识

此《文学概论》系孙俍工从日本留学回国后，于1928—1931年间在复旦大学中文系讲课时的讲义，民国二十二年（1933）由广益书局出版。他在书中自序部分明确地说：“把从前在复大任教时所作的文学讲义，参以新近对于文学研究的态度，重加改编了一番，成为是书。”[③]

宽广的理论视野、借鉴的意识、科学的态度，是孙俍工在著述中体现出来的明显特征。

这些首先与孙俍工的“翻译”身份密切相关。几乎在讲授、著述《文

① 老舍：《论文学的形式》，《我怎样写小说》，第345页。
② 舒舍予：《文学概论讲义》，第54页。
③ 孙俍工：《文学概论》，第1页。

学概论》同期，孙俍工翻译多本日本学者的文学理论专著，包括铃木虎雄《中国古代文艺论史》(北新书局1928年初版)、盐谷温《中国文学概论讲话》(开明书店1929年初版)、荻原朔太郎《诗底原理》(上海中华书局1933年初版)、儿岛献吉郎《中国文学通论》(商务印书馆1935年初版)等。在这些译书的“序”文中，透露出孙俍工对中国文学理论的几点看法：第一，对中国传统文学观念的不满，如在译盐谷温《中国文学概论讲话》之《译者自序》(1928)中，批评“中国文人论文”轻视通俗文学的偏见，即“主‘文以载道’而视诗赋为文人小技，鄙小说为街谈巷语道听途说”[①]。第二，注重对外国学者研究方法和成果的借鉴，如在译铃木虎雄《中国古代文艺论史》之《序言》中，倡导人们对文学之性质、概念、作用等发出究竟“怎样”的追问，希望国人打破对“古人”的迷信，将“文学”视为一种科学，并以纯然科学的态度来对待、研究、探讨[②]。另在译儿岛献吉郎《中国文学通论》之《序》中，示意中国人要学习日本学者“分析综合的方法”[③]。

这两种基本观点是相互关联、互为因果的，在其《文学概论》里都有所体现。

对传统文学观念不满，具有根本性的就是他对中国“博学”式的文学定义的否定：“我国前人对于文学的解答，是含有‘博学’的意思。……这些所说的‘文学’，恰当现在的knowledge，而与纯粹的literature离得还是很远很远，当然不能当作现在所谓‘文学’的定义。”[④]

---

① 孙俍工：《中国文学概论讲话·译者自序》，《中国文学概论讲话》，开明书店1930年9月第3版，第10页。

② 孙俍工：《中国古代文艺论史·序言》，《中国古代文艺论史》，北新书局1928年5月初版，第4页。

③ 孙俍工：《中国文学通论·序》，《中国文学通论》，商务印书馆1935年6月初版，第2页。

④ 孙俍工：《文学概论》，第7—8页。

更为明显的是对外国学者研究方法及其成果的借鉴。最表层的借鉴可从其“参考书目”（孙俍工是本书所论“十三家”中唯一在每章之后都列出“参考书目”的）见出。在他明确列出的“参考书目”中，欧美、日本著述有二十余部，即便是中国的著述，其中傅东华、匡亚明、樊仲云以及郭任远的著述，都直接或间接受到外国文学理论的影响。孙俍工自己本人在1926年即编写出版了《世界文学家列传》，收录世界各国作家共174人的传略，足见其对外国文学涉猎之广。

因为比较，所以有鉴别；因为有鉴别，所以有明确的自我认知与自我期待：开眼看世界之后，知不足而奋勇赶上。这种认知与期待，不仅与个体小我相关，更是国族大我的遭遇、经历、精神、气质的体现。

这种认知与期待在职业、志业的体现，就是对“国文教师”这个身份的努力与坚持。孙俍工从事教育工作多年，任职复旦之前，就曾在长沙一师、东大附中等中学教语言学、文字学、中国文学概论、古文选读等多门课程，并编著、出版过多部有关教育的教材，包括《初级中学国语文读本》《中国语法讲义》《记叙文作法讲义》《论说文作法讲义》《小说作法讲义》等。在他讲授、编著的过程中，出现频率高的有这么一些词汇：国文、国语、国粹、国人等。如《论说文作法讲义》之《序言》中曾说：“中国自文学革命底声浪奔腾汹涌以来，已经有了七八年了。在这几年中影响所及，在国文教授上，古文与国语成了问题，怎样去教国语成了问题，而教的是什么样的一种国语，尤其成了一个极重要的问题；于是而国文教员底责任与困难，也就不知增加了多少哩！”[①] 由中可见，作为一名“国文教师”，孙俍工自觉担当起关于国语教学整理、传授、教学、研究等方面的工作。这一点，同时期的人最可见证：“俍工在国文教学上颇尽了不少的力，无论语

① 孙俍工：《论说文作法讲义·序言》，《论说文作法讲义》，商务印书馆1924年6月第1版，第2页。

法、记叙文、论说文、小说、诗歌、戏剧等作法，都有专书，其中以论说文作法为最好。”[①]

这种认知与期待还体现为对学术文化的整理与传播。在讲授、出版《文学概论》的同时期（1928—1933），孙俍工编印出版了一些选本，包括：《中华词选》（孙俍工、孙怒潮编，中华书局1933年2月版），依作者时代顺序，选收自唐迄清的271家的词共574首；《中华学术思想文选》（孙俍工、孙怒潮编，上海中华书局1933年6月版），选编先秦至戊戌变法时期有关中国历代学术思想的论文42篇。这项工作的进行，亦是孙俍工国族意识的体现。

至于这种认知与期待在创作实践方面的体现，笔者以其入选《中国新文学大系　第三集　小说一集》的三篇小说《前途》《隔绝的世界》《家风》[②]为切入点进行分析。

《前途》以火车的整个运行过程为载体，表现种种世相，进行具有极强的现实意味的拷问：当我们挤上这列奔向“前途”（预示现代性）的火车（现代工业的象征）时，我们（国人、国家）准备好了吗？恰如结尾所说：火车上的人，“虽然各人底前途底苦痛与愉快危险与平安还在‘不可知’的一笔账上，但他们对于过去的一切总不见得有半点的留恋”。另有一重哲学意义上的生存追问：当人附属于某一特定物体（如火车）时，其个体存在是否能够实现？我们都在随着火车奔向“前途”，但哪儿是“前途”，“前途”是什么样，恰如若干年后的“戈多”，所有人在等待的同时，其实一无所知，有的只是迷茫、无聊、空虚与荒谬。

《隔绝的世界》以一个马夫为中心，对称展开他的家和他的主家两方

---

① 赵景深：《孙俍工》，《文坛回忆》，重庆出版社1985年12月第1版，第195页。

② 以下三篇小说引文均参见茅盾选编：《中国新文学大系　第三集　小说一集》，上海良友图书印刷公司1935年5月第1版，第201—232页。

的生活布景：他的家是一间茅房，里面有妻子抱着生病的幼儿，在“饥饿、寒冷、愁苦、困倦”的现实和梦幻之间游离；主家有一栋洋楼公馆，里面是子女陪着老太太打麻将，“笑语声充满了一堂”。马夫想请假探望重病的儿子，但主家不允许，警告他“你究竟是吃我的饭”。在现实的“饭”面前，马夫选择认命。最后，儿子病死、凄惨下葬于野外，而这葬身之处却在后来成为画家、诗人取景、寻求灵感的处所，作者不禁感叹：“但是狭而长的小黄土堆与凄惨的哭声呢？毕竟在爱美的艺术家底手下眼中失落了。”特别有意味的是，故事设置在新年（阳历元旦）的前后几天，新的纪年法寓意着这是一个新的世界、新的社会，但我们看到的无非是又一个“朱门酒肉臭，路有冻死骨”的演绎。相较于人与人、生与死的“隔绝”，这样的新与旧，倒并无“隔绝”。

《家风》写一个19岁守寡、48岁时丧子（遗腹子）、独立抚养孙子孙女的“节妇”，在为自己筹备“节孝牌坊”的过程中，遭遇到孙子反对、孙女抗婚等波折，最后在《太上感应篇图说》忠孝节义、因果报应的故事里，感慨现今“世上很缺乏一种安命守己”以及“家风坏了”。小说里的“节妇”跟不上时代的步伐，“坏了”的“家风”也只是世风的反映。

这三篇小说手法各异：《前途》用象征手法，《隔绝的世界》进行对比叙述，《家风》则出以反语，但均“反映了当时苦闷彷徨的站在享乐主义的边缘上的青年心理”[①]。而这种心理恰恰是觉醒的国族意识面对现实的情绪性表露，又与《文学概论》的理论表述互为支撑。

四、许钦文：理论偏见的执着与演绎

总体而言，许钦文《文学概论》有以下三点理论个性：第一，对人生

① 茅盾：《中国新文学大系　第三集　小说一集·导言》，《中国新文学大系　第三集　小说一集》，第20页。

“苦闷”的执着认知；第二，对文学概念的自我阐释；第三，对中国“新”文学（亦即“革命文学”）的殷切希望。

首先是对于人生“苦闷”的执着认知。许钦文《文学概论》中较为集中诠释“苦闷”的有：“总论”之第六讲、第七讲，“余论”之第二十九讲，以及贯穿始终的方方面面。

关于“发生文学的原因”，许钦文归结为一点——“苦闷”。他认为即便是没有描写悲苦情状的文学，也是“苦闷的反表”。甚至是纯粹表现愉快得意的文学，也是其一种，许钦文特命名为“喜欢的追慕”，原因是这些“喜欢”在现实中本身很少、更难以复制，所以只有在文学中加以“追慕”（特别指出“革命文学”就是对革命失败或革命高潮一去不返的“喜欢的追慕”）[①]。关于“创造文学的情形”的论述，许钦文创造性地将文学创造比喻为“探心的险”，充分肯定了文学的主观性与个人性，并将之落实到“苦闷”的事实基础：“什么人格，发生什么苦闷；从什么人格，可以探出什么险来，都是一定的。”[②]关于技术层面的阐释，他用“化妆出现”来形容现实中的苦闷在文学中自然地却又是无意识地，被作者用另一种形式表达出来，最终使作者达到发泄、舒缓紧张郁积心理的作用，所以许钦文说“文学是救济神经病的”[③]，也就是说文学有缓解苦闷、平衡社会的作用。凡此种种，许钦文如此煞费苦心论证的就是“苦闷”：文学发生的原因、创造文学的情形、文学的具体表达手段以及文学与生活的关系，都毫无例外是因为“苦闷”!

这跟许钦文本身的生活经历及其对人生的认知有关。在写《文学概论》前后，许钦文经历了常人所想象不到的遭遇：1929 年 8 月，挚友陶元

---

① 许钦文:《文学概论》，第 19—21 页。
② 许钦文:《文学概论》，第 26 页。
③ 许钦文:《文学概论》，第 33 页。

庆逝世，他建“元庆纪念室”；1932年2月，发生轰动一时的陶（思瑾）刘（梦莹）案，他因“无妻之累”被羁押于浙江杭县地方法院看守所，一月后获保释；1932年8月至1933年6月，他入蜀旅居，期间任教几个专门学校的“文学概论”课，并写《创作三步法》；1933年8月16日，他又因“窝藏共党”和“组织共党”罪被囚禁于浙江杭州军人监狱；1934年7月10日，他在鲁迅等的奔走营救下终出狱，蛰居西湖之畔的“愁债室”里写稿卖文以养命与还债，并开始写作《钦文自传》。

《钦文自传》较好地诠释了许钦文对于人生之“悲苦”与“喜乐”的强烈感受力和异于常人的承受力，遍布其中最触目的字眼是：愁、累、难、病、绝。“愁”是指为建“元庆纪念室”背负重债，故解嘲式地称自己处所为“愁债室”，这一愁就是近三十年（1929—1956）；“累”即“无妻之累”，是双重意指，一指自己身负法院妄加于己身的罪名，二指自己给亲人（尤其是弟、妹）带来的所谓“父死兄囚”的绝大负担；“难”指“蜀道之难”，是保释出监后旅蜀一年的遭遇与感受，除了形容地理特性外，还形容战乱（如1932年冬的“二刘大战”）；“病”先后指在狱中因闻父逝的噩耗、痛哭不绝而生的眼疔，以及困在“愁债室”内赶写自传时发作的脚疾。

在此境况下，许钦文却能将“绝境”置于“未绝”的人生态度下观望，时时自我宽慰，说“天未绝我”。于是，在《钦文自传》里，就出现了“苦闷”与“开心”、“勉强”与“意义”、“苦”与“笑”这些矛盾的甚至趋于两个极端的意象行为表述，例如：面对狱友劝他“寻开心”的宽慰，他感慨：“‘寻开心’，这本是要紧的。以为人生无苦闷则已，既有苦闷，只好善自谋快乐，才是办法。……正因为苦闷……才要借音乐的留声机片来寻开心。我又常常写了并肩齐步于花前月下的恋爱故事的小说，或者以为我自己一定多着恋爱的经历。其实要是有着恋人，我就真的并肩齐步到花前月下去逍遥，不会老是埋头案桌的了。”[①] 他感受狱中枯燥刻板的生活，最初觉得这是“一种勉强可行的生活”，接着便“倒也感着了别有一种意义的乐处”[②]，甚至当在狱中得知被判五年刑期兼父亡之噩耗时，“我并不失声哀哭；对于来劝慰我的人，只是不绝的陪笑脸，这自然是苦笑；但我早就苦笑惯了，因为我很少碰到可以真笑的事情，而我也是‘笑的动物’的人，有着笑的需要，只好老是苦笑和冷笑”[③]。

但这种徘徊于两极之间的欲绝又“未绝”的态度，只是许钦文对“绝境”的一种无力无谓的缓和，其结果是他早就存在的“宿感”的证实。《钦文自传》里，他引用了自己作品中的几段话，以表示这种刻骨铭心的体认。其中《赵先生底烦恼》里有一段话：“人生的路远望虽如平广的大海，好像无往不可以通行，可是一经实行，就可以知道水面底下原是有着无数的暗礁的，并没有一条可以畅行的路。……原来我底奋斗，无非拒却快乐，我底努力，只是促进难堪！”[④] 他甚至用“撒旦”来比喻生活对自己的折磨：“有时想入非非，我看见了我的上帝。可是我的撒旦也就来到，马上把我拖回到‘现在’。”[⑤]

《钦文自述》与《文学概论》里有关文学之发生是“苦闷的象征”的论断相互验证，说明生活经历、生命体验对许钦文的文学及文学理论认知影响甚大。如此苦痛、苦难的人生带给他的是关于“苦闷”的烙印式记忆，表现在理论见解上，就是这种执拗的坚持。

表现在文学创作上，许钦文的很多代表作也渗透着深深的“苦闷”。“父亲的花园在这一年可算是最茂盛的了，那时蕊姊还未出嫁，芳姊也没有

① 许钦文：《钦文自传》(一)，《新文学史料》1983 年第 4 期，第 243 页。
② 许钦文：《钦文自传》(一)，《新文学史料》1983 年第 4 期，第 245 页。
③ 许钦文：《钦文自传》(一)，《新文学史料》1983 年第 4 期，第 246 页。
④ 许钦文：《钦文自传》(一)，《新文学史料》1983 年第 4 期，第 240—241 页。
⑤ 许钦文：《钦文自传》(二)，《新文学史料》1984 年第 1 期，第 148 页。

死。……我能知道的，父亲在这一年可算最为高兴，家里的人也都很快乐，可是那时何尝明白，这是最快乐的时候了。”[①]“使我凝思于可怜和可恨的关系的问题。……我未尝不企慕胜利的凯旋，未尝不赞美战死的悲壮，也未尝不以为就该怀弹上前线，只是另有一种力在我身上活动着，使我犹豫，使我泥于前进。我实反对种种不合理的习俗，但也为着不能安慰以不合理的习俗期望我的觉得悲哀。”[②]幼时目睹父母争执：“总之这就使他感觉了人间的悲哀，这使他深味了悲哀的滋味，从此他的心灵上牢牢地钉上了个铁钉了。……这固然使他感觉了更深的人间的悲哀，使他更深地细味了悲哀的意味，而且就以为人生原是非常悲苦的，而且也就觉得应受的悲苦正在一天一天地增加起来的样子了。”[③]

因为有偏见，所以对文学概念有相当程度的自我阐释。许钦文的这部《文学概论》文字平易，理论也并不艰深，但阅读起来却颇费心力。一个很重要的原因就是他自创了很多概念与词汇，并且与通行的意指有很大差距。这是一个背负人生诸多苦难的人创作出来的独具个人体验和见解的理论讲义。

（一）两个具有全局性的个性化理论创见：“表现”的文学、“写实”的文学

“表现”的文学，其理论灵感即来源于厨川白村《苦闷的象征》。许钦文与《苦闷的象征》颇有渊源。自1920年冬始，许钦文即在北京大学旁听，并由此结识鲁迅。当时鲁迅在北大讲授文艺理论课，教材就是用的厨川白村的《苦闷的象征》。鲁迅在准备出版译本时，曾委托许钦文请陶元庆作封面，并在《苦闷的象征・译者引言》里说：“陶璿卿君又特地为作一幅

① 许钦文：《父亲的花园》，《许钦文代表作：鼻涕阿二》，第44—45页。
② 许钦文：《鼻涕阿二・前记》，《许钦文代表作：鼻涕阿二》，第79页。
③ 许钦文：《夕阳》，《许钦文代表作：鼻涕阿二》，第140—141页。

图画，使这书被了凄艳的新装。”[①]言辞间极为欣赏。作为学生兼老乡，许钦文与鲁迅交往甚密。

许钦文对“表现”的定义比厨川白村更主观化、个体性。厨川白村是如此定义“表现”的：“并非我们单将从外界来的感觉和印象他动底地收纳，乃是将收纳在内底生活里的那些印象和经验作为材料，来做新的创造创作。”[②]许钦文则认为：“再现的文学”只是“记载‘已然’的事情”，“表现的文学”关键是“写出作者的理想人物来”以“指导人生”。两者的共同点在于：“已然”的事情也罢，“理想”的人物也罢，都没有恒定标准，都是依据作者的主观倾向，所以都是作者“人格的表现”[③]。从这个角度来看，许钦文对文学“表现”的体认程度比厨川白村更进一层，而他“表现”的落脚点也不是厨川白村所谓事物性质的“印象和经验”，而是主观性质的作者的“人格”。

“写实”的文学集中在第十四讲“真实性”里讨论。在这一讲里，许钦文首先强调“真实性”对于文学具有不可或缺的重要意义。接着周密论述什么叫“真实性”：“所谓真实性，并非一定要所写的故事，原是真的事迹；只要形成这故事的各项情形是实在的就是了。”[④]这就解决了文学理论中一个很关键的问题——文学“真实性”与客观真实的关系及区别：客观真实，是实际存在；而“真实性”着重强调的是“性”，即属性、性质、倾向。许钦文在这里讨论的是“写实”的文学，他在此前一直强调文学的“记序”性：“文学所用的文字，形式上总是记序文”[⑤]，“形式上总得保持记

① 鲁迅：《苦闷的象征·译者引言》，《苦闷的象征》，第 3 页。
②〔日〕厨川白村著，鲁迅译：《苦闷的象征》，第 21—22 页。
③ 许钦文：《文学概论》，第 11 页。
④ 许钦文：《文学概论》，第 49 页。
⑤ 许钦文：《文学概论》，第 7 页。

序的文体，而且以描写为原则”[①]。文学，因为“写实”，所以具备“真实”性；但“真实”不意味着完全复制客观存在，因为这是“文学”。那么，文学“真实性”何以显现？许钦文落实在“经验”上。“一篇文学作品的真实性的程度，要看作者的经验丰富不丰富。……所谓经验，并非经验到的事情就都是。要善于观察，才可以把所经验到的事情变作经验。……要把一件事物观察清楚，必须先有了学理上的研究。”[②]学理研究是知识层面的准备（即“知”），观察事物是实践方面的行为（即“行”），经验获得是个人体验的总结（即“意”），最后才是文学“真实性”的呈现。在此，许钦文看到了“知、行、意”的内在统一对于“写实”文学独有品质（“真实性”）的重要性。

（二）两个具体的文学表达手段：“化妆出现”“便化”

“化妆”本是日常生活语境里的一个词语，许钦文在第八讲里用以指代一个心理学术语——“下意识”。他认为，两者的共同点在于它们都有让人看不到真实面貌的特性，并具有伪饰的作用。但许钦文论证的落脚点在于将“下意识”与他所执着的“苦闷”相联系：生命力强大的人，往往其苦闷多且以性欲苦闷为主，在现实生活中无法宣泄，于是借助文学“发泄”出来，其中那些自私自利、不可告人的欲望，却很自然地以某一种形式出现了，这就是“化妆”的手段。

相对于作者无意识的“化妆出现”，“便化”是指“采用题材的时候，把一种事迹的真相抹杀，换作别种样子来表现”且“是由于作者的故意的”[③]。具体讲，“便化”的方法包括：注重断片的描写，使故事情节戏剧化、单纯化（即提纯）。

---

① 许钦文：《文学概论》，第 40 页。
② 许钦文：《文学概论》，第 50 页。
③ 许钦文：《文学概论》，第 34 页。

（三）两个创新术语：“单纯化”“探心的险”

“单纯”在通常指简单、不复杂，作形容词用，加个“化”字变为动词，是指使某某东西简单纯一、不复杂。许钦文对“单纯化”的解释与要求显然更深一层。他在说明“单纯化”时总是和“断片的描写”概念联用：“形式上，只是把在一个地方，于短时间所经过的事情照样写下来，作为社会现象的一幕，就是‘断片的描写’。……也可以说是‘戏剧化’。……其实，为的是‘单纯化’。”[①] 在几乎同时期写的《创作三步法》中，他也说：“现代的文艺注重单纯化，就是要把题材的情境和描写的方式都使得简单、纯粹起来；借以显明特征，醒目而且有力。……单纯化并非听其自然的草率，是从大处着想的计划的。……在小说中，最应该注意单纯化的就是断片的描写……单纯化并不是思想简单；题材的内容仍然是要丰富的，只是来得纯粹。”[②] 可见，许钦文所谓的“单纯化”，既是一种文学的表达方式，即通过“断片的描写”(通常称之为“截断面”）而达到的高度提纯、浓缩精华的方式，也是文学呈现的一种理想境界，即一种“气势”强大、“声色”浓厚的美学效果。许钦文心目中鲁迅的小说能达到此种效果：“《示众》是个很好的‘断片的描写’的范本。”[③]

“探心的险”是一个形象化的用语，最早出现在第七节“创造文学的情形”。许钦文将文学分为“表现的文学”与“再现的文学”。他认为前者通过塑造“理想人物”以达到其“示范”生活的目的，而“理想人物”是作者“想象”出来的，即所谓“物由心生”；后者虽然是写已经或曾经发生过的实有的事，但故事情节的设置等具体事宜却要作者的“虚构”，即“事由心生”。统而言之，不管是未然的人（即“理想人物”）还是已然的事，

---

① 许钦文:《文学概论》，第 66—67 页。

② 许钦文:《创作三步法》,《许钦文代表作：鼻涕阿二》，第 312 页。

③ 许钦文:《文学概论》，第 123 页。

都得通过推想，都是作者的想象和虚构，所以许钦文称文学创造为“探心的险”[①]。他在《创作三步法》中详细地加以说明：“作者常在这样的情境中，就是如果原是自己，碰着了那种情形，应该怎样才好。作者一层一层地想进去，好像是向着心底里一层一层地掘下去，最后的结果，就是理想人物的性情。因此可以叫做心的探险。”[②]意思是：作者设置一个话语情境，让自己处在其中，于是“理想”中的人及其行为、性情，也都自然生成。由此可见，许钦文认为作者主观因素在文学创造中所占分量极重，在这个认知层面上，他充分肯定了文学的“创造”性，也就是肯定了文学的主观性与个人性。

作为一个作家，许钦文对于中国“新”文学（亦即“革命文学”）存有殷切的希望。

在“引言”部分，他对“研究了文学，会得赤化起来，所以不要文学”[③]的说法进行批驳，认为“文学的本身，并没有着赤色、白色的关系。‘文以载道’，文学原如一辆车子，可以载上共产主义，也可以载上民族主义”[④]。这种对“文以载道”的创造性阐释，显示了较为宽广的文学功能论。更关键的是批驳之后导出的立论：文学是艺术的武器。许钦文站在“民族的前途”之立场上去探究文学的特性：“一、宣扬主义，二、教养民众。”[⑤]并着重阐释了“教养”的含义：“所谓教，是要使得具体做起来的。……养，是指精神上面说的。”[⑥]具有了比思想“启蒙”更进一步的行为要求。这就从事实（尤其是中国社会现实）的层面，力证文学尤其是“新”文学（“革

① 许钦文：《文学概论》，第 23 页。
② 许钦文：《创作三步法》，《许钦文代表作：鼻涕阿二》，第 308 页。
③ 许钦文：《文学概论・引言》，《文学概论》，第 1 页。
④ 许钦文：《文学概论・引言》，《文学概论》，第 4 页。
⑤ 许钦文：《文学概论・引言》，《文学概论》，第 5 页。
⑥ 许钦文：《文学概论・引言》，《文学概论》，第 7—8 页。

命文学”）在今日中国之必须“要”。

许钦文在第五讲“文学的新旧”中作出一个基本判断：“新文学是‘大众’的。”“大众”在20世纪30年代中国的知识语境中，有一个洋化的代名词——“普罗”（“popular”的音译）。“普罗大众”不仅仅是草根、平民的指称，更具有阶级性质，“普罗文学”也几乎可与“革命文学”画等号。

到了第六讲“发生文学的原因”，此前一直若隐若现的“革命文学”字样浮出理论讲述的水面。许钦文分析了“革命者用作武器的文学”亦即“革命文学”通常发生在实行革命以前或革命之后，其原因是作家们（兼革命家们）常常借文学以表达对革命失败或革命高潮一去不返的“喜欢的追慕”①。

“革命文学”的内涵直到第十六讲“文学的派别”，许钦文才予以揭示。在该讲中，他首先遵循自然进化的原则，阐释文学流派的兴衰承接，他用“新写实派”指称“革命文学”的流派，将之称为“已成功了派”，原因在于：“一、形式方面，是活动的，注重‘单纯化’；二、实质方面，采用社会主义的思想，集团行动的事迹。”② 由此可见，许钦文将“新写实派”文学视为文学进化发展的最高形式，给予高度肯定。他定性“新写实派”文学的内在特质是“单纯化”（即片段描写的表现方式）与“社会主义”的思想实质。

我们可以顺着许钦文的理论思路列一个公式，如下：

当今中国需要的文学 = 新文学 = 大众文学 = 革命文学 = 社会主义的文学

这个理论观点在面向学生授课的《文学概论》讲义中还是一种比较含蓄的表达，在几乎同时期写就的、回顾总结自己创作经验的《创作三步法》

① 许钦文：《文学概论》，第21页。
② 许钦文：《文学概论》，第59页。

中，就非常明显、直接、彻底和强烈。

《创作三步法》之“余论”部分就是为“革命文艺”正名。开篇立旨：“文艺一向分着人生的文艺和文艺的文艺；在世事平静的时候，虽然相互非难，却不妨同时并存。可是到了人生的问题已经急于讨论革命，就是需要革命文艺的时候，不能够再让文艺的文艺同时并存。”[①] 具体阐释为：“究竟哪样的革命文艺是对的？……为着多数人打算的总是好的文艺。……不是为着多数人打算，没有伟大性，也就失却革命的真正的意义了。”[②] 明确指出：“政治问题原是人生问题的一部分，也就是人生问题的最高点。革命问题是政治问题的一部分，也就是政治问题的最高点。”[③]

通过这种理论的“文本间性”的观照，我们可以确认上列公式所揭示的新的文学——革命文学，在许钦文《文学概论》整个体系中的存在与重要。

第四节　梅光迪、吴宓：人文主义的“派”中有“别”

梅光迪、吴宓一直作为“学衡派”的领军人物、白璧德新人文主义在中国的传人，被中国现代文学史记载着。无论是理论来源、师承关系，还是社团运作、公交私谊，他们均属于同一“派”。但“派”中亦有“别”，就是他们各自的理论见解和人生观点。

① 许钦文：《创作三步法》，《许钦文代表作：鼻涕阿二》，第 313 页。
② 许钦文：《创作三步法》，《许钦文代表作：鼻涕阿二》，第 314 页。
③ 许钦文：《创作三步法》，《许钦文代表作：鼻涕阿二》，第 314 页。

一、梅光迪：用文学担道义

梅光迪1920年回国，任南开大学英语系主任，同年夏即受聘为南京高等师范学校暑期班开讲，时值30岁。为学生补习，对教师和其他教育行政人员进行培训以增加他们的新知识并指导其谋图上进，是该班的办学目的，也是梅光迪本次文学概论课程及其讲义与众不同处之现实基础。

梅光迪的《文学概论讲义》最起码有以下两个与众不同之处：第一，它不是讲义者自己写就或整理的，也未在当时以及讲义者生前刊印，而是由听课人集体记录、整理而成，几十年后被无意发现得以面世，可见梅光迪初回国、接受南高师暑期班聘课较为匆忙，另一方面亦可窥见他当时之意气风发、敬慕者颇众。第二，它不是普通学校正常学期的授课讲义，而是高校的暑期班讲义，其授课对象也不仅仅是学生，还包括该校的部分教师、教育行政人员以及一些社会旁听人员，其受众面相较于其他讲义而言，构成更为复杂。

对于梅光迪本人而言，《文学概论讲义》也别具意义：首先它是梅光迪回国后第一部有关“文学”的讲义，而梅光迪是中国现代文学、文化名人中，极少数留学期间专攻“文学”的人之一，可以说梅光迪很早就摒除了近代中国颇为盛行的“学以致用”（实用、实业）思想，而将“志业”的方向明确为“文学”及其理论；再者，梅光迪本人在此短期授课后便留在南高师（后更名为“东南大学”）任教，并创办了《学衡》杂志。可以想见，此次暑期班在他自己看来应该颇为成功，才会促使他选择留在该校继续任职。

提到梅光迪，另一个不能不说的话题就是“新人文主义”。作为白璧德的学生，梅光迪这样评述他所体认的白璧德及其新人文主义：“白璧德的理念和价值观包含着开阔的历史眼界。……它撇开了只注重近代而对西方文化史进行随意划分的做法。……另一个使中国人对白璧德的作品感兴趣的原因是其中着眼于世界的观点”[①]；“归根到底，白璧德是一位传统型的激进派。这一类的激进派现在最关注的是优秀人物在社会中所起的特殊作用”[②]。梅光迪将这种认知贯穿在自己对“文学”的“概论”及宣讲中，具体表现为对社会作用的肯定和对历史视域与世界观点的突显。

先看对社会作用的肯定。自1911年10月赴美留学，梅光迪就开始了与胡适的通信。综观梅光迪写与胡适的信件（1911—1916），“责”“责任”的字样出现频率甚高，与此相连的往往是“传播（学术）”“复兴（孔教）”“昌明（国学）”“改造（社会）”“改良（文学）”[③]等。这足以说明，梅光迪与胡适讨论文学时，其理论立足点是宏大的。他对文学的“概论”既不同于“学衡”同仁吴宓在“人生”上的道德理想之设想与描摹，也不同于老舍、郁达夫、许钦文这些新文学家的“现身说法”；与姚永朴之固守桐城义法截然不同，却也与刘永济、程千帆的文论家的专业气度不一。梅光迪于而立之年、在学成回国之初，面向高校师生及相关社会人员开讲的这门“文学概论”，实质上是他许久以来思考、琢磨之“社会作用”亦即“责任”的宣讲，一言以概之：用文学担道义。

梅光迪《文学概论讲义》共十五章，可以分为五个部分：第一部分是第一章（无标题）与第二章“文学之起源”，讲文学的界定、特性、起源等，是“概述”；第二部分包括第三章到第六章，都以“文学与……”为题，很明显是一种“外部”研究视角；第三部分含第七章到第十章，基本以“文学之……”为题（第七章“模仿与创造”例外，实际讲“文学之方

---

① 梅光迪：《人文主义和现代中国》，《梅光迪文存》，华中师范大学出版社2011年4月第1版，第188页。

② 梅光迪：《评〈白璧德：人和师〉》，《梅光迪文存》，第245页。

③ 梅光迪：《致胡适四十六通》，《梅光迪文存》，第497—553页。

法”)，是一种“内部”研究视角；第四部分是“分论”，以体裁为别，依次讲散文、小说、诗、戏剧；第五部分尤为特别，专述“中国文学概论”。梅光迪的文学“责任”意识集中体现在第二部分与第五部分，也就是“外部”研究与“中国文学”专论板块。

梅光迪《文学概论讲义》中，有关文学“责任”的体现很多。首先是明确文学家的责任：“文学家之宗旨在研究人生，并教人以如何为人。”[①]这个“如何”进一步展开，就形成对“文学与人生”之关系的解释：“文学之宗旨本欲造一高等人生”，而所谓“高等人生”是文学家们“不可求之实际，然其苦心孤诣，终欲代人生之高尚方面”的“理想”人生[②]。结合两章内容可见，梅光迪在文学的作用问题上立论点是很高的，他没有重复一般论调，即所谓文学是“表现”或“再现”人生，而是强调“指导”乃至“创造”人生，他也不局限于“现实”或“真实”的人生，而是别开生面地提出“高等”人生的概念。

“指导”人们“创造”出“高等”人生，应是梅光迪文学道义的核心价值理念，而最直接的现实批评，就是他对当时中国新文化运动的独立观感与意见。在论述“中国文学之优点”时，认同其“美术与道德合一”的优点；在批评中国道家文学与西方浪漫派文学“放弃礼法，藐视社会制裁，于社会不负责任”之后，更赞赏中国的儒家文学与古文学派“雍容尔雅，极以拯世为怀”[③]。可见，褒贬二端，其标准均在是否对社会负“责”。

再来看他的历史视域与世界观点。

在南高师暑期讲课的一年半之后（1922年1月），梅光迪创办《学衡》，其简章云：“本杂志的宗旨是论究学术，阐求真理，昌明国粹，融

① 梅光迪：《文学概论讲义》，《现代中文学刊》2010年第4期，第90页。
② 梅光迪：《文学概论讲义》，《现代中文学刊》2010年第4期，第93页。
③ 梅光迪：《文学概论讲义》，《现代中文学刊》2010年第4期，第100页。

化新知，以中正之眼光，行批评之职事。无偏无党，不激不随。”[①]这种对“中正”态度的推崇，其实在《文学概论讲义》里已有表露，明显表现为对“公”类属性事物的偏向。首先是对情感的“公”性之论述。梅光迪论及“情感之本质”，在情感“非我的”性质上，详述“文学家之感情须超出个人为人类代表。……其感情实人类之公共感情也”[②]，这是站在“五四”所宣扬的“个人”的对立面，讲人类情感之“公性”；在情感“普遍的”性质上，又说“盖今人者，古人之产儿。今人之性情、习惯，皆得之古人。黄白异种，面貌不同，然皆具人类公性，精神上之契合正多”[③]，则是以“人类公性”的标准，从“精神”层面将古今、中外一网打尽。然后在情感的“个人”性与“公共”性，即“私情”与“公情”的基础上，评论文学之标准。对于“文学上之标准”，梅光迪列出两个：“经久论定”和“文学与时代”。前者是从文学评论的角度，强调文学家及其作品要留待“后世”的“公允”之论，而不能局限在一时代或少数人的观点；后者则从文学本身，明确了“大文学家之文章”的具体内容，即“有个性亦有共公性”“个性代表己身与一时代，公性代表人类与万世”[④]。可见，梅光迪在平衡“个性”与“公性”的同时更侧重“公性”，并强调在此基础上实现文学的“经典性”塑造。另外，他对外国文论观点的采纳与融会贯通，也从实际操作的层面说明了他对古今中外融会贯通之“公”标准的采纳。关于“文学之形式”，论及“体格”时，他引用亚里士多德之所谓“作文始有发端，中有发挥，末有收束”来明确“结构谨严”的必要性[⑤]。虽然他对浪漫派批评较

①《〈学衡〉杂志简章》，《国故新知论：学衡派文化论著辑要》，中国广播电视出版社1995年12月第1版，第494页。

② 梅光迪：《文学概论讲义》，《现代中文学刊》2010年第4期，第91页。

③ 梅光迪：《文学概论讲义》，《现代中文学刊》2010年第4期，第92页。

④ 梅光迪：《文学概论讲义》，《现代中文学刊》2010年第4期，第95页。

⑤ 梅光迪：《文学概论讲义》，《现代中文学刊》2010年第4期，第95页。

多，但在述“小说之派别”时，梅光迪却持“公”论，言明“要之，浪漫、写实两派各有优劣，轩轾难定，其价值之高下，纯在作者之善用其方法与否耳”[①]。而面向中国文学时，梅光迪的评判眼光也依然着力于“公”性，他认为中国文学有其自身的优点，其中之一就是具备“健全之人生观”，而所谓“健全”就在于“人生希望不太过，而日从事进取也”[②]，是汲取儒家之中庸精髓后得出的“公”价值。

评论中国当时正在进行的新文化（“新文学”）运动，是那个时段学府文学概论课讲述者不可避免的内容。在共同的理论课题面前，梅光迪显示出并非如外人想象的那种偏激（最起码在讲义本身上没有强烈显示）。尽管有人回忆，梅光迪确曾在课堂上骂过胡适。如章衣萍在《胡适先生给我的印象》中说：“他（梅光迪）在课堂上大骂胡适。……梅光迪的崇论宏议，似乎没有几个人去听。”[③]当时胡适在南高师暑期班上的是“白话文学”与“中国哲学史”两门课程。显然，课堂成了梅光迪传授新知识、新思想与批判胡适的阵地。所以在此之后，梅光迪接受了南高师的聘任，继续留在这个地方，进行他的文学道义之担当——弘扬国粹、推行人文主义。

“中正”的态度还体现在他对古今中外理论的融会贯通。在这方面，梅光迪也许做得不是最突出与完满的，却实在是做得最自然与无痕的。20世纪二三十年代，高校学府里“文学概论”课程的讲授，如姚永朴《文学研究法》谨承桐城路数、马宗霍《文学概论》的中国古代文论理路、许钦文《文学概论》对厨川白村《苦闷的象征》的理论认可与移植、姜亮夫《文学概论讲述》在古诗词史研治理基础上对西方文论的融会等，虽侧重不

---

① 梅光迪：《文学概论讲义》，《现代中文学刊》2010 年第 4 期，第 98 页。

② 梅光迪：《文学概论讲义》，《现代中文学刊》2010 年第 4 期，第 100 页。

③ 章衣萍：《胡适先生给我的印象》，转引自眉睫《〈文学概论讲义〉整理附记》，《现代中文学刊》2010 年第 4 期，第 102 页。

同，但大都有各自明确的理论框架或基础。但梅光迪的《文学概论讲义》却不同。首先，看不出明晰的理论来源。在讲义中，没有对哪门哪派的文论（古与今、中与外）表示很大程度的认同与赞赏，更谈不上直接受用与摹写，即便是偶有引述，也是配合着自身的观点进行的。每一论点亮出后，随之而来的几乎都是中西方的双重例证。例如：第三章“文学与思想”中，为证“文人与哲人”实是二位一体，举出韩愈、欧阳修、曾国藩，德国的葛推，英国的约翰生、安诺尔德，美国的爱玛孙等例子；第四章“文学与情感”，在论述“情感之表示”之“节制”时，极力推崇“希腊及东方（中国、印度）之镇静安闲”[①]；第七章“模仿与创造”，说明“模仿之重要”的第二个原因“模仿以助创造”时，既列举姚鼐、韩愈，又列举英国散文小说家斯梯文孙（Robert Louis Stevenson）、法国散文家孟德尼（Montaigne）以及莎士比亚；第十章“文学之体裁”，在说到“记述”体时，强调要注意记述的因果关系、论理次序，分别以狄更斯《块肉余生述》和左丘明、司马迁的文章说明补序在行文中的重要性。诸如此类，举不胜举。更多的自觉表现在诸多理论的渗透与互为作用、彼此验证。在很多地方，梅光迪默认并融合了中西方文论家的理论。例如论及文学的体裁时，他实行了一种巧妙的双重接受，即同时认可中西方对文学体裁的普遍式分类：一方面，他在第十章“文学之体裁”中将文学体裁分为四类，即论说（exposition）、辩论（argumentation）、描写（description）、记述（narration），可见中国传统文论对于体裁分类的影响；另一方面，又紧接着在第十一至十四章分别以“散文”“小说”“诗”“戏剧”为标题，明显是接受了西方近代的文学四分法。

以“公正”的学术态度看待中西文化，从中汲取理论养分，从而承担

① 梅光迪：《文学概论讲义》，《现代中文学刊》2010 年第 4 期，第 92 页。

起社会责任，这是梅光迪自《文学概论讲义》起便开始的文学实践。

二、吴宓：文学“如恒”与人生“两难”

在本书所研究的这十三家讲义中，吴宓的《文学与人生》是个特例。首先，从课程与讲义名称的设置上来看，他取用的不是“文学概论”的字眼，而是“文学与人生”；其次，他是唯一一位用英文写作讲义并授课的作者；最后，他极其鲜明地在讲义中表明自己的生活与人生的态度、取舍、好恶，这与其他“论著”者和“讲授”者的坐而论“文”、“概”而论之相比，显得个性突出。吴宓与诸多文学理论家们关键性的不同在于：他是从根本上将“文学”与“人生”视为一体的，而不仅仅是从课程论述的角度。这就必然涉及吴宓在《文学与人生》之前的四十余年生涯。

（一）“人”与“我”：理论的共识与个性

充分认识到“文学与人生”的紧密关系并以不同的见解与方式讲述之，是20世纪上半叶中国文学理论家们的一个理论共识和突出表现。在对“人”之存在（自由、尊严、独立等）齐声呼唤的时代里，有这么一些知识分子用双重甚至多重的身份，以不同的方式确认着他们对“文学与人生”的理论认知，他们既是学者，也是教授，有的还是新文学的创作者，他们在其大学课堂上开设“文学概论”课程，讲授普通知识点的同时往往单列一章，专门分析“文学与人生”的关系与本质。例如：梅光迪《文学概论讲义》将两者间的关系表述为“文学为选择的人生”；刘永济《文学论》说文学的目的是增进人生；马宗霍《文学概论》认为文学为选择之人生、论理之人生，以个人为中心但又与社会关系密切；孙俍工《文学概论》直接明确文学和人生的关系与三个要素（种族、环境、作家人格）密切相关。

但吴宓的《文学与人生》特别重视个人的理论与经验之表达。首先冲击读者的是理论书籍（更遑论教材）中极为罕见的“我”之大书特书。仅仅在章节标题的设置上，吴宓就几处明确标示“我”之存在：第七章“我的工作和我的主要兴趣：文学与人生”、第三十一章“我之根本信条”。其他散见在著作中的“我”就更多，例如：第三章“‘文学与人生’课程之目标与目的”中首个目的就是“以我一生之所长给与学生”，包括“我所读过的书及所听所闻者”“我曾思考过及感觉过者”和“我的直接与间接生活经验得来者”。第四章“我们的讨论与努力之基础”中，他指出两点，一是“自知”，二是“人类之常识”，这可以被视为从个人与公共两个不同角度对问题的探讨，但最终他的理论天平有了偏向，因为他紧接着明确了两个问题：第一，“我之知、行标准或鹄的”；第二，“我之人生态度”。很显然，这是“人类的”“公共的”常识认知让位于“个人的”“我的”情怀观照。正是在第三、四章之后，整部著述才开始进入“正题”，可见这两章的统摄性作用，其关键是定下一个基调：这是一部“个人”的文学理论讲义。

除了“我”字的直接凸显外，吴宓作为一个“我”之存在体现于《文学与人生》中，最鲜明的是他独特的、可以被称之为偏颇却难能可贵的、赤诚相见的种种观点。

（二）人生之“两难”：从事实经历到思维表述

如此特异的理论认知与表述，与吴宓本人在“文学”“人生”上的经历与感受密切关联，而了解这些的一个最直接、最体贴也较为可靠的途径就是他的日记。吴宓终其一生都在用一种方式，坚持地、执拗地书写自己，那就是“日记”。他的辗转起伏、爱恨荣衰，日常琐事、心灵激变，无不在其中呈现。

《文学与人生》在《吴宓日记》中首次出现，是1936年7月6日：“9—10往见王文显君。知（一）决聘王友竹为助教，月薪＄80，授《英文作文》二班，兼改翻译班课卷。（二）宓下年改授《第二年英文》，兼授《浪漫诗人》《翻译术》，此外准增授《文学与人生》一课，二小时（共十一小时）云云。宓甚喜，得此殊便，决当努力研究。将尽我之所能，使《文学与人生》一门之内容充实，对学生有益，而毋负学校与国家待宓之厚也。”[①]可见，吴宓对于能开“文学与人生”一课表现得极为兴奋。其实，这已是他学成回国、任教高校的第十六个年头。直言“甚喜”，乃至表态“将尽我之所能……毋负学校与国家待宓之厚也”，这显然超出一个教授开设一门课程的意义。这也就能从一定程度解释这门课程为什么定名为“文学与人生”，而非“文学概论”之类的原因了。因为对于吴宓而言，这与其说是一门课程，不如说是他前四十余年人生的总结。

吴宓的前半生（确切可证的是从1910年始有日记算起），可用一个词概括形喻——两难。人生之两难，在事实层面上有两个表现：“选科”之两难和“婚恋”之两难。“选科”两难，是指吴宓一直在“报业”“文学”之间徘徊；“婚恋”两难，则是他在“现实妻子”“理想爱人”之间的抉择。这双重的两难带给吴宓无穷的痛苦，尤其是后者，不但使他面临身边众亲友的一致指责，即便离婚后也让他生发出诸如“悲感极深，无一出路”“深觉人生同梦寐”[②]等感慨，甚至几次梦魇“高山上之

图 2-2　吴宓《吴宓日记　第 6 册：1936~1938》（生活·读书·新知三联书店 1998 年版）封面

① 吴宓著：《吴宓日记　第 6 册：1936~1938》，生活·读书·新知三联书店 1998 年 5 月重印，第 6 页。

② 吴宓著：《吴宓日记　第 4 册：1928~1929》，生活·读书·新知三联书店 1998 年 5 月重印，第 312—314 页。

黑狱”[①]“黑暗之高塔”[②]，直喻其无立足境、无退还路的生存感受。

这种“两难”的境遇和感受之强烈与难以磨灭，使得吴宓在《文学与人生》中几乎空前绝后地用专门一章来讲述：在“婚姻与爱情问题”章中，吴宓直言“婚姻恋爱为人生与文学中极重要之事实与材料”，并以表格形式明确了“志业”与“爱情”、“职业”与“婚姻”这对立的两端分别属于“理想”与“实际”，可见烙印之深。

“两难”对于吴宓更为深刻的影响是他形成了对于诸种“关系”的偏执性的兴趣与独特的思维模式。通观《文学与人生》，吴宓所论及的作家、作品，很少是以单独的形式出现的，而往往以对举、组群的方式呈现。单纯就标题看，出现“关系”字样的就有：“文学与人生之关系”“人与宇宙之关系图”等。以“A 与 B”形式来表现“关系”的就更多，例如：“我的工作和我的主要兴趣：文学与人生”“小说与实际人生”“人生—道德—艺术（小说）：小说与人生”“ 人与宇宙”“自由意志与命运”“两种人——理想与现实”等。有的是在论述中以比对的方式出现，有的是以图表的方式出现。

最与众不同的是《文学与人生》中大量图表的运用。这不只是一个表现形式的问题，更重要的是反映了吴宓思维里对“关系”的重视与想要将其整理清楚的强烈欲望。事实上，吴宓在现实生活中就常被种种复杂的人事关系所困扰，不胜其烦。遍观其日记，吴宓作为学生也罢，作为教授也罢，相对而言很少涉及学问、学术，大多以寥寥数语说明上何课、读何书、有何感受（或认知），而大量笔墨则花费在整理关系上：读书时与同学、老师的关系，冷眼旁观学校里复杂的人事关系；留洋时中西方的冲击与交融

---

① 吴宓著：《吴宓日记　第 5 册：1930~1933》，生活 · 读书 · 新知三联书店 1998 年 3 月第 1 版，第 318 页。

② 吴宓著：《吴宓日记　第 6 册：1936~1938》，第 82 页。

关系；生活中与父亲、妻子、朋友的关系；工作上与同事、校方、《学衡》同仁的关系……这些无不耗尽其时间和心血。尽管如此，他却终究感到力不从心，《学衡》解散、清华研究院里的妥协、王国维投河，都给他巨大打击，最后更因离婚事件闹到几乎众叛亲离的地步。可以说，“剪不断理还乱”的种种人与事的“关系”网住了吴宓。这也就好理解为什么吴宓在《文学与人生》大讲特讲诸种关系：他企图以多种样式的“图表”形式来理清（准确地说是“试图”理清）这些关系，这其实是一个本质感性的诗人（文人）想以一种哲人式的理性思维，来打量纷繁复杂的世界及其中的若干关系，并尽可能地将其简单化、明朗化的行为。其结果不言而喻。

（三）文学之“如恒”：改变式放弃与坚持的执拗

吴宓在日记中常用“如恒”一词形容该日普通寻常、无甚特别处，如“读书如恒”“上课如恒”，表示的是一种状态，正常、平凡、普通、安定和无聊、寂寞等。其实，吴宓的生活充满不定因素，内外两方面都是非“恒”的：在外，他的婚恋成为众矢之的，众亲友轮番上阵劝说；在内，他的思想变化很大、情绪起伏明显、感受变幻莫测。但始终不变的、“如恒”的，倒是他对于文学（尤其是小说）的钟情。

每当生活出现诸多不如意之际，吴宓总是选择阅读小说。通观之，吴宓与小说的关系呈现以下几个特点：其所激赏的小说，大多是真实反映世态、细微体察人情的。从其论语中可见一斑：评符霖《禽海石》，“系作者自述其往事，现身说法，缠绵悱恻，佳作也”①；评姬文《市声》，“佳作也，其叙我国实业社会事甚确、甚详，然逸趣横生，使读者不至了无趣味”②；评萨克雷《亨利·艾斯蒙德》，“此书叙家庭生活，纤悉入微，及男女各色人

---

① 吴宓著：《吴宓日记　第1册：1910~1915》，生活·读书·新知三联书店1998年3月第1版，第21页。

② 吴宓著：《吴宓日记　第1册：1910~1915》，第251页。

物，自幼而壮而老，各时各地之形态感情，无不曲尽淋漓”[①]；评曹雪芹《石头记》，“宓读西洋宗教及哲学书，所得既深，一己经验又繁，夫然后，乃益赞赏《石头记》一书之伟大，以其为人生全体之真切悲剧也”[②]，甚至断言：“中国写生之文，以《史记》为最工，小说则推《石头记》为巨擘。而此二书之声价，正以其所叙述，皆琐屑而真挚也。”[③]其阅读小说的态度，常常是真幻莫辨、人我合一的。吴宓读小说，入之甚深，往往情不自禁，例如：读友人陈铨小说《冲突》，“叙留美学生离婚恋爱之事。宓因己所新遭，尤有同感，故觉此书甚有趣味”[④]；读华夫人小说《恋爱与义务》，“甚佳，至足感人”[⑤]；读《石头记》，“凤姐托巧姐于刘老老，及宝玉出家等段，大悲泣，泪如流泉。盖宓多年经历，伤心实太深矣”[⑥]；读《儿女英雄传》，“大流泪，盖自伤也”[⑦]。可见，身世之感是他阅读的基础。

对小说的执迷在《文学与人生》的表现就是，在论及文学体裁时，吴宓一反各体兼论的通行做法而单述小说，并给予两章的篇幅。从感性体悟到理性论述，吴宓坚持了对小说的喜爱，但有所改变的是他借小说体验人生的方式。吴宓在小说方面用力还不仅限于阅读，他以自我人生“入小说”的创作意图明显而持久。吴宓最早有创作小说的打算记载于 1911 年 7 月 21 日：“余观人生于此社会，则无论何人之历史，皆此社会之小影。……余有此志，现姑存之，若他年则立志必著小说一种或数种，定必践此时之希望也。”[⑧]1914 年 1 月，他将美国诗人朗费罗的长篇叙事诗《伊凡吉琳》

---

① 吴宓著:《吴宓日记　第 1 册: 1910~1915》，第 482 页。
② 吴宓著:《吴宓日记　第 6 册: 1936~1938》，第 22 页。
③ 吴宓著:《吴宓日记　第 1 册: 1910~1915》，第 493 页。
④ 吴宓著:《吴宓日记　第 5 册: 1930~1933》，第 64 页。
⑤ 吴宓著:《吴宓日记　第 5 册: 1930~1933》，第 66 页。
⑥ 吴宓著:《吴宓日记　第 6 册: 1936~1938》，第 22 页。
⑦ 吴宓著:《吴宓日记　第 6 册: 1936~1933》，第 164 页。
⑧ 吴宓著:《吴宓日记　第 1 册: 1910~1915》，第 114 页。

改编为中国古典戏剧《沧桑艳传奇》，可以说是一种尝试与热身。同年6月暑假，因感慨“年来种种理想，胥与所见所闻者相反，望乐而得悲，思喜而添愁”，想写一部小说，“拟名此篇曰《镜尘录》，言灵明之心，竟为世间浊事所玷污也”[①]。1919年10月5日，明确了自己小说的创作来源，“凡此皆留学生日常情形之材料也”[②]。1924年9月11日，“始撰理想小说《新旧因缘》”[③]，后多次与友人（以胡徵为多）谈论该小说的“内容”“法程”“结构”等。1928年3月23日，吴宓借计划自己日后所全力从事的三大事（《诗集》《小说》《人生哲学》），揭示了《新旧因缘》的大体内容与宗旨，即“以婚姻寓理想。以弃甲女而娶乙女，寓新（劣）代旧（美）之世变悲剧”[④]。正是因为视小说与人生为一体，所以吴宓阅读小说往往情不自禁，直至真幻莫辨、人我合一，他计划写小说也是从身边（索性就是自身）找素材，而当创作素材本身（即自己）遇到重大困厄时，其文学创作也就无以为继了。于是自1929年9月离婚之后，其日记就很少见对《新旧因缘》的记载，直至1937年4月2日读普鲁斯特小说，将自己与普鲁斯特、曹雪芹、贾宝玉画上等号，悲感“恐吾之小说不能作成耳”[⑤]，是为对小说创作的一种放弃。这种无奈促使他将对小说的热爱转移到理论讲述中，就有了《文学与人生》的小说专论。

以身世之感读小说、写小说，在深陷“两难”之生存处境时，将对小说的迷恋从创作层面转移到理论层面，极富个性化的、不无偏激的理论表述背后，是吴宓理想化人格在现实中艰难处境的折射。

---

① 吴宓著：《吴宓日记　第1册：1910~1915》，第364页。

② 吴宓著：《吴宓日记　第2册：1917~1924》，生活·读书·新知三联书店1998年3月第1版，第78~79页。

③ 吴宓著：《吴宓日记　第2册：1917~1924》，第286页。

④ 吴宓著：《吴宓日记　第4册：1928~1929》，第39页。

⑤ 吴宓著：《吴宓日记　第6册：1936~1938》，第100页。

第五节 潘梓年：人生关系的辩证分析

潘梓年，1893年出生于江苏宜兴。1911年之后，相继在上海私立大同学院、中等龙门师范读书。毕业后，任教于无锡东林小学。

与北大的渊源，给他带来了深刻的影响。1920年，恰逢“五四”新文化运动风起云涌之时，潘梓年来到北大哲学系旁听，除了哲学、逻辑学等专业课程外，还听过鲁迅、胡适、陈百年等人的课，尤爱鲁迅讲新文学，并阅读《新青年》《新潮》等进步杂志，接受马列主义的熏陶。这些都为他日后的学习、工作打下基础，《文学概论》就是体现之一。

潘梓年《文学概论》具备几个非常重要的特质：第一，系事后命名，是由出版方定名的；第二，专为“新文学”开讲，且在社会上反响热烈，六版、近五万册的销量，在当时已极为可观（可与当时新文学代表作家的发行量作一比较：郁达夫《沉沦》1923年连续印刷达十余次、发行两万余册，鲁迅《呐喊》自1923年首印至1926年共印刷三次、发行近八千册）；第三，不是在正式“课堂”上授课，而是一系列“演讲”，并且不是在高校而是在中学。

潘梓年《文学概论》首有“代序”、尾有“结论”，正文部分共五讲。正文部每一讲正文之前都有一个类似于“概说”的起头，下分若干节（未以“节”、只用“一、二、三”等字样标示），有标题。为方便起见，用“节”代为表示每一“讲”之下的部分。

一、对“人的文学”观念的接受、认同与传播

潘梓年否定“文学”有定义的可能，并从四个方面来试图寻求一个比较明了的概念：第一，文学的学科位置——“每一种学科，都是以人类的生活做中心”，在诸多学科中，文学与修辞学、史学、哲学最为接近，它与

修辞学都“讲究‘文字的运用’”，它与史学都“记述‘人事的变迁’”，它与哲学都“探刺‘人生的真际’”[①]。第二，文学的内容——是“人生的情感方面”，是“纯粹的情感”，是“刹那间生命所流露一片整个的，不可分析的经验之原形”[②]。第三，文学的形式——是“永远不断的生命之流”，“这个流反映在声音上成为音乐，反映在色线上成为绘画，反映在形体上成为雕刻，反映在动作上成为舞蹈，而反映在文字上便成为文学。……文学的形式是文字”[③]。第四，文学的使命——两个使命，其一是与一般艺术同有的使命，即“生命的调和”(借杜威语)；其二是文学特有的使命，即“预言”[④]。

综观以上，可见潘梓年用一个系列式的关键词来串联他对文学的基本定义，那就是“人生、生命、生活”。再提炼一下，就只有一个字可以概括他的文学基本认知——“人”。

这应该是潘梓年当时所演讲的本来命题——“新文学”的应有之义。中国的新文学，一言以蔽之，就是“人的文学”。这也是20世纪上半叶中国文学理论家们的一个理论共识，即充分认识到“文学与人生”的紧密关系并以不同的见解与方式讲述之。梅光迪《文学概论讲义》、刘永济《文学论》、马宗霍《文学概论》、孙俍工《文学概论》等均以专章的形式列出“文学与人生”并详述之。相比较而言，潘梓年并未专章书写，但他的“代序”确实全围绕“人”来做文章。

二、注重对诸多关系的辩证分析

哲学、逻辑学的学习，给予了潘梓年在思维逻辑上的规整训练。《文学概论》特别重视对诸种关系的辩证分析。

① 潘梓年:《文学概论》，第2—3页。
② 潘梓年:《文学概论》，第5页。
③ 潘梓年:《文学概论》，第7页。
④ 潘梓年:《文学概论》，第9—11页。

第一组关系："真实"与"实在"。潘梓年作如下区别："实在"是"混杂的，散乱的"以及"表面上的，破碎的"，而"真实"则是"纯粹的，清晰的"以及"深入的，完整的"[①]。可见，这两者其实是分别意指艺术之"真"与生活之"真"。

第二组关系："情绪"与"想像"。在分析论述"情绪的渊源"（潘梓年所说"情绪"其实是指"情感"）时，潘梓年的理论来源就是泰纳的文学"三要素"（种族、时代与环境）说。他分别引用罗立爱《比较文学通史》、勃兰兑斯《俄国印象记》中的观点，以法国、英国、俄国不同的民族性及其文学表征为例子，阐述"文学与种族"的关系。又列举出莎士比亚与16世纪的英国、屠格涅夫与18世纪的俄国，以论证"文学与时代"的关系。最后，他用"文学是人格的表现"[②]来注解"文学与时代"的关系，旗帜鲜明地表示"作品"之所以成为"文学"，不在乎其材料而在乎作者对材料的"处理"，以及通过"处理"所表明的作者"态度"，而这种独特的"处理"与"态度"正是"作者注入处理法的他之人格，即是所谓作风"[③]。关于"想像"，潘梓年进行两方面的分析，一是"想像的性质"，二是"想像的功用"。从"性质"上说，"想像"有"再生的和产生的两种"，"再生"的"想像"是基于"本人经验"，"产生"的"想像"则是从"以前经验"里创造出来的。从"功用"上说，"想像"有三大功用——挑选、整理、解释与补充，都是就"想像"的材料而言，也可被视为对"想像"过程的一种描绘。比较新颖的是，在"解释与补充"板块里，潘梓年提出一个概念——"事物的人格化"[④]，他所意指的是，作者人格对其笔下事物的辐射影响。

① 潘梓年：《文学概论》，第21—24页。
② 潘梓年：《文学概论》，第58—59页。
③ 潘梓年：《文学概论》，第59页。
④ 潘梓年：《文学概论》，第67页。

第三组关系：“质”与“形”。潘梓年从四个角度进行分析：一是“发生的”角度，认为绝大部分文学作品是“先有质而后有形”，但也有的是“先有形而后有质”[①]，但很显然，潘梓年肯定的是前者，否定的是后者（以宋以后的诗文为代表）。二是“感应上”的角度，是从接受者的立场出发，考虑文学作品感动人的地方是在质还是在形。潘梓年虽然以六朝文学为例，肯定了“形”的感人力量，但依然着力强调“质”作为深层次支撑的那种久远的感应力。三是“欣赏与研究”的角度，认为“欣赏”可以“质”与“形”并重，但“研究”（包括“学”与“批评”）的对象只能是“形”。四是“价值”的角度，潘梓年认为论及文学之“价值”，只能从“社会影响”着眼，只能有一个标准——“质”，即“内容”，具体而言就是文学是否真实反映人生和是否对人生负责。

第四组关系：“道德”与“主义”。其实是对“文学作品的创制，到底是‘有作为’的还是‘无作为’的”[②]这个问题的回答，亦即探讨“文学有无目的性”。潘梓年认为“这里面实含着两个问题，一是文学和道德，一是文学和主义”[③]。在“文学和道德”问题上，潘梓年创造性地解释了“文学”意义上的“道德”：“所谓创造，就是生命力的新发展，就是不住的向上，而这向上就是一种道德性。”[④]然后大段引用居友的话，又辩证地分析了“道德”与“艺术”的差异：“道德是在用服从的方法维系已经大家公认的正义，艺术是在用反抗的方法喊出尚未有人承认的正义。”[⑤]在“文学和主义”问题上，潘梓年反对将文学作品与“宣传主义的东西”同等看待：“我们无论怎样地期望某时期的文学应有某种精神，决不能以一种主义做前提

① 潘梓年：《文学概论》，第 74 页。
② 潘梓年：《文学概论》，第 78 页。
③ 潘梓年：《文学概论》，第 78 页。
④ 潘梓年：《文学概论》，第 79 页。
⑤ 潘梓年：《文学概论》，第 80—81 页。

来立一种文学论。评论文学，应完全用真的艺术的信念做基础。”[①] 最后，回到“有所为”“无所为”的问题上，认为文学之“无所为”在于文学家应该坚持纯粹艺术的信念和艺术立场，而文学之“有所为”则是因为文学在人生中有重大意义，而这两者的辩证关系被归结为“文学应当跑在道德和主义之前，不应落在它们之后”[②]。

第五组关系：“文学”与“人生”。首先是这二者互相生成、促进：“文学是以情感为灵魂的，对于生活有了新意义，就又产生新文学；文学又能震荡人的思想，使人越发清醒，这就是说文学是表现人生，批评人生，指导人生的。”[③] 在此基础上，又辨析了文学的“功效”与“动机”的关系：“文学的动机只是表现人生；至于指导人生，批评人生的话，只是文学的功效，不能是文学的动机。”[④] 其实是呼应第三讲开头所设立的那个问题：文学的“有所为”与“无所为”。对应起来看，“功效”就是“有所为”，不能有“动机”就是“无所为”。

基于哲学、逻辑学思维对文学之诸种关系的辩证分析，成为潘梓年《文学概论》的一大理论特色，也证明了不同知识结构的知识分子讲述文学理论的思维特点是可以在文学理论建构中起到积极作用的。

---

① 潘梓年：《文学概论》，第 81 页。

② 潘梓年：《文学概论》，第 81 页。

③ 潘梓年：《文学概论》，第 115 页。

④ 潘梓年：《文学概论》，第 115 页。

第三章　理论通识

“我们必须致力于超越历史和超越文化，寻求超越历史和文化差异的文学特点和性质以及批评的概念和标准。”[①] 这种努力，在一百年前，中国现代文学理论的建构者们就有意识地进行了。本书所论十三家均显示出前卫的理论眼光，对一些本质性问题进行探讨，并形成较一致的见解，更表现出强烈的时代感受，并将之宣诸理论。所有这些，也许在今天的理论视域中是习以为常的，但隔着百年的历史，我们不得不尊重、叹服并珍惜前人在理论之建构时期的尝试、努力和实践。

第一节　常识关注：对文学基本问题的探讨

作为学校课程讲义，其直接受众是学生，所以无论是如何艰深重大的理论都得从基本的常识进入。这十三家讲义的理论来源、知识体系、研究方法均有差异，但都从“文学”常识性问题入手，并在探讨的过程中形成各自的见解或相似相近的观点。

一、文学之“定义”

文学的定义，是研究文学理论回避不了又很难言说的东西。“假如有文学理论这样一种东西的话，那么，显而易见，就存在着它所研究的对象，

① 〔美〕刘若愚著，杜国清译：《中国文学理论》，江苏教育出版社 2006 年 2 月第 1 版，第 209 页。

即某种称为文学的东西。因此，我们首先可以提出这样一个问题：什么是文学。”[①] 所论十三家讲义，有八家设专门章节讨论文学定义问题，分别是刘永济、郁达夫、潘梓年、孙俍工、赵景深、老舍、姜亮夫和程千帆。关于文学“定义”这个极具本体意味的问题，讲义者们大体采取以下几种态度：

（一）搁置不论

如郁达夫《文学概说》第三章“文学的定义”，开篇即否定对文学进行定义的必要性和可行性：“天下的事情，比下定义更难的，恐怕不多；天下的事情，比下定义更愚的，恐怕也是很少，尤其是文学两字的定义。”[②] 之后，他虽然列举了古今中外的一些文学定义，但却引用约翰逊的话来嘲笑热衷于定义的人见识狭小，最后明确表示不下定义。

（二）曲线救国

是指讲义者没有明确“定义”的内涵，但用其他意指去间接地表达自己对文学“定义”的认识。

赵景深《文学概论讲话》第一讲“文学的定义”以文学是变化发展的这个事实，来否定给文学下“定义”的可能性，但他并非彻底无为，而是指出“最方便的办法，大约是与‘文学的要素’连在一起讲。有了几种必要的要素或条件，自然定义也就有了”[③]。并引述托尔斯泰“人们用艺术相互传达他们自己的思想于他人，人们用艺术相互地传达他们自己的感情”的观点，来间接表示自己对文学的“定义”，即“文学是为了要写点什么，因为把作者自己的想像通过了情感，用艺术方法写成的文字”[④]。其文学定义的核心，就是五大要素：文字、思想、情感、想像和艺术。

---

①〔英〕特里·伊格尔顿著：《文学原理引论》，文化艺术出版社 1987 年 7 月第 1 版，第 1 页。

② 郁达夫：《文学概说》，《郁达夫文集》第五卷，第 74 页。

③ 赵景深：《文学概论讲话》，第 3 页。

④ 赵景深：《文学概论讲话》，第 8 页。

老舍《文学概论讲义》第一讲“引言”指出中国人论文存在的三大弊病——从字面上作机械的理解、对古人言论进行断章取义的理解以及专求实效的认识，从而否定了中国传统文论中对文学的定义：“在中国文论诗说里便找不出一条明白合理的文学界说。”①然后引用厨川白村《苦闷的象征》的观点：“文艺是纯然的生命的表现；是能够全然离了外界的压抑和强制，站在绝对自由的心境上，表现出个性来的唯一的世界。”②间接但明确地表明了自己的文学定义的核心指向：文学必与“生命”相联。

姜亮夫《文学概论讲述》第一章“文学的定义”，先是通过“文学与科学”“文学与社会科学”“文学与哲学”“文学与艺术”的比较来凸显文学的特质：文学侧重于精神，是主观的，是“自然地写下”有关“人类心灵里感觉的或突然发出的秘奥”③。在此基础上，以及比较中西各家定义之后，他采用波士顿大学亨德教授的观点：“文学是思想的文字的表现，通过了想象感情及趣味，而在使一般人们对之容易理解，并且惹起兴味的那样非专门的形式中的。”④继而加以具体阐释：“文学的特处，就是在通过想象感情，但是高大的文学是写一般人的感情想象的活跃。倘若为某阶级或特殊情况下的人而写的，便要失其永存、广播的效力，所以必得‘在使一般人对之容易理解，并且惹起兴味的那样非专门的形式中的’，才是真真高而大的文学。”⑤可以说，姜亮夫是以文学的“特处”（特点、特性）来代替文学的“定义”的，并抛出另一个概念——“高大的文学”，以作为对“文学”定义悬置的弥补。

程千帆在《文论十笺》第一篇“章炳麟《文学总略》（论文学之界

① 舒舍予：《文学概论讲义》，第2页。
② 舒舍予：《文学概论讲义》，第7—8页。
③ 姜亮夫：《文学概论讲述》，《姜亮夫全集》二十一，第3页。
④ 姜亮夫：《文学概论讲述》，《姜亮夫全集》二十一，第6页。
⑤ 姜亮夫：《文学概论讲述》，《姜亮夫全集》二十一，第7页。

义）”中的注释部分说：“论文学界义，不得据选家之言为说。”[①]谨案部分又说：“章君所持，则较广之义。以文学得名，本由文字也。然征之载籍，则此四义，固尝各具其用，览者弗审其旨，则必扞格难通，此循诵前文，当加注意者一也。又设自行撰述，于此四义，固得任情择用，然亦必标举宗趣，庶来者无迷其途，此点检己作，当加注意者二也。不尔则道其所道，非吾所谓道，其不陷于缪葛者几希矣。”[②]程千帆列表显示了最广义之“文”—较广义之“文章”—广义之“有句读文”—狭义之“彣彰”（即今人所谓纯文学）这样一个发展脉络。这个从“混”到“析”的判断，其实已彰显了程千帆的文学定义取向。图表最后一行是“彣彰（今人所谓纯文学）”必须具备“内容”和“外形”的特质，而内容可分为“叙事、抒情、说理”，外形则包括“字、句、篇章”。“注释”部分，表示出程千帆持“纯文学”的观点。

（三）明确定义

也有对文学进行明确定义的。例如刘永济在《文学论》第一章“何为文学”第八节“近世文学之定义”说：“概括言之，则文学者，乃作者具先觉之才，慨然于人类之幸福有所供献，而以精妙之法表现之，使人类自入于温柔敦厚之域之事也。”[③]刘永济是在“文化发展”的范围内来讨论文学定义问题的，所以其着眼点很大，从文学的起源（文学起源于宗教、宗教则起于人性需求），到文学的发达（人类有“感乐与慰苦”的诉求），再到文学的作用（教人学识与使人感化），直至最后讲“近世文学之定义”，立意鲜明，由“文学之精神”出发，从作者、创作实践、目标、宗旨等角度，最后聚焦定义。这个定义显现出鲜明的文化性和人类共性的特征。

---

① 程千帆：《文论十笺》，《程千帆选集》，第399页。
② 程千帆：《文论十笺》，《程千帆选集》，第401页。
③ 刘永济：《文学论》，《刘永济集·文学论　默识录》，第20页。

潘梓年《文学概论》“代序”指出：“文学是用文字的形式，表现生命中的纯情感，使人生得着一种常常平衡的跳跃。”又补充说：“文学的内容要充实、真确、自然；文学的形式要精密、熨帖、自在。”[①]潘梓年的这个定义有三层含义：一、文学的形式——文字，这一点是普遍共识；二、文学的内容——人生中的纯情感，这是将一个基本共识高度提炼并明确表达出来；三、文学的目的——使人生得着一种常常平衡的跳跃，这是潘梓年极富个性的创见与表述，是真正将文学置于艺术的领域中进行探讨，这个定义特别富有艺术性。

孙俍工《文学概论》第一章“文学的起源及其性质”之“什么是文学”作如下阐述：“文学是反映着社会现实的生活中情状，从而暗示社会进化的前途，它是通过作者的情感、想像、思想以至于兴趣等等。……文学是没有脱离现社会生活与民众而独立存在的可能，而是作者个人的内面的生活和读者的心的深处起了共鸣的感觉。”[②]并用公式进一步表示：

$$文学=\frac{艺术（思想\times 情感）}{文字}$$

可见，孙俍工的定义比较强调文学的社会性。

应该说，无论是明确定义还是悬置不论，抑或是间接定义，著述者们都试图对文学最本体的定义进行自己的认识与阐述。与中国传统从文字角度阐析相比，这些做法已具备文学理论的现代性质。

二、文学之“思潮”“流派”“主义”“倾向”

“凡文化发展之国，其国民于一时期中，因环境之变迁，与夫心理之感召，不期而思想之进路，同趋于一方向，于是相与呼应汹涌，如潮然。

---

① 潘梓年：《文学概论》，第12页。

② 孙俍工：《文学概论》，第14—15页。

始焉其势甚微，几莫之觉；浸假而涨——涨——涨，而达于满度；过时焉则落，以渐至于衰熄。凡‘思’非皆能成‘潮’，能成‘潮’者，则其‘思’必有相当之价值，而又适合于其时代之要求者也。”[①] 本书所涉十三家讲义，姚永朴、梅光迪、刘永济、马宗霍、郁达夫、潘梓年、孙俍工、老舍和许钦文谈到了“思潮”“流派”“派别”或“主义”。

（一）对固定指称的不满

讲义者们对通行文学理论中的固定指称如“派别”“流派”等感觉不满，并重新依据自己的理解和认知选择某个词汇。如姚永朴对中国传统文论中的“派别说”持反对意见，他认为“派别”是人为制造的（所谓“由末流而生，实根于党同伐异之见”[②]），不符合文学本身的生成规律。在他看来，文学之有韵无韵、用奇用偶都应顺应文学本身表达的需求，强调文学表达的同源和顺乎自然。这里的“源”与“自然”，都是指天地、阴阳、人与自然等的“合一”，烙有鲜明的中国古代哲学与文化印记。而“宗派之说”则与“源”和“自然”相违背，是人为（即“伪”）行为。

“派别”一说在姚永朴处还仅仅是不满，到郁达夫和老舍那儿，就干脆被替代。他们不约而同用“倾向”代指“派别”。他们出于作家的创作实践，认为硬性地强调各派之“别”，其弊端在于太绝对、太机械，他们更看重文学（准确地说是文学作品）内部的倾向。

郁达夫用“倾向”代替“派别”“流派”，从内外两个方面来阐述他心目中的文学之“倾向”。文学的“内在倾向”以时代大环境为基准，分为“过去”“现在”和“将来”三种“生活样式”，文学就有三种“主义”分别与之对应：对应“过去”生活的“殉情主义”、对应“现在”生活的“写实主义”和对应“未来”生活的“浪漫主义”。他认为这三种“主义”

①〔清〕梁启超撰：《清代学术概论》，上海古籍出版社 1998 年 1 月第 1 版，第 1 页。
② 姚永朴：《文学研究法》，第 67 页。

各有利弊又互有相通，但能体现最高“价值”的文学应同时具备写实主义的“基础”、浪漫主义的“新味”和殉情主义的“情调”。文学的“外在倾向”依据文学史的进程，分为古典主义、浪漫主义、自然主义和理想主义。郁达夫指出：“不可以主义来评文学的高低。一种倾向的发生，自有它发生的理由，我们不必违反本心，去趋就主义，也不必故作奇言以自表矫强。”①

老舍之所以认为“派别”之说不妥，是因为“文艺的分歧原是个人的风格与时代的特色形成的，是一种发展，不是要树立派别，从而限制住发展的途径”②。他把中国文学的倾向分为“三个大潮”：秦汉以前的是“正潮”，因为这一时段的文学自由发展、各有特色；秦汉至清末的是“退潮”，这一时段的文学只有摹古没有创新，文学依附于玄学而丧失其独立位置；另有一个“暗潮”贯穿始终，即词、戏曲、小说，可惜其虽有好成绩，但因缺乏理论主张最终未能在文学史和文坛上拥有应该的位置。老舍将中国文学的希望寄托在以白话文学运动为前驱的、当时正在进行的“文学革命”上。对西洋文学倾向的描述，重点讲了古典主义与浪漫主义，关键是老舍从文学“表现”的角度来分析二者的不同。他认为古典主义旁观生命，而浪漫主义则把艺术的关注点移到个人上去。一是外部视角，一是内部视角，从而导致两个派别文学表现倾向的不同。

（二）开掘“人生”的观察角度

“人生”是20世纪中国文学的一大主题，讲义的著述者顺应着这个趋势，开掘出新的角度用以阐释各文学派别的差异。梅光迪从“文学与人生”的角度，揭示“文学之宗旨本欲造一高等人生”③，并以此为理论背景，认为

---

① 郁达夫：《文学概说》，《郁达夫文集》第五卷，第97页。

② 舒舍予：《文学概论讲义》，第103页。

③ 梅光迪：《文学概论讲义》，《现代中文学刊》2010年第4期，第93页。

写实派不加选择、照搬事实、写作态度过于悲观，因此不能“造一高等人生”；而浪漫派则随心所欲、极端自我、过于乐观，因此也不能“造一高等人生”。最后归结到“人生观”层面，认为二者都不足以完成作者理想的文学宗旨。然后选取小说为例，分浪漫派与写实派，强调两派的区别在于方法，属于技术层面，不属于价值评价层面。

刘永济首先言明，自己心目中的西方文学，只有古典主义才是文学的正宗，因其“注重中庸之道德，推崇高尚之理性，专写恒常普遍之人情，而一归于纯正”[①]。在这一认知前提下，他描述浪漫派、写实派、新浪漫派的各自特点，主要辨析写实派与浪漫派，认为其不同之处在于各以“学识”和“情感”为其立足点，两派能“融洽”的原因在于“学识与情感相为表里，而不容偏废”；其共同点则是以“增进人生之至乐”为宗旨，存“文学之真用”[②]。

不管是对西洋文学变迁过程的描述（“古典”“自然”“浪漫”“新浪漫”），还是对中国文学变迁之明、暗两种潮流的揭示，潘梓年最终归结到一个字——“人”。他认为，西洋文学四个流派的演变，就其精神实质而言是一致的，因为它们先后从不同角度挖掘出一个“人”来，一个脱离了神性、兽性而具备人性的人，更关键的是它们的共同指向是“追求一个完美的‘人生’”[③]。认为中国文学的精髓在于“正统文学”之外的“平民文学”，而其“内容”是表现“人间真实的情感”，是把文学从“庙堂”“江湖”引向“人间”。

（三）揭示别样的演进方式

讲义者们主要从文化、思想的角度分析文学流派形成的原因及其特

① 刘永济：《文学论》，《刘永济集·文学论　默识录》，第 88 页。
② 刘永济：《文学论》，《刘永济集·文学论　默识录》，第 89 页。
③ 潘梓年：《文学概论》，第 100 页。

征。马宗霍论述最为详尽，他分类析论中国文学，将其分文、诗、词曲、小说，引述前人观点，依次讲其派别，并将西洋文学分为两大派别——希腊思潮和希伯来思潮，引用厨川白村关于这两大思潮的对照表，详细阐述浪漫派与自然派的不同，但最后否定了以生物进化论来描述文学派别之变迁。孙俍工认为希腊思想尊重现实的精神反映在文学上，就形成自然主义、写实主义，而希伯来思想否定现世的精神反映在文学上，就形成神秘主义。这种分法本就超乎常规，更罕见的是，孙俍工进一步将文艺复兴的中心意义以及近代文学各种派别产生的核心都归原于一点——“灵与肉的运动”，即“在灵肉的方面个人的解放，在灵肉方面的个人的觉醒”[①]，这在其他任何“文学概论”里都不曾见。

（四）辨析某种关系

许钦文辩证分析“主义”和“派”的关系：他认为“主义”在先而“派”在后；“主义”是最初提倡时的“原则”，“派”则是后来人们形成的事实上的结果；“派”既生成“主义”也埋葬“主义”，也就是说，“派”会对初始的“主义”形成事实的反叛，从而产生新的“主义”。这种论证分析基本符合文学史的事实。

三、文学之“情”

讲义者们论文学之“情”，基本分为三种：一是“性情”，二是“感情”和“情感”，三是“情绪”。这三种论述角度对应三种论述的方法和传统。

（一）“性情”是中国文论传统的表述

中国人认为：情，正是人的心理、思想品性的最本真、最深切的表现。喜怒哀乐，情也；而其未发之时，谓之中，也就是性。正如朱熹说

① 孙俍工：《文学概论》，第44页。

的，天下之理皆由此出，是“道之体也”。因此，情和性是表和里的关系。中国人一直将性情相并：“性情者何谓也？性者阳之施；情者阴之化也。”[①]或谓：“性之与情，犹波之与水。静时是水，动则是波；静时是性，动则是情。”[②]可见，中国古典文学理论体系中，“性”“情”本为一体。姚永朴、马宗霍、程千帆采用“性情说”，看似巧合的背后是他们对中国学术的传承：姚永朴为桐城派后期代表性人物，马宗霍以小学、经学为业，程千帆致力于校雠学、历史学、古代文学。姚永朴论“性情”，主要观点是“文章必根乎性情”[③]，特别强调作家的独特个性，有所谓“必独有资禀，独有遭际，独有时世”[④]之说；马宗霍认为在作者之性情、文中之性情和读者之性情中，以作者之性情为本，并讲“性情”的差别在于人的禀赋和遭遇，“性情”的本质是具有普遍性和超卓性，“性情”的表现应该是深厚、节制的；程千帆则引述章学诚《质性》篇，强调“性者本根”在于“以立诚为本”[⑤]。

（二）“感情”和“情感”是最通行的文学理论术语

20世纪文学理论著作中，对“感情”论述最多、最力的当属托尔斯泰

① 刘殿爵、陈方正主编：《白虎通逐字索引》，商务印书馆（香港）有限公司1995年12月第1版，第55页。

② 李学勤主编：《十三经注疏·礼记正义》，北京大学出版社1999年12月第1版，第1423页。

③ 姚永朴：《文学研究法》，第110—111页。

④ 姚永朴：《文学研究法》，第108页。

⑤ 程千帆：《文论十笺》，《程千帆选集》，第519页。

《艺术论》(第一个中译本是耿济之翻译的商务印书馆1921年版)[①]。十三家讲义著述者中，梅光迪、刘永济、赵景深、老舍采用“感情(情感)说”。

梅光迪列出“最高作者之感情”的条件是“合于人类最公共之感情”[②]。刘永济看重情感之“正”，来自“以道德智慧为根基”，而文学的力量则在于，具备“真”且“正”的情感的作者能够发而为文，“能感化人”[③]。赵景深认为情感“无所谓合理不合理，只有是否诚实”，而强调情感的“正当”性[④]。老舍明确“感情是文学的特质”这一事实是“不可移易的”[⑤]。

将文学之“感情”分为作者感情、书中人物感情和读者感情，并认为作者感情最为重要，成为一种普遍认识。梅光迪在《文学概论讲义》第四章“文学与情感”中说：“感情有三，即作者之感情、书中之感情与读者之感情是也。此三者难分轻重。要之，读者之感情生于书中之感情，书中之感情生于作者之感情。由根本推测之，则以作者之感情为最重要。”[⑥]刘永济《文学论》第四章第三节“文学与情感”中提到“作者之情”与“感者之情”(这里的“感者”即“读者”)，后又在同章第五节“精神”里提出“作品之精神”，至此，“作家”“作品”和“读者”都已出现。马宗霍《文学概论》外论第四章“文学与性情”，将“性情”二字拆开看，指出“情为性之

① 托尔斯泰的“艺术情感说”涵盖极广，包括艺术的起源(“艺术起源于一个人为了把自己所体验的情感传达给别人，就重新唤起自己心中这份情感，并用某种外在的标志表达出来”)、艺术的定义(“艺术是一项目的在于把人们所体验到的最高境界、最为美妙的情感传递给其他人的人类活动”)、艺术的感染性(“艺术感染性的多少取决于以下三个要件：(1)所传达的情感有多大的独特性；(2)这种情感的传达有多么清晰；(3)艺术家的真挚程度，换言之，艺术家自己体验他所传达的感情的力量如何”)。参见〔俄〕托尔斯泰著，张昕畅等译：《艺术论》，中国人民大学出版社2005年9月第1版，第40、57、132页。

② 梅光迪：《文学概论讲义》,《现代中文学刊》2010年第4期，第91页。

③ 刘永济：《文学论》,《刘永济集·文学论　默识录》，第65页。

④ 赵景深：《文学概论讲话》，第26—29页。

⑤ 舒舍予：《文学概论讲义》，第46页。

⑥ 梅光迪：《文学概论讲义》,《现代中文学刊》2010年第4期，第91页。

动，文为情之饰，一切文学，无非发自性情”，再“析而言之，有作者之性情，有文中之性情，有读者之性情，此三者本一体之歧，而读者之性情实从文中之性情而生，文中之性情又从作者之性情而生，追源溯始，仍当以作者之性情为本”[①]。孙俍工《文学概论》第四章之“文学的情绪（情感）”里将“情绪”看作是与“理智”相对的东西，也将之分为三个部分，即作者的情绪、作品的情绪和读者的情绪。

（三）“情绪”是极具现代性的一个语汇

提出“情绪”的知识背景是现代心理学。孙俍工将“情绪”本质分为失意的、愉快的、非我的和普遍的，将“情绪”的表达方式分为直泻式、动荡式和回旋式，并强调“情绪是文学的最重要的要素，是其始又是其终的”[②]。姜亮夫直接把文学“情绪”置于“心理学观的文学”这一节之中，从“心理学”角度阐发文学起源在于“自我表现的冲动”“对他表现的冲动”以及“求美的冲动”，而其中“自我表现的冲动”是文学生成的主因，因为文学本就是“作者生命力的表现”[③]。

四、文学之“真实”与文学之“模仿”“模拟”

“史诗、悲剧、喜剧、颂神诗，以及大部分笛子和弦琴底乐曲——所有这些，从它们最一般的观点看来，都是模仿。可是，又从三方面，按照它们模仿底不同的手段，不同的对象，或不同的方式互相区别开来。”[④]亚里士多德的“模仿说”是讨论艺术起源的本质问题，属于本体论范畴。而“模仿”“模拟”到了中国的语境里，便成了讨论艺术创造的具体问题，属

① 马宗霍：《文学概论》，第56—57页。

② 孙俍工：《文学概论》，第106页。

③ 姜亮夫：《文学概论讲述》，《姜亮夫全集》二十一，第17页。

④〔希〕亚里士多德著，天蓝译：《诗学》，新文艺出版社1953年3月第1版，第3页。

于文学创作论范畴。周作人曾针对中国新文学不会、不肯模仿的状况，专门介绍日本小说模仿的高超：“不只模仿思想形式，却将他的精神，倾注在自己心里，混和了，随后又倾倒出来。”[①]但中西方之“模仿”“模拟”又都与文学的“真实性”问题相关联，故置于一处讨论。本书所论十三部讲义中，有过半的专著以专章、节的形式谈到上述问题。

（一）梅光迪《文学概论讲义》第七章“模仿与创造”

梅光迪将这两种文学创作的方法并提，但却以如下的逻辑顺序进行论述：“模仿之初步”—“模仿以助创造”—“模仿之流弊”—“创造之流弊”。可见在梅光迪的文学视域中，“模仿”是文学创作的基本与基础的方法（“美术与文学非模仿不为功，文学之格律，不模仿更无下手处”[②]），“创造”是较高层次的方法（其实就是“模仿+天才”）。“模仿”与“创造”各有流弊，前者在于抄袭成风，以致文学发展停顿，后者则以浪漫派两大弊病为例：第一，忽视知识理性、反对人伦常理，导致真理消亡；第二，思想退化、闭门空造、流于模仿，背离创造的真义。

（二）刘永济《文学论》第四章“文学与艺术”第六节“创造与摹仿”

首先明晰二者间的关系是“创造生于摹仿”[③]，然后指出二者各自的实质：“摹仿”的实质是深层次地探索“人情物态”，而“创造”的实质是对“人类精神”有所贡献[④]。由“摹仿”至“创造”的关键是在文学中显示“精神”。最美的文学应该是既能师法古人，又有自己之情意在内，从而能够做到“创造摹仿浑然难分，而美在其中”[⑤]。

---

① 周作人：《日本近三十年小说之发达》，《中国新文学大系　第一集　建设理论集》，上海良友图书印刷公司1935年10月第1版，第283页。

② 梅光迪：《文学概论讲义》，《现代中文学刊》2010年第4期，第94页。

③ 刘永济：《文学论》，《刘永济集·文学论　默识录》，第73页。

④ 刘永济：《文学论》，《刘永济集·文学论　默识录》，第74—75页。

⑤ 刘永济：《文学论》，《刘永济集·文学论　默识录》，第78页。

（三）潘梓年《文学概论》第一讲“鸟瞰中的文学”

整讲包含六节，都是围绕一个字——“真”来进行的。前三节论“真”之为何，后三节论如何为“真”。第一节“艺术与科学为求真的两条大路”，潘梓年论述文学作为艺术的一种，以人生为中心，求其“主观方面的真”，准确而言是求人生“渐于‘精’‘确’的情感”；而艺术求人生之“真”，目的是“提高人生”[①]。第二节“真实并非实在”，就是辨析一组关系：“真实”与“实在”。潘梓年作如下区别：“实在”是“混杂的，散乱的”以及“表面上的，破碎的”，而“真实”则是“纯粹的，清晰的”以及“深入的，完整的”[②]。可见，这两者其实是分别意指艺术之“真”与生活之“真”。第三节“求真情和求真知的异点”，是将第一节里所讲的艺术与科学在“求真”上的差异性再度明确一下，那就是：艺术求人生之“真情”，科学求人生之“真知”。

（四）老舍《文学概论讲义》第十四讲“戏剧”

明确指出“现代戏剧的发展是在表现真实方面”[③]。老舍从两个层面去理解“真实”：一是“结构”层面，他将“结构”定义为“极经济的从人生的混乱中捉住真实”，正是因为有了“极经济的”这样一个选择过程，所以戏剧里的“真实”是“多于生命的”[④]。这里的“多于”不是就“量”言，而是就“质”（质量、质地）来说，更加凝练、厚重。二是“言语”层面，老舍认为“戏剧中言语的演变也是以表现真实为主”[⑤]。

（五）许钦文《文学概论》“总论”部分第十四讲“真实性”

首先解释“真实性”：“所谓真实性，并非一定要所写的故事，原是真

① 潘梓年：《文学概论》，第 19 页。
② 潘梓年：《文学概论》，第 21—24 页。
③ 舒舍予：《文学概论讲义》，第 160 页。
④ 舒舍予：《文学概论讲义》，第 162 页。
⑤ 舒舍予：《文学概论讲义》，第 164 页。

的事迹；只要形成这故事的各项情形是实在的就是了。”[①] 这就解决了文学理论中一个很关键的问题：文学“真实性”与客观真实的关系及区别。客观真实是实际存在，而“真实性”着重强调的是“性”，即属性、性质、倾向。许钦文将文学“真实性”的显现落实在“经验”上：“一篇文学作品的真实性的程度，要看作者的经验丰富不丰富。……所谓经验，并非经历到的事情就都是。要善于观察，才可以把所经验到的事情变作经验。……要把一件事物观察清楚，必须先有了学理上的研究。”[②] 学理研究是知识层面的准备（即“知”），观察事物是实践方面的行为（即“行”），经验获得是个人体验的总结（即“意”），最后才是文学“真实性”的呈现。许钦文在此看到了“知、行、意”的内在统一对于文学独有品质“真实性”的重要性。

（六）姜亮夫《文学概论讲述》第一编“通论之部”第二章“内质”第四节“文学的特征”第三项“文学的‘真’‘美’”

首先阐明文学之“真”的特殊性：与科学相比它是“属于感情的”，是“静默地，幽深地，概括地，不可分析地，有点神秘性地”，是“意长而味永”的[③]。然后辨析文学之“真”与“实在”的关系：“实在”是“破碎混杂而不完整清晰”，文学家对此进行“淘汰”，最后保留下来并予以表达的就是“可以动情的真的实在”[④]。可见，姜亮夫认为，“真”与“实在”的区别关键在于是否有“情”的存在。

（七）程千帆《文论十笺》第八篇“刘知几《模拟》（论模拟与创造）”

其实是讲史传文学写作者如何师法古人。刘知几认为这种“模拟”是必须、必然的，但他将之分为两种：“貌同而心异”和“貌异而心同”。这

---

① 许钦文：《文学概论》，第 49 页。

② 许钦文：《文学概论》，第 50 页。

③ 姜亮夫：《文学概论讲述》，《姜亮夫全集》二十一，第 67 页。

④ 姜亮夫：《文学概论讲述》，《姜亮夫全集》二十一，第 67 页。

里“貌”是指文学所呈现的形式，“心”是指文学所表达的内容、秉持的精神。程千帆在“注释”中表示“学古当取心遗貌”①。在这篇后面的“谨案”中，程千帆就“模拟与创造之关系”，着重阐述三个问题：一是“学习之程度”，他指出从“学习程度”而言，“模拟”适合“初学”阶段，用来打基础，而“创造”则适合“成学”阶段，以达到为学顶峰。二是“事理之异同”，他指出“事理之异同”是客观存在的，但具体情况又十分复杂，“或古具而今同，或古无而今有；或古之所异，而今则为常；或古别有义，而今失其旨”②，因此提示人们在是否模拟古人和如何模拟古人这个问题上，切忌“昧然泥古”与“犷然谋新”两个极端，而应做到“圆融”。三是“模拟与创造之界说”，否定一味、绝对的“模拟”或“创造”，而是以“心貌之离合”为评定标准，认为“合多离少，则曰模拟；合少离多，则曰创造”。最后，程千帆总结本篇：“为文之道，不外心貌二端。”③对刘知几提炼出的“心貌说”深表认同。

五、文学“批评”

“文学批评既是察往，又是知来。”④“‘批评’这个词又是如何至少是部分地取代了‘诗学’的？……这个过程与一种普遍的批评精神及其传播有关，这种精神包含了一种逐渐增涨的怀疑主义，对权威和陈规的不信任；稍后，还有一种对趣味、情操、情感以及 je ne sais quoi（法语，大意为‘只可意会，不可言传’）等的祈求有关。”⑤

① 程千帆：《文论十笺》，《程千帆选集》，第 609 页。

② 程千帆：《文论十笺》，《程千帆选集》，第 611 页。

③ 程千帆：《文论十笺》，《程千帆选集》，第 613 页。

④ 朱自清讲授，刘晶雯整理：《朱自清中国文学批评研究讲义》，天津古籍出版社 2004 年 2 月第 1 版，第 1 页。

⑤〔美〕韦勒克著：《批评的诸种概念》，四川文艺出版社 1988 年 1 月第 1 版，第 33 页。

批评，在中西方的文学理论体系中占据如上所示的重要地位。但十三部讲义中，以专章、节形式谈到文学批评的只有赵景深和老舍。那么，他们对此的理论见解就十分重要。

（一）对“文学批评”进行定义

赵景深将“文学批评”与“文学论”并举地看，首先指出二者间的紧密联系，是“分不开的，其实是一而二、二而一的东西”，然后辨析其间的区别：“在叙述上，文学论以问题分，而文学批评以时代和类别分。”① 这里的“文学论”，其实就是指“文学理论”。结合赵景深《文学概论讲话》的章节设置看，第一至第十讲，讲文学的定义、特质、要素、形式、起源，以及文学与语言、时代、国民性、道德的关系，其实就是他所谓的“文学论”，紧接着就是第十一章“文学批评论”。应该说，这种见识倒与韦勒克《文学理论》（写于 1944 年，1948 年完成，1949 年出版）里的关于文学研究的三分法（文学理论、文学批评、文学史）有异曲同工之妙。韦勒克认为，文学批评“在更狭窄的含义上是指对具体文学作品的研究，重点是在对它们的评价上”②。

老舍对“批评”的定义简洁明了：“所谓文学批评者，就是文学讨论它自身。”③ 凝练出批评的两个要素：“哲学的”成分体现在联络部分和全体，从而使文学批评由批评文学之特别上升到批评人生之普遍；“历史的”成分作用于文学批评的历史演进方面。他将文学批评与“生命”联系起来：“文学批评是解释文学的，所以它也可以由解释文艺到解释生命上。”④ 并揭示出文学批评的功能在于指导文学与社会。最后辩证分析批评者与创作者之间

① 赵景深：《文学概论讲话》，第 102 页。

②〔美〕韦勒克著：《批评的诸种概念》，第 43 页。

③ 舒舍予：《文学概论讲义》，第 132 页。

④ 舒舍予：《文学概论讲义》，第 143 页。

的关系：一方面是创作家的骄傲与批评者的权威之间容易形成冲突；另一方面，批评者应持一种“以我就文艺”[①]的态度，从而使批评也成为一种与文学对等的艺术创作。

（二）对“文学批评”进行分类

赵景深先将“四库全书总目之说”中的“批评”分类（“究文体之源流而评其工拙”“第作者之甲乙而溯厥师承”“讲陈法律”“旁采故实”“体兼说部”）与西方“批评”一一对应，认为第一类（“究文体之源流而评其工拙”）如刘勰《文心雕龙》是推理批评和裁判批评的混合，第二类（“第作者之甲乙而溯厥师承”）如钟嵘《诗品》是裁判批评和归纳批评的混合，第三类（“讲陈法律”）如陈骙《文则》是推理批评，第四、五两类（“旁采故实”与“体兼说部”）如徐釚《词苑丛谈》与魏庆之《诗人玉屑》是传记批评，唯独缺少“自由批评”[②]。

赵景深糅合莫尔顿和宫岛新三郎的说法，将文学批评分为五类：第一，裁判批评。他列举亚里士多德《诗学》的例子，特别强调亚里士多德的《诗学》其实就是“文学理论”，并针对后世将《诗学》定为经典的现象，辨析文学批评上“客观”与“主观”的问题：亚里士多德写《诗学》，本来是“客观”批评即“鉴赏”，但后人引之为经典、加诸一切之上而为准则，就是陷于武断的主观，即为裁判批评。第二，科学批评，以泰纳为例，认为他以写实批评为主导，其经典理论就是在《英国文学史》中提出著名的“种族、环境、时代”三要素说。第三，伦理批评，以托尔斯泰为例，阐述其主张以基督教教义为标准衡量一切文学。第四，鉴赏批评，是与裁判批评相对立的一种批评，它“对于作品不主张严厉地批判，而是把作品

---

① 舒舍予：《文学概论讲义》，第 145 页。

② 赵景深：《文学概论讲话》，第 108 页。

当作一个整体来欣赏玩味”，以阿诺德“泯除偏见”“泯除国界”[①]为其标准，举王尔德为例。第五，社会批评，很明确指“新俄”(即1917年十月革命之后的俄罗斯)的文学批评，以托罗兹基、瓦浪斯基、玛伊斯基、列列维支、卢那卡尔斯基以及布哈林为例。

老舍采纳莫尔顿的方法，将批评分为理论的批评、归纳的批评、判断的批评与主观的批评，并对每种批评都进行诠释。他认为理论的批评“好似文学中的哲学，它是讲文学原理的”[②]，并以亚里士多德《诗学》为例，指出其缺点是“缺乏美学的讨论，与用心理作用说明文学的功能与构成”，因此常常成为“文学革命的宣传者”而忘记文学自身[③]。归纳的批评有两个缺点：一是过于“细细分析内容”而导致批评家“以他自己的思想来解释作品”，从而造成批评“太机械的毛病”；二是“以环境时代来解释文学”，则又“太注重作者”。这两个缺点产生的后果都是忽视“文学的本身”。而归纳批评的好处，在老舍看来，应该是一种正确的方法的形成，即“基于分析观察以便解释”直至“文学理论的形成”[④]。老舍定义判断的批评为“批评者自居于审官的地位而给作品下的评判”，它缺乏历史观，拒绝“新的作品”和“新的学说”，是“极褊狭的，而且很有碍于文学发展”[⑤]。对于主观的批评，老舍最为认可，指出其基础是读者对作品的“爱不爱”，是“以批评者为主”的文学批评，可贵之处在于这种批评的“文字是美好的”，因而具有其独立的“文学价值”[⑥]。

比较赵景深和老舍对于批评的分类，可见：他们都基本否定裁判批评

---

① 赵景深：《文学概论讲话》，第142—143页。
② 舒舍予：《文学概论讲义》，第133页。
③ 舒舍予：《文学概论讲义》，第135页。
④ 舒舍予：《文学概论讲义》，第137页。
⑤ 舒舍予：《文学概论讲义》，第139页。
⑥ 舒舍予：《文学概论讲义》，第139页。

（判断的批评），最为认可的是鉴赏批评（主观的批评）。主要依据还是批评对于文学作品本身是否产生损伤。不论是赵景深申明批评必须基于“主观”态度，还是老舍一再强调批评要返回“文学自身”，都是对文学及其创作者、欣赏者、批评者独立作用与价值的尊重。

（三）对文学批评的意义和功能有自己的认识

赵景深和老舍不约而同采用了马修·阿诺德的批评分类法。马修·阿诺德的人生批评论属于实证主义文论范围。受实证主义影响，他吸取泰纳的社会学观点，提倡“人生批评论”。对于“批评”，他强调：诗人应该理解人生和世界，文学创造必须具有人的力量和时机的力量，批评的任务应该是超然无执。老舍指出：“批评有两个原素：哲学的与历史的。”[①]“哲学”要素使得文学批评本身要成为“文学的哲理”，“历史”要素则要求文学批评能够“指导文学与社会”，从而起到文学批评的两个功用：“解释文学”和“解释生命”[②]。

由上可见，文学批评尚未引起当时文学理论界的普遍关注。这跟中国根深蒂固的诗文批评传统有一定关系。新的理论样式在进入之初，便遭受到这样的冷遇。即便如此，上述讲义者也已迈出现代批评的一步，意义非凡。

六、文学“革命”

对于“革命文学”理论的介绍或评述，无一例外都出自新文学的直接参与（创造、传播或接受）者之手，分别是郁达夫、潘梓年、孙俍工和老舍，并且他们讲授和著述的时间都集中在1925—1931年这几年间。

“革命文学”能够在1925年开始进入文学家的理论视野，有其必然的

① 舒舒予：《文学概论讲义》，第142页。
② 舒舍予：《文学概论讲义》，第143页。

社会历史原因。这一年，国内斗争空前高涨。中国共产党召开四大，进一步扩充力量、明确目标，国民党内部却分歧加剧；孙中山去世引发全国上下思考“该往何处去”，全国工人罢工、学生罢课、商人罢市；国民革命军东征、国民党二大代表的选举……各种力量的角斗，预示着中国的道路选择必将与腥风血雨相连。而1931年之后就不再出现“革命文学”，是因为阶级矛盾让位于民族矛盾，“国防文学”取代“革命文学”在文学理论中的聚焦地位。

（一）郁达夫与“革命文学”

郁达夫在其讲义第五章“文学在表现上的倾向”中将“现代欧洲的凡带有社会主义色彩的文学”[①]都作为理想主义文学的体现。他解释“理想主义的倾向”为“由人类自家的思想里，造出一个人为的目的概念出来，使人类的生活，全部得遵奉着这一个目的而进行”，明确“理想主义”的两个前提：“第一就是人类是有向下的倾向的，若任其自然，放置不顾，则人类必至渐渐退缩，终于灭亡。第二就是人类虽没有独自完成的力量，然而借了他力以向上进步的欲求，是谁都有的。”[②]以此为依据，指出理想主义文学范围极广，以至于无论什么时代，都有广义的理想主义文学。但具体到此处所论的“理想主义文学”，他示意有两个“特异的倾向”：“第一就是对于现在生活的很坚决的否定，第二就是对理想实现的排他的热意。”[③]最后，揭示“理想主义”及其文学产生的社会心理因素：“第一，当人心稍觉衰落，感着一种倦怠的时候，这时候会发生很和浪漫主义近似的理想主义。第二，当一时代的生活全体极端的压迫个性的时候，这时候个性因为不能与现实

---

① 郁达夫：《文学概说》，《郁达夫文集》第五卷，第97页。
② 郁达夫：《文学概说》，《郁达夫文集》第五卷，第95页。
③ 郁达夫：《文学概说》，《郁达夫文集》第五卷，第96页。

妥协，所以非要把现状打破，全力倾注在未来的理想上不可。”[①]第一点像起因，第二点更接近于出路。现代欧洲的社会主义文学（即“革命文学”）是出于人心的“衰落”与“倦怠”，更是出于“不能与现实妥协”“要把现状打破，全力倾注在未来的理想上不可”的革命意志。

郁达夫通篇虽未使用“革命文学”的字样，但他所谓“带有社会主义色彩的文学”就是“革命文学”。在《文学概论》前后的几部理论著作和评论文章里也能看出“革命文学”的踪迹。《戏剧论》（1926）第五章“近代生活的内容”中，郁达夫将近代社会批评剧概括为三大主题——“富豪与贫民的对立”“民族斗争”和“性的问题”[②]，前两个就是“革命文学”，分别指向阶级斗争和国族斗争。《文学上的阶级斗争》（1923）中提到了俄国无产阶级，郁达夫用“新理想主义及新英雄主义的运动”来指称“革命文学”，并断言“二十世纪的文学上的阶级斗争，几乎要同社会实际的阶级斗争，取一致的行动了”[③]。而1927年之后，郁达夫对“革命文学”的推介不再含糊，他频繁使用“无产阶级”乃至“社会主义”这样明确的词汇，如《无产阶级专政和无产阶级的文学》（载于1927年2月《洪水》）、《〈鸭绿江上〉读后感》（载于1927年3月《洪水》）、《农民文艺的提倡》（载于1928年3月《奇零集》）、《农民文艺的实质》（载于1927年9月《民众》），直至1937年正式宣告：“中国文化将来是要带着社会主义的色彩而生长起来的。”[④]可以说，郁达夫的文学观高度契合着现代文学发展的脉搏：文学革命（或称“人的文学”）—革命文学（或称“阶级的文学”）—抗战文学（或称“民族的文学”）。在创作上与此呼应的，是《春风沉醉的晚上》讲

① 郁达夫：《文学概说》，《郁达夫文集》第五卷，第96—97页。

② 郁达夫：《戏剧论》，《郁达夫文集》第五卷，第56页。

③ 郁达夫：《文学上的阶级斗争》，《郁达夫文集》第五卷，第137页。

④ 郁达夫：《中国文学的变迁》，《郁达夫文集》第七卷，花城出版社1983年9月第1版，第24页。

“我”与住在隔壁的烟厂女工陈二妹虽同病相怜却“发乎情止乎礼”的故事，但“天涯同命”只是故事的外套，思索人物（底层知识分子和底层工人）的出路才是此文的意指及其在现代文学中的重要价值。

（二）潘梓年与“革命文学”

潘梓年《文学概论》正文部分共五讲，涉及“革命文学”的就有三讲，分别是第二讲、第三讲和第四讲。第二讲“内质与外形”之“内质”部分，潘梓年激赏易卜生“写出两性问题、新旧思想问题、阶级斗争问题等问题剧”①，认为其作品足以代表时代的思潮和运动。第三讲“文学中理智的要素”，在辨析“文学和主义”关系的基础上，主要接受“革命文学”中的宣传论，肯定了文学为“主义”做“宣传”的作用与价值②。第四讲“文学的变迁及派别”，潘梓年揭示了文学发展的一个趋势，即“社会革命狂风骤起，在文坛上，无产阶级文学的呼声又甚嚣尘上了”③，说明潘梓年将“革命文学”与古典主义、浪漫主义、自然主义、新浪漫主义等，同视为影响一代的文学流派。

（三）孙俍工与“革命文学”

孙俍工《文学概论》第三章“文学的派别及其转变”里，最后两讲分别是“社会主义倾向的文学”和“新理想主义的文学”。出人意料的是，孙俍工将劳伦斯的作品归入“社会主义倾向的文学”行列，并称赞其“张眼看起赤裸裸的人生”④，而用“新理想主义的文学”指代俄国“普罗文学”，其特点是“民众化”和“群众主义”⑤。在第七章“文学与社会”里，他认为普列汉诺夫最能从社会学见地解释文学的观点，并指出社会文学的两个

① 潘梓年:《文学概论》，第 58 页。
② 潘梓年:《文学概论》，第 82 页。
③ 潘梓年:《文学概论》，第 100 页。
④ 孙俍工:《文学概论》，第 73 页。
⑤ 孙俍工:《文学概论》，第 74 页。

特质：一是“反抗现代社会的支配观念”，二是“社会解剖的或批评的实质”[①]。孙俍工在承认社会文学“含有阶级性”的基础上进一步指出，社会文学不应局限在“助长阶级利己的精神”，而应“表现新兴阶级的情感和意识形态”，甚至“更进而探讨当时的人间痛苦与扰乱社会的文明的问题”[②]。细析可发现，孙俍工这里的“社会文学”“社会主义文学”“新理想主义文学”的概念，其内涵和外延都与现行一般说法存在差异。他所谓“社会文学”“社会主义文学”更多是指反映一定社会问题（包括阶级问题）的文学，所以将劳伦斯纳入其中；他所谓“新理想主义”却是指苏联的无产阶级文学，所以推普列汉诺夫为代表。

孙俍工之所以能提出并阐论“革命文学”，与其经历相关。他曾参加“工学会”（成立于1919年），呼吁建立一个人人劳动、手脑并用、没有剥削的社会。这是阶级意识在社会实践中的体现。

其文学创作亦反映这种革命意识，只不过他的“革命”相较于阶级性而言，更多是社会性，其指向性也更宽泛。《隔绝的世界》表现多重“隔绝”——富人与穷人在生活与精神上的隔绝、人之现实与梦幻的隔绝、残酷之生死与爱美之艺术的隔绝；《家风》通过描写一个节妇几十年孤寂悲哀的生活来直指忠孝节义的无情残酷以及被压迫者的“安命守己”；《海的渴慕者》中，青年执念于人类的“罪恶”，摆脱影子们（象征国家、爱）的羁绊，最终蹈海。所以夏丏尊认为尽管孙俍工的小说里有“愤世不平的色彩”“狂叫改革的调子”，但究其实质，还只是一个“人道主义者”[③]。“人道主义”与真正的“革命”还是有相当差距的，这个差距也能说明为什么孙

① 孙俍工：《文学概论》，第163页。

② 孙俍工：《文学概论》，第164页。

③ 夏丏尊：《海的渴慕者·序》，《海的渴慕者》，民智书局1924年4月版，第1—2页。

佷工在《文学概论》里会将苏联的无产阶级文学称为“新理想主义”，而将英美一些深度反映现实的文学称为“社会文学”“社会主义文学”，实在是此时的他对“革命”“阶级”“政治”了解不深。这种理论误见是那时知识分子的普遍状况。

（四）老舍与“革命文学”

老舍《文学概论讲义》对“革命文学”基本持批判态度。老舍指出，从俄国传入的“革命文学”，其立足点是唯物史观和经济史观，是已握有政权的无产阶级为扫除有产阶级而做的革命工作之一，是附属于阶级斗争的。老舍更指出这种“革命文学”作为现代文艺思潮，理论手段却很陈旧，跟柏拉图《理想国》“以文艺放在政治之下，而替政治去工作”的观点，以及中国的“文以载道说”一样，都是“拿文艺为宣传的工具”[①]。老舍批判了“革命文学”的文学工具论思想，断言“以文学为工具，文艺便成为奴性的；以文艺为奴仆的，文艺也不会真诚的伺候他”，而当时文坛则是空有理论，即“现在我们只听见一片呐喊，还没见到真正血红的普罗文艺作品”[②]。

（五）许钦文与“革命文学”

许钦文是谈论“革命文学”最多的一个。其《文学概论》共分四大块：引言、总论、分论和余论。除“分论”部分外，其他对“革命文学”均有涉及。

“引言”部分，许钦文驳斥那些认为“研究了文学，会得赤化起来，所以不要文学”[③]的观点，他认为“现代的文学，固然可以做成功共产主义的宣传品，所谓赤色文学。但这只是共产主义者利用文学的结果；文学的

---

① 舒舍予：《文学概论讲义》，第 39 页。

② 舒舍予：《文学概论讲义》，第 40 页。

③ 许钦文：《文学概论》，第 1 页。

本身，并没有着赤色白色的关系”[1]，否定了文学与阶级性质的完全等同。但许钦文又接受了文学武器说，认为这是古已有之并符合现实国情的，并将之创造性地提升到反抗“侵略”的地位：“现在已有人把文学明白算作武器的，所谓艺术的武器；这实在也是古已有之的见解。……现在我们，‘文化侵略’是早已被实行的了，文学的武器，不是迫切需要的了么？”[2]

“总论”之“发生文学的原因”中，许钦文将“革命文学”的产生归结为“苦闷的原因”，又分为三种情形：一是因为环境恶劣而进行革命，所以产生“革命文学”；二是在革命失败后将一种负面的情绪抒发出来，因此形成又一种意义上的“革命文学”；三是无法复制已经成功的革命，于是将对革命的“喜欢的追慕”的感情表达出来，形成另一种意义的“革命文学”[3]。“总论”之“文学的派别”里，许钦文提到“新写实主义”及“新写实派”，认为其“新”就是“采用社会主义的思想、集团行动的事迹”，但也指出这一“主义”及其“派”的力量还不强大，“还不曾普遍，只是在已经成功了社会主义大革命的国家在产生”[4]。

“余论”之“文学同生活”中，许钦文谈到作家创作的主观意愿和客观结果，认为其主观意愿是“抵抗苦痛，谋自己的快乐”，但客观结果往往影响很大，起到了“唤醒”“指导”群众，并为之“谋幸福”的作用[5]。这里虽未直接提“革命文学”，但“群众”的称谓和指向，“唤醒”“指导”“谋幸福”等作用的体现，都表现出“革命文学”的一些因素。“余论”之“作品一班”里，在谈到高尔基时，许钦文评价其“后期作品，是已由人道主义转到了集团主义的”，这里所谓“集团主义”就隐含了社会主义、无产阶

① 许钦文：《文学概论》，第 4 页。
② 许钦文：《文学概论》，第 4—5 页。
③ 许钦文：《文学概论》，第 21 页。
④ 许钦文：《文学概论》，第 59—60 页。
⑤ 许钦文：《文学概论》，第 121 页。

级的影子。

综上，尽管“革命文学”未能成为所有讲义的共同关注点，但以上讲义者已从不同角度开始阐析其原因、论述其价值意义，并在文学创作中形象表达。尽管存在一些理论误见，但这恰是当时中国文学及文学理论界对“革命文学”接受的最初样貌，与20世纪50年代后统一的政治话语体系不可一概而论。

第二节　时代主题一：“文学与人生”

中国现代文学确立自身基本内容和品格的宣言式文章是《人的文学》，而中国第一个文学流派——文学研究会，又“被称为文艺上的‘人生派’”[①]。那么，有关文学的理论书写，集体聚焦于“文学与人生”这一话题也就顺理成章。所论十三家讲义中，有五家列专门章节讲到“文学与人生”。其中，吴宓干脆直接以之为名，另外四家则用不同篇幅予以讲述。

刘永济《文学论》第五章“文学与人生”包含九节，其实是讲五个问题：一是“文学”对“人生”的作用何在，二是中国“文学”在表现“人生”方面的偏失，三是“文学”表现何种“人生”，四是不同“文学”流派分别怎样表现“人生”及其优缺点，五是“文学”家及其作品与“人生”的关系。首先回答“文学”对“人生”的作用的问题，刘永济一言以概之：“求乐”，即求人生之乐。紧接着以“求乐”为标准来衡量中国文学，刘永济指出中国历代尊经，强调的是文学家在“道德智慧”方面的因素，故文学往往重事理而少情趣，也就是与“求乐”标准相违背。在正（正面陈述观点——“求乐”标准）、反（反面示例——中国文学）两方面阐述之后，

---

① 茅盾：《中国新文学大系　第三集　小说一集·导言》，《中国新文学大系　第三集　小说一集》，第18页。

刘永济进入议题的内核，即“文学”表现何种“人生”，他认为应该具备两个要素：“具体的”和“拣择的”。在“具体的”方面，刘永济除了强调要表现人生具体的“因果关系”，强调要“创造较高之人生”达到“引起人之同情”[①]的目的，更富有创见地提到“实际之人生”与“创造之人生”这两个不同的概念。这在以后通行的文学理论中，其实就是生活之真实与文学之真实的关系，或者说是现实与真实的关系。在“拣择的”方面，他强调要那些具有关系重大而又有价值的人生，并再一次提到因果关系。在明确了表现内容之后，刘永济阐论了“近世文学上之两大派”（写实派与浪漫派）在表现人生上的共同点，即“增进人生之至乐”，然后讲这两派各自的“长短”，根源在于它们“各执其一端以为文学之基础”：浪漫派偏于“情感”，写实派偏于“学识”[②]。最后探讨“文学”家及其作品与“人生”的关系，认为文学家之异于常人者在于他们能细微体察“人情物态”，只有“理较全、情较正，而表现复精巧”的文学作品才能“传世亦较广大而悠久”[③]。

梅光迪《文学概论讲义》第六章“文学与人生”解答三个问题：“文学”该表现何种“人生”、“文学”如何表现“人生”以及当下之“文学”能否真正表现“人生”。对第一个问题，梅光迪的答案是“文学为选择的人生”。所谓“选择”，一是从素材角度看，因为“人生之事实夥而且难”，不能全部表现于文学，必须进行两步走——“考察其内情”和“选择有文学价值者”，这样经过筛选的文学可被称为“文学之标准”。相对于“标准”，梅光迪特意举了两个例子来反衬之，即写实主义（写实派）文学与浪漫主义（浪漫派）文学。前者将人生看得过低、片面描写，因而“极端悲观”；后者将人生看得过高、浮泛描写，因而“极端乐观”。两者都因为不

---

① 刘永济：《文学论》，《刘永济集・文学论　默识录》，第 86 页。
② 刘永济：《文学论》，《刘永济集・文学论　默识录》，第 89 页。
③ 刘永济：《文学论》，《刘永济集・文学论　默识录》，第 95 页。

“选择”而失之偏颇。接下来就是如何表现的问题，梅光迪指出既然是“文学”，即一种艺术表现，那么其方法应该是“非自然的”。他强调的是文学“创作”中的苦心孤诣、惨淡经营，以及文学呈现方式的因果、次序等。但所谓“不自然”只是一种人工的艺术手段，其本质却“亦即自然”，因为“文学”是“合于人性中最高一部分之要求”的，人性即自然。最后一个问题着眼于当下，批评中国当时的“新文学”，认为白话文谋寻“所谓文学普遍者”，其实是“降格以求，实不明文学真义”。梅光迪再三强调的文学之“真义”(在其他地方也说成是文学之“宗旨”)，就是指文学是用来创造一“高等人生”，并借此来指导人生的[①]。梅光迪的这种“文学与人生”观带有鲜明的新人文主义的印记：“新人文主义显然有其突出的精神内核”，这种精神内核和价值观念可以被概括为“以体恤人、改造人、提升人为本位的更广泛和更深刻意义上的以人为本观”[②]。

马宗霍《文学概论》“外论”部分第七章“文学与人生”，其实讲两层意思：文学该表达什么样的人生、文学家应持什么样的人生观。第一层首先确认“文学为选择之人生”，所以文学家的第一步就应该是“考察人生”；然后从“人生”“文学”的属性（“人生属于时间，而文学属于论理”）出发，指出“文学为论理之人生”，因此强调“论理次序”“因果关系”。第二层认为文学既可以表现“个人之人生观”，其实是从消极厌世者的角度出发，认为文学有助其抒发的功能；文学又可以表现“社会之人生观”，主要从文学思潮与社会的关系角度阐发[③]。

孙俍工《文学概论》第五章“文学与人生”分两个部分：一是“文学

① 梅光迪：《文学概论讲义》，《现代中文学刊》2010年第4期，第93页。

② 朱寿桐著：《新人文主义的中国影迹》，中国社会科学出版社，2009年5月第1版，第137—138页。

③ 马宗霍：《文学概论》，参加第76—78页。

是人类精神的食粮”。先讲人类的本能是吸收经验和传播经验，而文学是能满足该本能的；再揭示文学最高最纯粹的目的是给人以纯粹的心灵快乐，从这个角度说，文学是人类精神的食粮。二是“文学与人生的关系”。包含“种族”“环境”和“作家的人格”三项因素。在这些论述中，孙俍工特别富于创见的是，他从“心”的角度去考量文学之种种。他认为文学的真正意义在于“它能表现着人类的意志和生命的真面目”，文学的产生与创造是“受心与心底融合的支配的”，而文学的功能也在于使人的心“美化而纯粹地悦乐”①。他最后如此总结：“文学是从人的心的本心的要求产生出来的东西，展开人的想像，展开而不能够在日常生活上展开的本心，这便（是）文学对于人生的任务。”②这既是对文学“任务”的描述，其实也是对文学的定义。这里的“心”是思想、情感、精神乃至灵魂的总和。这种将视角直挖至人“心”深处的结果，就是看到了另一重风景——人生“内面”的风景。所以他一再说，“文学就是对于人生能发现内面的生活的意识”“文学是人生的内面的生活的表现”③。也正因为具备这样的“内”视角，所以孙俍工会将泰纳“三要素说”中的“时代”置换为“作家的人格”，他在承认“种族”“环境”对文学有客观影响并必然反映于文学的前提下，特别强调的是“人”：文学“把作家的个性、人格，保存到永久而不灭亡的，而且深入读者的心中”④。

由上可见，在“人生”与“文学”的关系上，讲义者们呈现这样的理论共识：

一、在文学反映何种人生的问题上，大多认为文学必须反映“选

---

① 孙俍工：《文学概论》，第 118—123 页。
② 孙俍工：《文学概论》，第 133 页。
③ 孙俍工：《文学概论》，第 118、132 页。
④ 孙俍工：《文学概论》，第 132 页。

择”“拣择”的人生，梅光迪、刘永济和马宗霍均持此观点。

二、关于文学对人生的作用、意义，理论家们不约而同用“高”或“上”来形容。梅光迪直言“文学之宗旨本欲造一高等人生”，刘永济认为理想文学应“据观察所得自然之法则，本一己之学识，苦心孤诣，创造较高之人生，可以实现于人世者，亦以能引起人之同情”①。

关于文学创造“高等”“较高”的人生，新文学的发起者们几乎持相近的观点。周作人在《人的文学》中，即从“进化”的角度揭示人比动物具有“更为复杂高深”的生活，是“逐渐向上，有能改造生活的力量”，并最终“达到高上和平的境地”②；《平民的文学》里，他澄清可能会引起的一个误会，即否定“平民文学”与“通俗文学”的对等性，他强调平民文学“是想将平民的生活提高，得到适当的一个地位”③。傅斯年《白话文学与心理的改革》也认为文学不应仅仅限于“表现”，更要“抬高”人生，甚至断言“凡抬高人生以外的文学，都是应该排斥的文学”④。

三、比较不同流派在处理“文学和人生”方面的差异，成为讲义者们的又一话题。同样是比较写实派和浪漫派的优缺点，梅光迪只指出两派学者因为“选择”之片面而导致描写的偏颇，刘永济却揭示出他们本质的偏向——“学识”或“情感”。这种异议，恰显示他们各自建构理论的独立与独特。

四、开始关注人的“内面”性。孙俍工跟其他人相较，更加侧重于人生中的“人”，富于创见地从“心”的角度去考量文学之种种，这种内置视角让他看到了易为人们所忽视的人生“内面”的风景。关于“内面”的说

① 刘永济：《文学论》，《刘永济集·文学论　默识录》，第 86 页。
② 周作人：《人的文学》，《中国新文学大系　第一集　建设理论集》，第 194 页。
③ 周作人：《平民文学》，《中国新文学大系　第一集　建设理论集》，第 212 页。
④ 傅斯年：《白话文学与心理的改革》，《中国新文学大系　第一集　建设理论集》，第 209 页。

法，周作人《人的文学》里也曾提到“内面生活”[①]，傅斯年《白话文学与心理的改革》也从“心理”角度强调白话文学应具有的品质：“白话文学的内心是人生的深切而又著明的表现，是向上生活的兴奋剂。”[②]

而将这种人生“内面”的风景挖掘、展示到极致的，却是吴宓及其《文学与人生》。与其他著述者大都是较为客观、平静地面对课程讲授的情况不同，吴宓表现出“甚喜”的态度。“甚喜”是因为他把讲授《文学与人生》当作自己总结自己前四十余年生涯的一个机会，讲台就变成了他对外宣讲的一个平台。宣讲什么？文学倒是其次，最重要的是自己“内面”的东西：爱情婚姻、志业选择、人生感悟、哲学理想等。

归根到底，吴宓与诸多文学理论家们关键性的不同在于：他不仅仅是从课程论述的角度，而是从根本上将“文学”与“人生”视为一体的。有了这个认识前提，我们就能理解为什么《文学与人生》的章节（或曰“课程”）设置如此独特，以至于不像通行的文学理论著述。因为吴宓根本就不理会外界的规矩、模式，他要的就是一个传达、表述、宣讲自己关于“文学与人生”之看法、立场、感受的地方。

“内面”性质首先表现在“我”的大书特书。这是吴宓《文学与人生》极为重视个人理论与经验表达的重要表征。仅仅在章节标题的设置上，吴宓就几处明确标示“我”之存在：第七章“我的工作和我的主要兴趣：文学与人生”，第三十一章“我之根本信条”。其他散见在著作中的“我”就更多，例如：第三章“‘文学与人生’课程之目标与目的”的首个目的就是“以我一生之所长给与学生”，包括“我所读过的书及所听所闻者”“我曾思考过及感觉过者”和“我的直接与间接生活经验得来者”，等等。

从生活层面深入至思维，是“内面”理论表述的又一角度。吴宓在

---

① 周作人：《中国新文学大系　第一集　建设理论集》，第 194 页。

② 傅斯年：《中国新文学大系　第一集　建设理论集》，第 203 页。

《文学与人生》里热衷于对诸多“关系”进行思考、分析、论证。他所论及的作家、作品，很少是以单独的形式出现的，而往往以对举、组群的方式呈现。单就标题看，出现“关系”字样的就有：“文学与人生之关系”“人与宇宙之关系图”等。以“A与B”格式来表现“关系”的就更多：“我的工作和我的主要兴趣：文学与人生”“小说与实际人生”“人生—道德—艺术（小说）：小说与人生”“人与宇宙”“自由意志与命运”“两种人——理想与现实”等。

五、由“外”而“内”的研究趋势，跟时代的发展、文学的发展合拍。刘永济、梅光迪、马宗霍的讲授时间分别是1917—1922年、1920年夏、1925年，这在中国现代文学的分期上，按传统认知，属于第一个十年，也就是受“五四”新文化运动影响的阶段。这一阶段，以《人的文学》《文学革命论》等为代表的纲领性文章宣扬人道主义、社会主义、进化论等外国思想及其对文学的影响。那么，相应的理论研究便偏向于“外部”视角，认为文学应该表现人生、创造“高等”的人生，从而来指导人生，这都是当时文学界的共识。而孙俍工的《文学概论》成书于1929—1931年，已进入现代文学的第二个十年，社会的歧路、“五四”的落潮，这些现状逼得知识分子缩向内心，所以孙俍工挖掘出“心”的意识。

可以说“文学与人生”的关系是整个中国现代文学的一个理论热点。后来又有几位著名作家以“文学与人生”为题阐述自己的观点，分别是茅盾（1923）、胡风（1936）、朱光潜（1946），恰好可以代表20世纪20、30、40年代的不同表达。

茅盾的《文学与人生》是其1923年暑假在松江的讲演。他首先否定中国文学里“文学与人生”之存在，然后总体沿用泰纳的“三要素说”（人种、环境和时代），另加上法朗士的“自传说”，最终得出的“经验”则是：“凡要研究文学，至少要有人种学的常识，至少要懂得这种文学作品产生时的环境，至少要了解这种文学作品产生时代的时代精神，并且要懂这种文学作品的主人翁的身世和心情。”①

胡风写于1936年的《文艺与生活》将“人生”的范围缩小至“生活”。他认为“文学”与“生活”的关系首先是反映，反映某个社会“特定的风貌，特定的色彩，特定的性格”；其次是“高于”，从把握“脉搏”、看清“趋势”、“向前推进”等方面来看，文学是“高于”生活的，所以才能刻画“典型的环境里的典型的性格”，才能表现“真理”②。

一直到20世纪40年代，朱光潜还有感于文学谈论不尽，而社会上普遍流通的文学理论书籍太多，令人眼花缭乱、无所适从，于是自己写了一本小册子，介于“文学入门”和“文学理论”之间，其中有一篇即为《文学与人生》。他认为“文学”之所以称为“艺术”，是因为它具有两种特质——“与人生最密切相关”和“美”，而在《文学与人生》中他侧重讲前者，并从文学起源、传播的角度确认文学的人生性中的社会性，即“文学作品最能表现一个全社会的人生观感”③。

综上可见，“文学与人生”在中国进入现代进程后，始终是文学理论的关注热点。讲义者们对此作出个性阐论，恰显示出其精准的学术眼光。

第三节　时代主题二：文学之“苦闷”

对一时代作家的精神结构研究考察的路径，通常被理解为作家主观上与时代精神的合拍或一致，其主体特征往往被笼统地抽象概括为“阶

---

① 茅盾：《文学与人生》，《茅盾全集》第十八卷，人民文学出版社1989年第1版，第272—273页。

② 胡风著：《文学与生活　密云期风习小记》，人民文学出版社2001年1月第1版，第19—40页。

③ 朱光潜：《谈文学》，开明书店1946年5月初版，第3页。

级”“主义”的一般性论述。本书试图对1920—1930年代的兼具作家、理论家双重身份的那一群知识分子围绕着“苦闷”的时代病所作的理论表述及其创作中的与理论的吻合作出分析，在他们的理性思考、表述和创作的一致性中看出其群体与个体的表征，在源头与去向的精神流动中探索另一条路径。

一、鲁迅与“苦闷”：东亚现代性互动

鲁迅在中国是发出现代文学第一声“呐喊”的文坛领袖，而厨川白村在日本生前身后地位并不显赫，《苦闷的象征》而外“述而不作”。20世纪上半叶，二人因着普遍蔓延在东亚，却为他们在各自的国度中先觉的一种情绪和情结——“苦闷”而结缘。

西方世界的“世纪末”颓废病伴着现代化浸染着东方。自然主义在日本的兴起，源于“幻灭的悲哀”与“现实的痛苦”，呈现出“无理想、无解决”的“平面描写”[①]，从而导致“初衷是欲求克服人生苦恼，最后变成制造人生苦恼”的局面[②]。厨川白村《苦闷的象征》出于反自然主义的立场，追求对内在“生命力”的挖掘与张扬。但同样是“苦闷”的产物，从个人经历来看，家道中落让厨川遍尝世态炎凉、人间“苦闷”；从理论来源看，厨川借鉴、吸纳的是西方现代文化思潮，包括弗洛伊德的精神分析学、荣格的“无意识”论、柏格森的生命哲学、克罗齐的表现主义、尼采的超人论，无一不是从人“心”(精神)的深处挖掘出一条通路，以释放、宣泄或试图解答、解决人的“苦闷”——现代性的通病。

可以说，鲁迅在精神上结交了厨川白村这个“知己”。寻找这个“知

① 叶渭渠、唐月梅著:《20世纪日本文学史》，青岛出版社1998年12月第1版，第54页。

② 叶渭渠、唐月梅著:《20世纪日本文学史》，第79页。

己”是在鲁迅生平最“苦闷”的时期:《新青年》团体散掉而带来的行走于“沙漠”[1]的孤寂感;1923年7月兄弟失和，接连大病(1923年秋、1924年春各一次肺病发作);爱情的长时间空缺而导致的人生之“无味”与“可憎”感[2]。于是，在1924年的9、10月间，鲁迅开始动笔翻译《苦闷的象征》。

鲁迅首先是从对《苦闷的象征》的性质“其实是文学论”的界定，以及对其主旨“生命力受压抑而生的苦闷懊恼乃是文艺的根柢，而其表现法乃是广义的象征主义”的明确[3]，来认知厨川白村的。认同的最高境界在于突破个人经历，甚至不停留在实际“人生”阶段，而上升到“生命”(包括文学创作在内)的绝“大”范畴。鲁迅对厨川白村的认同，很大程度上来自于厨川对“生命”的尊重、对“大”的哲学和文学概念的坚持，他极赞厨川:“非有天马行空似的大精神即无大艺术的产生。”[4]

鲁迅与厨川白村的理论契合也落实在他的文学创作中。1924年翻译《苦闷的象征》前后，鲁迅开始在文学领域抒发精神“苦闷”的独白。2月有《彷徨》开篇之作《祝福》，5月有压卷之作《在酒楼上》，9月写就《野草》三篇——《秋夜》《影的告别》与《求乞者》。在这样密集的书写中，我们可寻出鲁迅精神之“苦闷”。

《彷徨》的苦闷是新旧交替之际，有一“中间物”[5]坚持行进却发现“梦醒了无路可以走”[6]。“我”因为无法回答祥林嫂出于生存境遇极端苦闷而

---

① 鲁迅:《〈自选集〉自序》,《南腔北调集》,《鲁迅全集》第四卷，人民文学出版社1981年第1版，第456页。

② 鲁迅:《寡妇主义》,《坟》,《鲁迅全集》第一卷，人民文学出版社1981年第1版，第264页。

③ 鲁迅:《苦闷的象征·译〈苦闷的象征〉后三日序》,《苦闷的象征》，第1页。

④ 鲁迅:《苦闷的象征·译者引言》,《苦闷的象征》，第2页。

⑤ 鲁迅:《写在〈坟〉后面》,《坟》,《鲁迅全集》第一卷，第286页。

⑥ 鲁迅:《娜拉走后怎样》,《坟》,《鲁迅全集》第一卷，第159页。

发出的“究竟有没有魂灵”[1]的追问，又一次仓皇逃离故乡，意味着启蒙者的无能为力；子君和涓生的故事，是鲁迅对“娜拉走后怎样”的深入挖掘，范围从“经济权”拓展到更为广大的人生范围，是一篇当事者叙写的有关“五四”理想溃败，并对此充满“悔恨和悲哀”[2]的手记；更深的痛苦来于清醒的自我忏悔，吕纬甫用“蜂子或蝇子”[3]来形喻自己前途迷茫、彷徨无助的状态，其明晰的主体判断超越了同时代一大批“无聊”“敷敷衍衍”“模模胡胡”的知识大众，但却止于反省的起点而无所行动，最终只能消失在天地间“密雪的纯白而不定的罗网里”[4]，从而导致主体形象及其精神的遁形不见；最为奇特惨烈的生命演绎是“孤独者”魏连殳，先是两难（新或旧、抗拒或屈从、坚持或放弃、生或死）而无法抉择，后寄希望于“孩子”（进化论思想），认为一切是“都可以的”[5]，再到思想、行为上的一个大反弹——“躬行我先前所憎恶，所反对的一切，拒斥我先前所崇拜，所主张的一切”[6]，直至最后用“我现在已经‘好’了”[7]来定论自身，这种“好”代表的是一种不再有所牵挂顾忌、不再有所期盼和希望的放弃，其实是中国现代知识分子的自我放弃。所有这些，都是鲁迅在面对他们这一代知识分子“高升”“退隐”“前进”[8]等种种走向，歧路当思“往何处去”时痛苦万分的生命体验与个性表达，贯穿起来就是一种不断思考、探索、求证、否定的现代知识分子的精神苦闷。

---

① 鲁迅：《祝福》，《彷徨》，《鲁迅全集》第二卷，人民文学出版社 1981 年第 1 版，第 7 页。

② 鲁迅：《伤逝》，《彷徨》，《鲁迅全集》第二卷，第 110 页。

③ 鲁迅：《在酒楼上》，《彷徨》，《鲁迅全集》第二卷，第 27 页。

④ 鲁迅：《在酒楼上》，《彷徨》，《鲁迅全集》第二卷，第 34 页。

⑤ 鲁迅：《孤独者》，《彷徨》，《鲁迅全集》第二卷，第 101 页。

⑥ 鲁迅：《孤独者》，《彷徨》，《鲁迅全集》第二卷，第 102 页。

⑦ 鲁迅：《孤独者》，《彷徨》，《鲁迅全集》第二卷，第 102 页。

⑧ 鲁迅：《〈自选集〉自序》，《南腔北调集》，《鲁迅全集》第四卷，第 456 页。

《野草》的苦闷有如“地火”，叙写对“生命”之种种“腐朽”状态及对其本质性探寻与思考。《秋夜》《影的告别》与《求乞者》，主人公是“我”和“影子”，其所处的环境枯寂、绝望（“奇怪而高的天空”[①]和“四面都是灰土”[②]的世界），其所做的抉择坚定、孤独（“对着灯默默地敬奠这些苍翠精致的英雄们”[③]和“彷徨于明暗之间……独自远行”[④]），其结局则是以“至少将得到虚无”[⑤]而勉强自慰。更有“过客”的向“死”而去[⑥]，两个“捏着利刃，对立于广漠的旷野之上”的全裸者对于“复仇”的独特理解与诠释[⑦]，兄弟俩因着“风筝”而生的“怨恨”“说谎”以及从中感受到的“寒威和冷气”[⑧]，垂老女人在“人”（道德制约）与“兽”（生存需求）的边缘挣扎而幻化为无言却伟大的“颓败线的颤动”[⑨]，等等，无不彰显鲁迅面对人事、人生、人情、人性之种种时的精神苦闷。

二、“苦闷”的小说“风景”

现代文学有一道风景：“从前人们没有看到的，或者更确切地说是没有勇气去看的风景。”[⑩]20世纪二三十年代中国作家对“苦闷”病的感受与深刻叙写，就是对当时社会内在“风景”的绝佳描摹。中国的“苦闷”病，相比较西方的“世纪末”颓废病，尚未呈现出对“现代”的痛苦感受与沉

---

① 鲁迅：《秋夜》，《野草》，《鲁迅全集》第二卷，第162页。
② 鲁迅：《求乞者》，《野草》，《鲁迅全集》第二卷，第167页。
③ 鲁迅：《秋夜》，《野草》，《鲁迅全集》第二卷，第163页。
④ 鲁迅：《影的告别》，《野草》，《鲁迅全集》第二卷，第165页。
⑤ 鲁迅：《求乞者》，《野草》，《鲁迅全集》第二卷，第168页。
⑥ 鲁迅：《过客》，《野草》，《鲁迅全集》第二卷，第194页。
⑦ 鲁迅：《复仇》，《野草》，《鲁迅全集》第二卷，第172页。
⑧ 鲁迅：《风筝》，《野草》，《鲁迅全集》第二卷，第182页。
⑨ 鲁迅：《颓败线的颤动》，《野草》，《鲁迅全集》第二卷，第206页。
⑩〔日〕柄谷行人：《日本现代文学的起源·中文版作者序》，《日本现代文学的起源》，生活·读书·新知三联书店2003年1月第1版，第1页。

重反思，而更多是对于自己国族、社会、个人境遇的敏锐感受与深沉思索。20世纪初的中国是充满“苦闷”的时代：国家、民族、家庭、个人事业、爱情，无不如此。“苦闷”作为一种时代病，作家们感受最敏锐最深切，并以各自不同的方式塑为形象、赋予内涵并表达出来，这就是“苦闷”的文学篇什。

将“苦闷”宣之最切、诉之最直的是郁达夫。这时期，郁达夫作品的基本特色是通过青年的变态心理的刻画和爱情的苦闷与性的苦闷的描写，表现了在那样一个历史时期中受到时代的窒息的青年的内心呼唤，表现了他们的苦闷与彷徨，表现了他们对于个性的解放的要求。他用独白式的抒情，诉说了青年内心的烦恼与苦闷，并更以大胆的、坦白的抽写，来同旧的制度和封建道德对立[①]。“苦闷”是郁达夫人生和创作的基调。《沉沦》中“我”面临经济的“苦闷”(对大哥的反抗与决裂)，无爱的性“苦闷”，以及国族命运所带来的弱国子民的诸种感受性的“苦闷”。自叙传色彩和零余者形象，是郁达夫文学作品辨识力最高的元素，也是其“苦闷”的最好证明。郁达夫以“我”来书写身心，乐于并敢于公开其“苦闷”：辞家远行、异地求学，弱国子民、爱情坎坷，漂泊流寓、妻弱子病，事业不成、无颜还乡，更兼有肺结核、忧郁症、神经衰弱症、梦游症、性癖等诸多疾病。从而提炼出一种对于自我价值的“苦闷”定位，即“生则于世无补，死亦于人无损”[②]，甚至设置出固定的三种“苦闷”结局：生离、死别与品味思考人生之苦闷。

对“苦闷”进行有意识的理论层面探讨，郁达夫选择从“象征”切入。故事叙写的“象征”性载体、手法之选择与运用，是他进行理论书写时重点思考的问题。这种思考反映在创作实践上，首先是主人公的设定突

---

① 曾华鹏、范伯群：《郁达夫论》，《人民文学》1957年5、6月合刊，第184页。

② 郁达夫：《茑萝行》，《郁达夫全集》第一卷，第252页。

破了单一的“自叙传”的“我”(《寒宵》《街灯》)，增加了具备明显自我投射意味的“文朴”(《烟影》《纸币的跳跃》)，以及较多虚化色彩的“陈逸群”(《蜃楼》)。另外，在故事的“象征”性表述上，郁达夫从三个侧面来合围讲述一个内外交困的“零余者”的经历：自叙传主角“我”寓居北京，穷困潦倒之际与妓女柳卿惺惺相惜；化身为“文朴”的主人公返回故乡，却因一事无成而愧对老母；“陈逸群”则西湖边偶遇“秋心”(“愁”)女士，郁达夫的立意不在“艳遇”，而是一个中年“肺病患者”的“孤独的悲怀”[①]。叙述主体与故事表述的双重“象征”之具体选择，都寄托了郁达夫对文学，以及生活、生命之“苦闷”的体认。

相较于郁达夫“五四”青年式直切激越的“苦闷”，老舍文学世界里的“苦闷”表现得内敛沉着，它积蓄着兼具东西方双重视域的知识分子对生活与生命、世界与现代性等诸多关系的思考，以及由此而带来的“心”之苦闷。老舍的精神苦闷如《离婚》中的一个意象：在错置于现代时空的“牌楼”的挤压下，一团“闷火”上下翻腾、灼伤自身。《二马》开头、结尾两大重要环节都出现了“玉石牌楼”，显然不是伦敦街头某个实物的名谓，而是古代中国的灵魂在异国的想象性“复活”。中国人在异域，借助熟悉的“牌楼”作标志，背倚之，思考“往哪儿去”，马威只得“走”，却不知去向何方。这是一个寓言及预言：被迫卷入现代化进程的中国和中国人始终格格不入，始终无路可走。回到国内，《离婚》又是用“牌楼”作背景，见证了以“老李”为代表的中国现代普通知识分子体内郁结着一团“闷火”，虽然也不时自我审问“你在哪儿站着呢”，却最终在“去空洞的作梦，或切实的活着”之间选择后者；见证了一个心里有“诗意”的知识分子怎样被彻底世俗化：老李“立在那里(西四牌楼)，喝了碗豆浆”就决定

---

① 郁达夫：《蜃楼》，《郁达夫全集》第一卷，第226页。

接家眷，就是决定了对张大哥及其敷衍、妥协、庸俗的生命哲学的认同、接受和屈从，意味着对西四牌楼及其所象征的世俗生活的肯定，即做一个“地狱里的规矩人”[①]。老舍将老李的“苦闷”定位为“左右为难”[②]，其实是老舍对“to be or not to be”的人生“苦闷”的经典定义在20世纪二三十年代中国知识分子身上的具体书写。《骆驼祥子》则把“苦闷”场域从知识分子拓展到普通劳动者。通过祥子的三起三落、屡经挫折、苦闷愈深，老舍本人对“心”与“地狱”[③]关系进行揭示。至此，郁达夫性的“苦闷”与经济的“苦闷”，在老舍处已发展为马威异域生活中的“苦闷”、老李的“苦闷”与妥协，以及祥子悲剧的“生命寓言”[④]。

许钦文与鲁迅过从较密，自身有曲折的悲剧经历，他的“苦闷”带有浓重的宿命感。他说：“我未尝不企慕胜利的凯旋，未尝不赞美战死的悲壮，也未尝不以为就该怀弹上前线，只是另有一种力在我身上活动着，使我犹豫，使我泥于前进”[⑤]；“这固然使他感觉了更深的人间的悲哀，使他更深地细味了悲哀的意味，而且就此以为人生原是非常悲苦的，而且也就觉得应受的悲苦正在一天一天地增加起来的样子了”[⑥]。我们可以由《理想的伴侣》窥见许钦文早已存有的“苦闷”——自我定位的迷失、价值认同的缺失。小说表面看来轻松幽默：讲述者是“有东方朔风”的人，讲述的语言充满反讽、嘲弄，讲述的内容（即列出的条件）本身更是夸张、荒唐，按

① 老舍：《离婚》，《老舍小说全集》第三卷，长江文艺出版社2004年8月第1版，第198—355页。

② 老舍：《关于〈离婚〉》，《我怎样写小说》，第38页。

③ 老舍：《我怎样写〈骆驼祥子〉》，《我怎样写小说》，第53页。老舍直言自己要超越世态浮相，而“由车夫的内心状态观察到地狱究竟是什么样子”。

④ 徐德明：《〈骆驼祥子〉和现实主义批评框架》，《中国现代文学研究丛刊》2007年第3期，第98页。

⑤ 许钦文：《鼻涕阿二》，《许钦文代表作：鼻涕阿二》，第79页。

⑥ 许钦文：《夕阳》，《许钦文代表作：鼻涕阿二》，第141页。

理说这篇小说应该是具备喜剧感的。但不能忽略讲述的具体语境是："我"百无聊赖之际，想找人随便谈谈，以达到消除不快的目的。隐含的话语前提就是"苦闷"。这个"苦闷"意指多重：有"我"因《遗言》一文而引起的误解，也有陷于新旧漩涡的迷惘与挣扎，更多的是处于大时代变革中的无从自处。"我"的意识仅仅限于感受或被迫接受，而非主动的认同。条件的夸张与荒唐，使得"选择"行动被搁置，归根到底是主人公、叙述者、作者身份认同的危机：无法适应这样的大时代，所以故意戏谑虚拟出"理想"的伴侣，而伴侣无从得到，理想无处安放，自身也就无法完整。强作欢颜的背后，是深深的"苦闷"。

这种笑谑式的、力图消解掉的"苦闷"，在鲁迅的"拟"作《幸福的家庭》里得以组合、放大、落实。鲁迅的"拟"是对许钦文之"苦闷"的理解与体悟，并理性地通过对几个问题的思考——国与家的关系（何处安家）、物质存在与精神交流的关系（现实生活里的"二十五斤""二十三斤半"与拟写小说里的《理想之良人》），来解决许钦文提出而未有勇气正面回答的问题："理想"还有吗？还能实现吗？此时的鲁迅已经无须"听将令"了，所以也就没有用"曲笔"，直接让这个由"理想的伴侣"组建的"幸福的家庭"无立足地！所以鲁迅说自己这一篇的"末后"比许文要"沉闷"[①]，其实是比许钦文更决绝地直视"苦闷"。

三、"苦闷"的理论共鸣与精神指向

《苦闷的象征》将这种群体性感受作了理论宣示，中国的作家们在文学创作之外，以教授身份在讲台上用"文学理论"课的方式表述，表达出对"苦闷"情绪及其理论的认同、呼应。

---

① 鲁迅：《幸福的家庭》，《彷徨》，《鲁迅全集》第二卷，第42页。

“苦闷”是东亚现代性的呈现，是一种时代病。厨川白村从“生命”的角度分析文学产生、存在的原因和价值，从最深处批驳、对抗自然主义之表面与平面。无论借鉴精神分析学原理阐明文学创作的“生命”根源，还是将鉴赏与批评视为文学创作的一种“生命”之延续，抑或是在文学创作的“生命”之要素——“真”“自由”的基础上揭示不同的文学流派（“为艺术的艺术”与“为人生的艺术”）之统一的实质，乃至于探讨“文艺的起源”归结到“食欲和性欲”“缺陷和不满”的“生命”之本能[①]，厨川白村始终立足“生命”，将文学从“史”“理论”的客观、宏大视域直接拉入主观、深入本质的层面：人、创作的人、人的创作及其种种“苦闷”。所以，中国作家初次接触到《苦闷的象征》时，大都表现出如逢知音的兴奋与认同，着意在自己的理性讲述中援引、申论。从心理探寻文学产生的轨迹，是他们的显性共识：潘梓年着眼于“为文学而探究文学的根源”“止要把心理活动上的根源找出就够”[②]，孙俍工则将“有机体内的刺激”称为“情动于中”[③]。对文学“生命”观的认可是这些理论共识中最本质的部分：赵景深整段引用《苦闷的象征》中有关“文学作品者，乃是生命这东西的绝对自由之表现”的内容，以证明文学“与道德无关”，而是一种自有其“本质”的“生命”体[④]。

郁达夫、老舍、许钦文的“苦闷”表达是跨界行为：他们一边进行文学创作，一边在各类学校的讲坛上开设“文学理论”课程。文学创作与文学概论讲义，是他们表达、确认及至传播“苦闷”的不同渠道。区别在于，创作是对“苦闷”理论的践行，讲义是则是对“苦闷”理论的确认。“苦

① 〔日〕厨川白村著，鲁迅译：《苦闷的象征》，第 78—81 页。
② 潘梓年：《文学概论》，第 42 页。
③ 孙俍工：《文学概论》，第 86 页。
④ 赵景深：《文学概论讲话》，第 94—96 页。

闷”不仅作为固定理论被他们接受，更化作血液流淌在他们的创作生命中，并与理论的认知与讲述融合一体，呈现出个性的文学理论表述。他们主要在两个层面上接受厨川“苦闷”理论：一是本体论层面，二是创作论层面。本体论层面探讨文学的来源，创作论层面解析文学的产生。

郁达夫《文学概说》从生活之“生”的角度出发，探寻生活与艺术（包括文学）的关系以及文学在表现生活方面的“苦闷”。郁达夫接受厨川白村对文学研究的心理学视角，认为“生活”的起点是最本质化的“生”，而“生”的实质是“使无意识的活动变为有意识的，意识的活动变为反省的，反省的活动变为道德的活动的动机”[①]，由此实现人类向上的发展。文学就是对“生”的“全”过程进行“全个性”的“表现”，亦即“创造”，这其中需要一个“媒介物”即“象征”，而对“象征”手法的选择就成为文学家永恒的“苦闷”[②]。郁达夫的观点与其人生经历、生命认知互为表里。他坚持认为：“文学作品，都是作家的自叙传。”[③]这固然是他的文学观点，同样也是他的人生态度。生活中，他为人行事的方法、态度、风格都不同寻常：国族意识与性欲诉求的结合（留日经历）、传统遵循与现代反抗的统一（两段婚姻）、逃避与救赎的悬置（穷途时狎妓）、人情事理的乖悖（《毁家诗纪》）等，都有很强的“文学”性。表面看，郁达夫的“生活”似为“文学”而生，其实郁达夫视“生活”与“文学”为一体，并找出其中的关键：“个性”与“体验”。“个性”是先天的、不可复制的，“体验”是后天的、用以补全人生的。郁达夫对这两者的执着，表现在生活中是对“自由”（包括性、爱、理想追求等）的诉求以及求之不得后的种种困厄境遇，反映在

① 郁达夫：《文学概说》，《郁达夫全集》第十卷，浙江大学出版社 2007 年 11 月第 1 版，第 315 页。

② 郁达夫：《文学概说》，《郁达夫全集》第十卷，第 317 页。

③ 郁达夫：《五六年来创作生活的回顾》，《郁达夫全集》第十卷，第 312 页。

文学里就是“零余者”形象的整体塑造，而在理论层面则以“苦闷”及其“象征”为表征。

老舍《文学概论讲义》认为“新浪漫主义”不无偏颇地纯粹从心理学角度阐析文学，“性欲的压迫几乎成为人生苦痛之源，下意识所藏的伤痕正是叫人们行止失常的动力”，却不妨碍他肯定“人类心中的隐痛”[①]是作家创作的源泉之一，并且帮助作家“依据科学根据的剪刀，去解剖人的心灵”[②]。书中更几次大段引用《苦闷的象征》，认可厨川白村“生命”之“表现”的文学观。证以老舍三十年代的小说创作，祥子、老李的生命皆是充满血泪的苦闷。

许钦文《文学概论》以近乎偏执的理论坚持在“苦闷”领域独树一帜。许钦文全力将“苦闷”与文学的各方面因素联系起来。在“发生文学的原因”部分，他列出两个问题——“为什么要有文学”和“为什么会有文学”，分别意图解决文学发生的必要性与可能性问题。但答案归结为一点——“苦闷”。甚至面对可能的质疑，即如果具体的文学描写中并没有悲苦的情形，那是否依旧归为“苦闷的象征”，许钦文依然给予了肯定的答复。许钦文还独创了一个词——“化妆出现”，其意在于将“下意识”与他执着的“苦闷”相联系：现实中的苦闷，在文学中自然地却又是无意识地，被作者用另一种形式表达出来，最终达到发泄、舒缓紧张郁积心理的作用，所以他甚至说文学是救济神经病的，也就是说文学有缓解苦闷、平衡社会的作用。许钦文如此煞费苦心甚至决绝地论证：文学发生的原因、创造文学的情形、文学的具体表达手段以及文学与生活的关系，都毫无例外是因为“苦闷”！是因为在写《文学概论》前后，许钦文经历了常人所想象不到的遭遇：为了朋友半生困于“愁债室”内、因“无妻之累”被卷入杀人案

---

① 舒舍予：《文学概论讲义》，第 126 页。

② 舒舍予：《文学概论讲义》，第 127 页。

件、两次牢狱之灾等[①]。如此苦痛、灾难的人生带给他的是对“苦闷”的烙印式记忆，表现在理论见解上，就是许钦文《文学概论》在“苦闷”理论上执拗的坚持。

以上讲义者以各自的文学创作与理论著述为建构中国现代文学理论努力，因其是作家兼理论家、更侧重于创作，所以更强调理论的“生命”感。他们的文学理论与时代主潮契合。后“五四”时期的时代氛围本身就是苦闷、彷徨的，他们从实践、理论两方面，共同对“文学”出自“苦闷”、“苦闷”造就“文学”这一理论进行了呼应与阐释，从而形成一种理论共识。

① 许钦文：《钦文自传》，《新文学史料》1983 年第 4 期，1984 年第 1、2 期。

结　语

中国古代文学理论有着深厚的历史根基、鲜明的民族特色和强大的传承力量。“道”之形上概念是其得以建立和展开的生命基础并赋予其浓厚的哲学意味，儒家的“诗言志”“文以载道论”开启实用主义的文学观，诗、文、词、曲、赋等传统分类以有别于西方文学理论通行的“四分法”的形式而存在，“道气”“神韵”“风骨”“文质”“文笔”“比兴”“意境”“情理”等概念的内涵与外延均极广泛、有多重意指、具无限的言说可能，而属于批评范畴的诗话、词话、小说评点等亦显示出独特的传播效果。凡此种种，使得中国古代文学理论面貌特异、独立存在意识强烈。但这种“特异”与“独立”，在其赖以生存的国家与社会被甩进“世界”的、“现代”的轨道后，自然或不自然的反应、自觉或不自觉的呼应接踵而至，于是一批打上现代烙印的现代文论家和“中国现代文学理论”就应运而生了。

从1914年姚永朴在北京大学讲授《文学研究法》到1942年程千帆在金陵大学开讲《文论十笺》，在这近三十年的时间里，有一批知识结构各异、身份背景不同的文人学者，在全国各大、中院校授“文学概论”课，并以“讲义”的形式在当时进行传播并在后来得以留存。他们的“讲义”既继承了中国文人“讲”学的传统，又体现了各自对文学的“义”解，更在文学理论建构方面形成合力，推进中国文学理论的现代化进程。

本书如果有一点贡献，首先就是关注20世纪的这“三十年”中国文学理论建构之发生的原生面貌，并且尽量如实呈现。在本书的描述中，努力体现因著述者思想风貌、知识体系、文化结构的差异，而使其讲义具备的鲜明的个人特色。

姚永朴《文学研究法》和程千帆《文论十笺》均以传统文论形式呈现。前者谨承桐城家法，在新式大学里坚持旧的文学内容、理念的传播，却也不经意间渗露出对时代趋势的呼应；后者于民族存亡之际，用最具本土特色的选文形式讲述文学理论，体现理论自觉自主的同时，最能彰显知识分子具备现代性的国族意识和精神。他们在“三十年”一头一尾所提供的这两部讲义，于“亦旧亦新”的讲述中提供了中国文学理论最富民族性的建构尝试。

刘永济、马宗霍、姜亮夫和赵景深日后都以古代文化、文学、学术之研究而立身闻名，但各自的“文学概论”讲义却在“三十年”中体现了中国传统文论与西方现代理论的新旧交融。刘永济用现代西方文学理论体系总构框架，却以半文半白的语言写就，《文学论》表面矛盾的实质却是讲义者率先交融的努力，宏大的文化视野和“人类”“人生”“人情物态”的理论逻辑以及融入世界理论话语的积极心态，都使得《文学论》显示出对此前《文学研究法》本质性的突破；马宗霍从文字学的立场出发解说文学，创造性地对中国文学概念进行阐释，兼之比刘永济更为纯粹的文言表述，使得其《文学概论》具备了相当浓厚的古代学术传统之色彩，可被视为是中国文学理论“现代”进程中的回归；姜亮夫《文学概论讲述》以对当时文学理论界清醒的认识为出发点，“不中不西”“不古不今”地著述讲义，其融合中国传统治史方式与西方现代科学研究方法，为中国现代文学理论的建构提供了有效参考，另外社会学和心理学概念的引入也扩大了讲义的理论容量，提升了讲义的现代性质；赵景深以“译”作基础书写文学理论，却难能可贵地存有“异”“义”，突出表现为他对中国传统文化及文学传统的尊重和继承以及对新兴“社会文学”理论的接纳，这又在“旧”与“新”的碰撞中显示新的理论张力。

郁达夫、老舍、许钦文和孙俍工，与其丰富的文学创作相伴随的是其各自的文学理论著述。郁达夫在对“作家”的身份与精神认同中，将文学与“人”及其“生”（生存、生活）的本质相结合，创造性地、人性化地解释“思潮”“流派”等文学概念，充分体现了作家文论的原创性；老舍体验着“写家”身份的重要性，并将这种感受移置《文学概论讲义》中，集中阐论他的文学“生命”观，并显示出对中西文化文学的双重批判；孙俍工将文学与时代、人生，尤其是“新兴”社会密切联系，理论的时代感强烈，而在文学中的表现又与之形成理论和践行的关系；许钦文因自身特殊经历的原因，对文学的“苦闷”性持近乎偏执的态度，这种理论上的“偏见”与“执着”，既是作家文论的一个特色，也将一种时代情绪推向理论表述的高潮。

梅光迪和吴宓以“新人文主义”代言人身份著书立说，在对抗新文学的统一性背后，亦暗藏着其“派”（学衡派）之“异”。梅光迪以前卫之眼光、中正之态度、责任之意识，对古今中外文学理论进行自然无痕的融会贯通，其理论指向是文学在现实中的道义担当，授课宣讲、创办杂志、开启流派是这种担当不同形式的表现；与这种社会感不同的是，吴宓以极端个人的姿态讲述文学理论，在哲学、文学、伦理、生活等交叉边缘游走，将“文学与人生”的时代主题推向顶峰。

潘梓年的《文学概论》讲义是关于“新文学”的应时性演讲，他在其中表现了自己对“五四”时期“人的文学”观念的接受、理解和认同，也应用自己哲学专业的知识背景，对文学理论的诸多关系进行辩证分析，从而使其理论宣讲更加具有思辨色彩。

个性之上是通识。这十三家讲义产生于中国现代文学理论建构的那“三十年”，而其著述者们又基本属于同一代人，相同的历史境遇、社会状况必然赋予他们相近的历史感悟。反映在文学理论著述上，首先是有关文学之基本问题的共同探讨，在文学之定义，思潮、流派、主义、倾向，文学之“情”，真实与模仿、模拟，文学批评，文学与革命等方面，形成具有相当程度的通识特征。再者，十三家讲义将理论触角从个性化生命扩展至普遍人生，并在与中国知识界的“苦闷”之时代情绪上，进行浓墨重彩的理论发挥。

本书旨在揭示中国文学理论迈进“现代”之时的原生模样，这具有相当多的“述”“史”的性质与成分。在此基础上，揭示理论文本的不同个性，以及它们共同形成的理论通识，这则是“论”的部分。以“史”为基、以“史”带“论”、“文”“论”结合是本书的基本思路与方法。

本书对十三家讲义进行理论细读，在梳理理路、解析理论背景、阐释知识点的基础上，明确中国现代文学理论“三十年”的生态，并进而明晰中国现代文学理论发展的历史脉络；凝练十三家讲义的各自特色，而著述者的知识背景、理论来源、学术方法和人生经历、文学创作等，是形成所谓特色的生命之源；揭示十三家讲义及其著述者共同的历史处境、时代感受，并将其在文学理论中的表现，概括为“人生”与“苦闷”两大主题。本书对理论文本的“细读”，这虽是起码的基础工作，其实也是对文学理论之研究所一直存在的宽泛、宏大、高悬的普遍状况的自觉反思；以“文学理论”为论述对象，但又进行拓展，文化传统、学术方法、文学活动、时代思潮等均在研究范围之内；考察讲义理论与著述者文学创作之间的交互关系，从而考察文学与其理论在实际运作中进行着怎样的互动。总之，本书期冀做到：让理论充满文学的鲜活感，让文学具备理论的思辨性，让文学和理论共同建构历史之生命的画卷。

本书的相关工作将在以下方面进行拓展和深化：一是探究那“三十年”密集产生这种“文学理论”“文学概论”话语的历史因素，更多从文化生产机制方面入手；二是比较那“三十年”的文学“讲义”与20世纪

50—60 年代政治集权意志之下的文学理论“教材”(以集体创作、苏联模式为突出表征)的异同，以及与 80 年代后商品经济浪潮裹挟中的文学理论“教材”的异同，在比较中鉴别，真正见出本书所说“建构”之价值与真义所在，以形成对一门学科的认真思考；三是重新审视“文学”与“理论”的天然联系与必然矛盾，以作家文论为突破口，兼顾文学流派、文学思潮、学术文化传统、知识分子群体、作家作品等，希望在严谨的学术研究中达成“文学”与“理论”的共生、互融。

这是一项具备相当难度和价值的工作。在已完成的部分，不可避免存在疏漏，有待高明指正，以便继续完善，预先真诚地说一声谢谢!

参考文献

一、中国文学理论著作

〔南朝梁〕钟嵘著:《诗品》,上海古籍出版社 2007 年版。

〔南朝梁〕刘勰著,陆侃如、牟世金译注:《文心雕龙译注》,齐鲁书社 2009 年版。

〔唐〕司空图著,郭绍虞集解:《诗品集解》,人民文学出版社 1963 年版。

〔宋〕严羽著,郭绍虞校释:《沧浪诗话校释》,人民文学出版社 1983 年版。

〔清〕叶燮著,霍松林校注:《原诗》,人民文学出版社 1979 年版。

〔清〕刘大櫆著,〔清〕吴孟复标点:《刘大櫆集》,上海古籍出版社 1990 年版。

〔清〕姚鼐纂集:《古文辞类纂》,上海古籍出版社 1998 年版。

〔清〕方苞著,刘季高标点:《方苞集》,上海古籍出版社 2008 年版。

〔清〕章学诚撰:《文史通义》,上海古籍出版社 2008 年版。

〔清〕袁枚著,王英志批注:《随园诗话》,凤凰出版社 2009 年版。

〔清〕曾国藩纂:《经史百家杂钞》,岳麓书社 2009 年版。

赵家璧主编:《中国新文学大系》,上海良友图书印刷公司 1935—1936 年版。

郭绍虞、罗根泽主编:《中国古典文学理论批评专著选辑》,人民文学出版社 1959 年版。

阿英著:《晚清小说史》，人民文学出版社 1980 年版。

鲁迅著:《鲁迅全集》，人民文学出版社 1981 年版。

张少康、刘三富著:《中国文学理论批评发展史》，北京大学出版社 1995 年版。

梁启超撰:《清代学术概论》，上海古籍出版社 1998 年版。

郭绍虞编著:《中国文学批评史》，百花文艺出版社 1999 年版。

钱中文著:《文学理论：走向交往对话的时代》，北京大学出版社 1999 年版。

庄锡华著:《20 世纪的中国文艺理论》，上海三联书店 2000 年版。

吴兴明著:《中国传统文论的知识谱系》，巴蜀书社 2001 年版。

胡风著:《文学与生活　密云期风习小记》，人民文学出版社 2001 年版。

张伯伟著:《中国古代文学批评方法研究》，中华书局 2002 年版。

黄曼君主编:《中国 20 世纪文学理论批评史》，中国文联出版社 2002 年版。

罗根泽著:《中国文学批评史》，上海书店出版社 2003 年版。

赵建章著:《桐城派文学思想研究》，北京图书馆出版社 2003 年版。

毛庆耆、董学文、杨福生著:《中国文艺理论百年教程》，广东高等教育出版社 2004 年版。

朱东润撰:《中国文学批评史大纲》，上海古籍出版社 2005 年版。

程正民、程凯著:《中国现代文学理论知识体系的建构：文学理论教材与教学的历史沿革》，北京大学出版社 2005 年版。

王运熙著:《中国古代文论管窥（增补本）》，上海古籍出版社 2006 年版。

杜书瀛、钱竞主编:《中国20世纪文艺学学术史》, 中国社会科学出版社2007年版。

王瑶著:《中国文学:古代与现代》, 北京大学出版社2008年版。

傅莹著:《中国现代文学理论发生史》, 上海文艺出版社2008年版。

黄侃著:《文心雕龙札记》, 时代文艺出版社2009年版。

张恩普、任彦智、马晓红著:《中国散文理论批评史论》, 东北师范大学出版社2009年版。

章太炎讲演, 曹聚仁整理:《国学概论》, 中华书局2009年版。

朱寿桐著:《新人文主义的中国影迹》, 中国社会科学出版社2009年版。

周振甫著:《古代文论二十三讲》, 重庆大学出版社2010年版。

二、外国文学理论著作

〔美〕韩德著, 傅东华译:《文学概论》, 商务印书馆1935年版。

〔美〕韦勒克著:《批评的诸种概念》, 四川文艺出版社1988年版。

〔美〕萨义德著, 单德兴译:《知识分子论》, 生活·读书·新知三联书店2002年版。

〔美〕宇文所安著, 王柏华等译:《中国文论:英译与评论》, 上海社会科学院出版社2002年版。

〔美〕白璧德著, 孙宜学译:《法国现代批评大师》, 广西师范大学出版社2002年版。

〔美〕艾布拉姆斯著, 郦稚牛、张照进、童庆生译:《镜与灯:浪漫主义文论及批评传统》, 北京大学出版社2004年版。

〔美〕韦勒克、〔美〕沃伦著, 刘象愚等译:《文学理论》, 江苏教育出版社2005年版。

〔美〕刘若愚著，杜国清译：《中国文学理论》，江苏教育出版社2006年版。

〔美〕白璧德著，孙宜学译：《性格与文化：论东方与西方》，上海三联书店2010年版。

〔英〕温彻斯特著，景昌极、钱堃新译：《文学评论之原理》，商务印书馆1923年版。

〔英〕特里·伊格尔顿著：《文学原理引论》，文化艺术出版社1987年版。

〔英〕拉曼·塞尔登编，刘象愚等译：《文学批评理论：从柏拉图到现在》，北京大学出版社2000年版。

〔英〕伊格尔顿著，王杰、傅德根、麦永雄译：《审美意识形态》，广西师范大学出版社2001年版。

〔法〕居友著，王任叔译：《从社会学见地来看艺术》，大江书铺1933年版。

〔法〕米歇尔·福柯著，孙淑强、金筑云译：《癫狂与文明——理性时代的精神病史》，浙江人民出版社1991年版。

〔德〕卜松山著，向开译：《中国的美学和文学理论——从传统到现代》，华东师范大学出版社2010年版。

〔希〕亚里士多德著，天蓝译：《诗学》，新文艺出版社1953年版。

〔日〕本间久雄著，章锡琛译：《新文学概论》，商务印书馆1928年版。

〔日〕铃木虎雄著，孙俍工译：《中国古代文艺论史》，北新书局1928年版。

〔日〕盐谷温著，孙俍工译：《中国文学概论讲话》，开明书店1930年版。

〔日〕夏目漱石著，张我军译:《文学论》，神州国光社 1931 年版。

〔日〕儿岛献吉郎著，孙俍工译:《中国文学通论》，商务印书馆 1935 年版。

〔日〕厨川白村著，鲁迅译:《苦闷的象征》，百花文艺出版社 2000 年版。

〔日〕柄谷行人著，赵京华译:《日本现代文学的起源》，生活·读书·新知三联书店 2003 年版。

〔俄〕高尔基著，孟昌、曹葆华、戈宝权译:《论文学》，人民文学出版社 1978 年版。

〔俄〕托尔斯泰著，张昕畅等译:《艺术论》，中国人民大学出版社 2005 年版。

三、本书研究对象及其相关著作（以“十三家”为序）

姚永朴著，许结讲评:《文学研究法》，凤凰出版社 2009 年版。

刘永济著:《刘永济集·文学论 默识录》，中华书局 2010 年版。

中华梅氏文化研究会编:《梅光迪文存》，华中师范大学出版社 2011 年版。

马宗霍著:《文学概论》，商务印书馆 1926 年版。

郁达夫著:《郁达夫文集》第五卷，花城出版社、生活·读书·新知三联书店香港分店 1982 年版。

浙江文艺出版社编:《郁达夫小说全编》，浙江文艺出版社 1989 年版。

郁达夫著:《郁达夫全集》，浙江大学出版社 2007 年版。

潘梓年著:《文学概论》，北新书局 1931 年版。

潘梓年著:《潘梓年文集》，江苏人民出版社 1990 年版。

姜亮夫著:《姜亮夫全集》二十一，云南人民出版社 2002 年版。

孙俍工著:《海的渴慕者》,民智书局 1924 年版。

孙俍工编:《论说文作法讲义》,商务印书馆 1924 年版。

孙俍工著:《文学概论》,广益书局 1933 年版。

赵景深著:《文学概论讲话》,北新书局 1935 年版。

舒舍予著:《文学概论讲义》,北京出版社 1984 年版。

老舍著:《老舍全集》,人民文学出版社 1999 年版。

许钦文著:《文学概论》,北新书局 1936 年版。

许钦文著:《许钦文代表作:鼻涕阿二》,华夏出版社 2010 年版。

吴宓著,王岷源译:《文学与人生》,清华大学出版社 1993 年版。

吴宓著,吴学昭整理:《吴宓自编年谱:1894—1925》,生活·读书·新知三联书店 1995 年版。

吴宓著,吴学昭整理:《吴宓日记》,生活·读书·新知三联书店 1998—1999 年版。

莫砺锋编:《程千帆选集》,辽宁古籍出版 1996 年版。

四、学术论文

姜亮夫:《姜亮夫自传》,《文献》1980 年第 4 期。

王文生:《〈文论十笺〉前言》,《云南社会科学》1981 年第 1 期。

程千帆:《刘永济传略》,《晋阳学刊》1982 年第 2 期。

毛庆耆、谭志图:《论我国文艺理论教材的历史发展》,《文艺理论研究》1982 年第 3 期。

李平:《赵景深教授和戏曲研究》,《复旦学报(社会科学版)》1982 年第 5 期。

张瑞麟:《一个有意义的发现——老舍〈文学概论讲义〉辨析》,《中国现代文学研究丛刊》1983 年第 4 期。

许钦文:《钦文自传》,《新文学史料》1983年第4期、1984年第1期、1984年第2期。

钱英才:《许钦文年谱简编(初稿)》,《杭州师院学报(社会科学版)》1985年第3、4期。

李犁耘:《老舍早期对文学特性的思考——从老舍的〈文学概论讲义〉谈起》,《中国现代文学研究丛刊》1986年第1期。

刘可:《博采众长 汇释各家——〈文学研究法〉述评》,《北京师院学报(社会科学版)》1988年第4期。

甘清波:《我国现代最早的一部文学理论教科书——读马宗霍先生的早期著作〈文学概论〉》,《湖南师范大学社会科学学报》1989年第2期。

何懿:《珍贵的资料 独到的见解——评老舍先生的〈文学概论讲义〉》,《安徽教育学院学报》1989年第3期。

傅杰、汉澍:《执教六十五载,著书一千万言——姜亮夫教授传略》,《浙江社会科学》1993年第4期。

谭元亨:《哲人、报人、完人:潘梓年》,《书城》1995年第5期。

周国平:《理想主义的绝唱——读吴宓〈文学与人生〉》,《红岩》1998年第1期。

董学文:《中国现代文学理论进程思考》,《北京大学学报(哲学社会科学版)》1998年第2期。

董学文:《我国新文艺学说演变的历史经验》,《文艺理论与批评》1998年第5期。

杨福生:《姚永朴〈文学研究法〉述论》,《北京大学学报(哲学社会科学版)》1998年第5期。

姜亮夫:《谢本师——学术研究方法的自我剖析》,《浙江学刊》2001年第4期。

程千帆:《程千帆先生谈人生与学问》,《古典文学知识》2002 年第 5 期。

索松华:《20 世纪我国文学理论教材发展的四个时期》,《中国大学教学》2002 年第 6 期。

朱寿桐:《现代人文主义的人生礼教读本——论吴宓的〈文学与人生〉》,《广东社会科学》2005 年第 2 期。

张耀宗:《论吴宓〈文学与人生〉及其他》,《徐州师范大学学报(哲学社会科学版)》2005 年第 2 期。

张清民:《20 世纪 40 年代中国文学理论话语构成机制分析》,《文学评论》2005 年第 4 期。

董学文、杨福生:《论我国文学理论现代进程中形成的传统》,《学术界》2005 年第 5 期。

傅莹:《论中国现当代文学理论范式的演变》,《广东社会科学》2005 年第 5 期。

戴晓华:《文学概论、文论选读和文学批评史——20 世纪初期中国文论的三个变化》,《曲靖师范学院学报》2007 年第 1 期。

吴泽霖:《托尔斯泰艺术情感说的中国文化阐释》,《文艺研究》2007 年第 5 期。

庄锡华:《文论传统与现代中国文学理论》,《社会科学战线》2009 年第 2 期。

张旭春:《文学理论的西学东渐——本间久雄〈文学概论〉的西学渊源考》,《中国比较文学》2009 年第 4 期。

许结:《姚永朴与〈文学研究法〉》,《古典文学知识》2010 年第 1 期。

王鸿莉:《体系的假面——姚永朴从〈国文学〉到〈文学研究法〉的转变及其接受》,《石河子大学学报(哲学社会科学版)》2010 年第 3 期。

眉睫:《〈文学概论讲义〉整理附记》,《现代中文学刊》2010年第4期。

邢建昌:《理论是如何讲述的——以不同时期文学理论教材的编写为例来说明》,《燕赵学术》2010年春之卷。

胡佳:《梅光迪〈文学概论讲义〉的发现及其意义》,《中国图书评论》2011年第6期。

胡淑娟:《赵景深与鲁迅交游考》,《中国文学研究》2012年第2期。

陆扬、张祯:《托尔斯泰〈艺术论〉在中国》,《江苏行政学院学报》2012年第3期。

童岭:《最后的双子座:书〈文论十笺〉〈文论讲疏〉后》,《古典文学知识》2012年第6期。

殷光熹:《姜亮夫先生的文化贡献及其他》,《中国文化研究》2012年冬之卷。

马睿:《作为文化选择与立场表达的西学中译——温彻斯特〈文学评论之原理〉中译本解析》,《中山大学学报(社会科学版)》2013年第1期。

贺根民:《程千帆〈文论十笺〉的体系意识》,《唐都学刊》2013年第2期。